Melissa Foster

Spiel der Herzen

Die Remingtons

DIE AUTORIN

Melissa Foster ist eine preisgekrönte *New-York-Times-* und *USA-Today*-Bestsellerautorin. Ihre Bücher werden vom *USA-Today-Bücherblog*, vom *Hagerstown Magazin*, von *The Patriot* und vielen anderen Printmedien empfohlen. Melissa hat mehrere Wandgemälde für das *Hospital for Sick Children*, eine Kinderklinik in Washington, D. C., gemalt.

Besuchen Sie Melissa auf ihrer Website oder chatten Sie mit ihr in den sozialen Netzwerken. Sie diskutiert gern mit Lesezirkeln und Bücherclubs über ihre Romane und freut sich über Einladungen. Melissas Bücher sind bei den meisten Online-Buchhändlern als Taschenbuch und E-Book erhältlich.

www.MelissaFoster.com

Melissa Foster

Spiel der Herzen

Die Remingtons

LOVE IN BLOOM – HERZEN IM AUFBRUCH

Aus dem Amerikanischen von Janet König

Die Originalausgabe erschien erstmals 2014 unter dem Titel
»Game of Love – The Remingtons« bei World Literary Press, MD, USA.

Deutsche Erstveröffentlichung
2020 bei World Literary Press, MD, USA
© 2014 der Originalausgabe: Melissa Foster
© 2020 der deutschsprachigen Ausgabe: Melissa Foster
Lektorat: Judith Zimmer, Hamburg
Umschlaggestaltung: Natasha Brown

ISBN: 978-1-948868-44-0

Für uns alle,
damit wir uns daran erinnern,
dass nicht die Umstände uns definieren.
Sondern unsere Entscheidungen.

Vorwort

Seit ich Jack Remington und seine Familie in *Liebe voller Abenteuer* (*Die Bradens* in Weston) kennengelernt habe, freue ich mich darauf, über Dex Remington, einen Entwickler von PC-Spielen, zu schreiben und in eine Welt einzutauchen, die so ganz anders ist als die der anderen Figuren der Reihe »Love in Bloom – Herzen im Aufbruch«. Dex und seine große Liebe Ellie Parker haben mich auf eine aufregende und leidenschaftliche Reise voller Überraschungen mitgenommen. Ich hoffe, Sie verlieben sich ebenso wie ich in die beiden und die anderen Remingtons.

Weitere mitreißende Liebesromane über die Remingtons und die Bradens erscheinen in Kürze. Registrieren Sie sich doch für meinen Newsletter, damit Sie nichts verpassen:
www.MelissaFoster.com/Newsletter_German

Wie alle Bücher aus der Reihe »Love in Bloom – Herzen im Aufbruch« kann auch dieser Roman für sich allein gelesen werden. Aber für noch mehr Lesespaß schmökern Sie sich auch durch die anderen Bücher und Serien der Reihe, angefangen bei der Geschichte, mit der alles begann:
Schwestern im Aufbruch – Die Snow-Schwestern

Weitere Informationen zur Reihe finden Sie online unter:
www.MelissaFoster.com/Herzen-im-Aufbruch

Eins

Dex Remington betrat das NightCaps zusammen mit seinem älteren Bruder Sage, einem Künstler, der ebenfalls in New York lebte, und Regina Smith, seiner Mitarbeiterin und rechten Hand. In der Bar drehten sich die Frauen mit hungrigen Blicken nach den Brüdern um und taxierten ihre breiten Schultern und muskulösen Körper. Beide waren groß, Sage mit seinen eins dreiundneunzig noch ein bisschen größer als Dex, und mit ihren markanten Gesichtszügen, den dunklen Haaren und den strahlend blauen Augen war die weibliche Aufmerksamkeit ihnen überall sicher. Frauen waren im Moment für Dex, der von den vergangenen achtundvierzig Stunden dreißig gearbeitet hatte, allerdings das Letzte, wonach ihm der Sinn stand. Sein Vater, ein Vier-Sterne-General, hatte ihm den Nutzen von harter Arbeit und aufopferungsvollem Einsatz von Kindesbeinen an eingebläut, und wie sehr er die harte Erziehung seines Vaters auch bedauerte, sie hatte sich doch in vielerlei Hinsicht ausgezahlt. Er war mit seinen sechsundzwanzig Jahren bereits einer der führenden Game-Designer im Land und der Gründer von Thrive Entertainment, einem millionenschweren Unternehmen für Computerspiele. Noch eine wertvolle Lektion hatte sein Vater ihm erteilt, und zwar wie man gegen Gefühle immun wird. So war es für ihn ein Leichtes, sich von den Frauen fernzuhalten, die für andere Männer allzu verführerisch waren.

Dex war ein überragender Schüler. Er war schon seit sehr langer Zeit immun gegen Gefühle.

»Danke, dass du dir die Zeit für ein kleines Bier mit mir nimmst«, meinte er zu Sage. Sie hatten etwa zwanzig Minuten Zeit, bevor sein Meeting mit Regina und Mitch Anziano, einem weiteren Angestellten seiner Firma, anstand. Sie wollten den bevorstehenden Release des Spiels *World of Thieves II* in drei Wochen besprechen.

»Du bist witzig. Das könnte ich ebenso gut sagen.« Sage legte den Arm um Dex' Schultern. Schon lange konkurrierten sie darum, wer am meisten zu tun hatte, und zwischen dem prall gefüllten Reise- und Ausstellungskalender von Sage und den ewigen Nachtschichten von Dex war es ein enges Rennen.

»Thrive!«, brüllte Mitch von der Bar herüber. Mitch begrüßte Dex in Bars immer mit *Thrive!*, so wie andere *Hallo* riefen. Und da es so viel bedeutete wie »gut und erfolgreich leben«, konnte es keine bessere Begrüßung zwischen ihnen geben. Er hob das Glas und ein Grinsen breitete sich über sein unrasiertes Gesicht aus. Er war gerade mal eins dreiundsiebzig groß, hatte einen Dreitagebart, der sich wie ein Fell den Hals hinunterzog, und eine Plauze, auf die er ungemein stolz war – und entsprach damit wahrscheinlich vollkommen dem Klischeebild eines Game-Designers. Und er war Gold wert. Mitch übertraf mit seiner Programmierkunst jeden und war treuer als ein Golden Retriever.

Regina hob das Kinn und stupste Dex mit dem Ellbogen an. »Er ist früh dran.« Sie schlängelte sich durch die überfüllte Bar und zog Dex hinter sich her. Ihre tief sitzende Levi's wurde von einem schwarzen Nietengürtel auf ihren hervorstehenden Beckenknochen festgehalten. Der rote Hoodie rutschte seitlich hinunter und offenbarte die bunten Tattoos auf ihrer Schulter und dem Oberarm.

Mitch und Regina waren Dex' erste Angestellte gewesen, als er die Firma gegründet hatte. Regina kümmerte sich um die administrativen Aufgaben, hielt den Produktionsplan im Auge, überwachte die Softwaretests und sorgte im Grunde dafür, dass nichts vergessen wurde. Währenddessen ersannen Mitch und Dex neue Ideen für Spiele und deren technische Umsetzung – unterstützt von weiteren fünfzig Mitarbeitern des Unternehmens Thrive: Entwicklern, Testern und einer Reihe von Programmierern und Marketingexperten.

Regina kletterte auf einen Barhocker neben Mitch und griff nach seinem Bier.

»Hast du unsere schon bestellt?«, fragte sie mit einem frechen Funkeln in den stark geschminkten, dunklen Augen. Mit der Hand fuhr sie sich durch die glatten tiefschwarzen Haare.

Dex nahm auf dem Hocker neben ihr Platz und schon stellte der Barkeeper ihm und Regina ein Bier hin. »Danke, Jon. Hast du auch eins für meinen Bruder?«

»Irgendeins vom Fass«, sagte Sage. »Hallo, Mitch. Schön, dich mal wiederzusehen.«

Mitch hob sein Glas zur Begrüßung.

Dex nahm genüsslich einen Schluck von dem kühlen Bier, schloss die Augen und seufzte.

»Sachte, mein Junge. Wir brauchen dich nüchtern, wenn du den GOTY gewinnen willst.« Mitch nippte an Reginas Bier. »Ausgleichende Gerechtigkeit.«

Regina verdrehte die Augen, streckte ihren schlanken Arm

aus und zerzauste ihm die lockigen dunklen Haare. »Wir gewinnen den *Game Of The Year* so oder so. Die Kritiker lieben uns. Stimmt's, Dex?«

Thrive hatte bereits drei Spiele produziert, von denen eines – *World of Thieves* – Dex zu einem der führenden Unternehmer in der Game-Branche gemacht und ihm Millionen Dollar eingebracht hatte. Sein größter Konkurrent, KI Industries, hatte den Zeitpunkt für die Veröffentlichung seines neuesten Spiels verschoben und wollte um Mitternacht das neue Datum bekanntgeben. Da dieses Spiel ebenso heiß ersehnt wurde wie *World of Thieves II*, war mit einem eindeutigen Gewinner zu rechnen, falls die Release-Termine nah beieinanderliegen sollten. Und Dex hatte zu viel Arbeit hineingesteckt, um am Ende als Verlierer dazustehen.

»Das hoffen wir jedenfalls«, sagte Dex. Er nahm noch einen Schluck von seinem Bier und sah auf die Uhr. Viertel vor neun abends, und sein Körper dachte, es sei Mittag. Seit so vielen Jahren arbeitete er die halbe Nacht durch und schlief dann bis spät in den Tag hinein, da war es kein Wunder, dass seine innere Uhr vollkommen falsch lief. Für ihn war es jetzt Zeit für ein ordentliches Essen und den Beginn seines Arbeitstages. Er strich sich über die Bartstoppeln. »Ich habe bis heute Morgen um vier daran gearbeitet. Ich finde, ich habe mir ein kühles Blondes verdient.«

Sage lehnte sich zu ihm herüber. »Du bist doch wegen dem Release nicht nervös, oder?«

Von seinen fünf Geschwistern, einschließlich seiner Zwillingsschwester Siena, kannte Sage ihn am besten. Er war der Inbegriff eines Künstlers, mit einem Herzen, das um einiges größer war als sein millionenschweres Bankkonto, über das er dank seiner Skulpturen verfügte. Er hatte Dex in den letzten

Jahren immer unterstützt, wenn er ein offenes Ohr gebraucht hatte, und wenn Sage mal nicht vor Ort war, so war er doch nie mehr als eine Nachricht oder einen Anruf entfernt.

»Ach was. Wenn das alles nichts wird, quartiere ich mich bei dir ein.« Dex hatte mit seinen Spielen so viel Geld verdient, dass er sich nie mehr Sorgen um seine Finanzen zu machen brauchte, aber er arbeitete nicht des Geldes wegen in der Game-Branche. Seit er denken konnte – zumindest fühlte es sich so an –, war er ein Gamer gewesen. »Sag mal, was ist eigentlich aus der Pause geworden, die du dir mal gönnen wolltest? Fährst du zu Jacks Hütte?« Ihr ältester Bruder Jack besaß ein kleines Häuschen in den Colorado Mountains. Der ehemalige Offizier der Special Forces war heute Survivaltrainer und verbrachte mit seiner Verlobten Savannah die meisten Wochenenden in den Bergen. Das Leben und Arbeiten in der Betonwüste bot auch Sage nicht die Art von Zuflucht, die sein Hirn ab und zu brauchte.

»Ich hab noch eine oder zwei Ausstellungen vor mir. Dann nehme ich mir eine Auszeit. Aber ich glaube, ich möchte währenddessen irgendetwas Sinnvolles tun. Keine Ahnung, irgendwie anderen helfen, anstatt nur faul herumzusitzen.« Er nahm einen Schluck Bier und zupfte den Kragen seiner Hippiejacke zurecht. »Wie sieht's mit dir aus? Irgendwelche Urlaubspläne für die Zeit nach dem Release?«

»Quatsch! Das meinst du doch wohl nicht ernst! In der freien Zeit kann ich endlich mal in Ruhe die Spiele im Büro spielen. Das liebe ich. Ich würde durchdrehen, wenn ich in irgendeiner Hütte ohne Verbindung zur Außenwelt herumsitzen müsste.«

»Die richtige Frau könnte deine Einstellung vielleicht ändern.« Sage nahm noch einen Schluck.

»Dex und ein Date?« Regina hob ihr Glas an die Lippen.

»Kennst du deinen Bruder eigentlich? Vielleicht gabelt er hier und da mal jemanden auf, aber dieser Mann beschützt sein Herz, als wären darin alle Branchengeheimnisse versteckt.«

»Können wir das Thema heute Abend mal weglassen?«, murrte Dex. An gewisse Momente seines Lebens erinnerte er sich mit unglaublicher Deutlichkeit, und einige dieser Momente hatten so tiefe Narben hinterlassen, dass er sie fast täglich spürte. Er akzeptierte diesen Schmerz und die Narben, wie es ihn seine Mutter mit ihrem künstlerischen und Frieden suchenden Wesen gelehrt hatte. Aber gegen seine tiefste Narbe war Dex machtlos. Sein Herz gegen Gefühle immun zu machen, war die einzige Möglichkeit, die Erinnerung an die Frau zu überleben, die er geliebt hatte und die ihn vor vier Jahren ohne Abschied sang- und klanglos verlassen hatte.

»Schon gut, Bruderherz, war ja nur ein Vorschlag«, meinte Sage. »Man kann nicht ersetzen, was man nie hatte.«

Dex warf ihm einen grimmigen Blick zu.

Regina drehte sich auf ihrem Barhocker einmal im Kreis und legte dann den Arm um Dex' Schultern. »Guck mal, was da kommt«, raunte sie.

Dex schaute zum Eingang und begegnete den Blicken zweier attraktiver Blondinen. Er versteifte sich und seufzte.

»Wird dich schon nicht umbringen, wenn du dich mit einer von denen amüsierst, Dex. Bisschen Stress abbauen.« Sage warf den beiden Frauen seinerseits Blicke zu.

»Nein danke. Die sind alle gleich.« Seit in den angesagten Zeitschriften über Dex' Erfolg berichtet wurde, verfolgten ihn hirnlose Frauen, die glaubten, er würde sich nur über PC-Spiele unterhalten wollen.

Regina beugte sich näher zu ihm und flüsterte: »Nicht die. Fans auf zwei Uhr.«

Gott sei Dank.

»Hey, bist du nicht Dex Rem?«, fragte einer der Jungs.

Dex fragte sich, ob sie aufs College gingen oder ob sie die Träume, die ihre Familien für sie hegten, abgehakt hatten und nun einem Leben in der Gaming-Welt frönten. Denn genau das war der Punkt, der ihm an seiner Karriere zu schaffen machte. Er wurde reich, weil er dem Wunsch der Gesellschaft Vorschub leistete, als Couch-Potato ihr Dasein zu fristen.

»Remington, ja, das bin ich«, sagte er mit einem aufgesetzten Lächeln, das ihn zu dem gechillten Gamer machte, den seine Fans sehen wollten.

»Mann, *World of Thieves* ist das geilste Spiel ever! Hör mal, falls du jemals Betatester brauchen solltest, wir sind die Richtigen.« Der strähnige Pony fiel dem Jungen immer wieder in die Augen, während er heftig nickte. Sein Freund stand mit offenem Mund da, wie gelähmt von der unerwarteten Begegnung – noch so etwas, was Dex zuverlässig auf die Palme brachte. Er war einfach jemand, der hart für das gearbeitet hatte, was er liebte, und er glaubte, dass jeder das gleiche Maß an Erfolg haben könnte, wenn er sich nur anstrengte. Verdammt, es grauste ihm bei dem Gedanken daran, wie sehr das die Ansicht seines Vaters widerspiegelte.

»Ach ja?« Dex sah sie herausfordernd an. »Auf welchem College habt ihr denn euren Abschluss gemacht?«

Die beiden Jungs sahen sich an und lachten. Der mit den langen strähnigen Haaren antwortete: »Mann, ey, du brauchst doch keinen Collegeabschluss, um Spiele zu testen.«

Dex' Bizepse zuckten. Da war er wieder. Dieser Irrglaube, der Dex mehr störte als die Faulheit der Kids, die nur ein paar Jahre jünger waren als er selbst. Als Absolvent der angesehenen Cornell University glaubte Dex an den Wert von Bildung und an das Ziel, ein produktives Mitglied der Gesellschaft zu sein. Er sollte sich um das Release-Datum Gedanken machen, statt sich den Unsinn von Jungs anzuhören, die wahrscheinlich nicht mal alt genug waren, um sich überhaupt in einer Bar aufzuhalten.

»Jungs, lasst ihn mal 'n bisschen in Ruhe, okay?«, meinte Regina.

»Ja, klar. War toll, dich kennenzulernen«, sagte der Langhaarige.

Dex beobachtete, wie sie davontaperten, und kippte sein Bier hinunter. Da fiel sein Blick auf eine Frau in einer Nische am anderen Ende der Bar. Er betrachtete die zierliche, braunhaarige Frau, die an ihrer Serviette herumfummelte, während ihr Bein unter dem Tisch hektisch wippte. *Oh Mann!* Erinnerungen von vor vier Jahren rasten unaufhaltsam wie ein Güterzug auf ihn zu und trafen ihn mitten ins Herz.

»Ich weiß, wie du das mit dem College siehst, Dex, aber das sind Kids. Du brauchst nur ein paar nette Worte sagen, dann sind die selig«, sagte Regina.

Dex versuchte, die Erinnerungen zu verdrängen. Noch einmal schaute er zu der Frau hinüber und sein Magen zog sich zusammen. Er wandte sich ab, versuchte krampfhaft, sich auf das zu konzentrieren, was Regina gesagt hatte. *College. Kids. Ein paar nette Worte.* Regina hatte recht. Er sollte die Heldenverehrung dankbar akzeptieren, aber in letzter Zeit hatte er immer mehr das Gefühl, dass eben die Spiele, die ihn erfolgreich gemacht hatten, die Jugendlichen in ein unsoziales Stubenhocker-Dasein hineinmanövrierten.

»Wirklich, Dex. Stell dir vor, du hättest in dem Alter deinen Helden getroffen.« Sage fuhr sich mit der Hand durch die Haare und schüttelte den Kopf.

»Ich bin kein Held.« Dex' Augen waren starr auf die Frau

am anderen Ende der Bar gerichtet. *Ellie Parker.* Er bekam fast keine Luft mehr.

»Dex?« Sage folgte seinem Blick. »Heilige Scheiße …«

Es hatte eine Zeit gegeben, in der Ellie alles für ihn gewesen war. Sie hatte ganz in der Nähe gewohnt, als sie Kinder waren, bei Pflegeeltern, und war kurz vor ihrem Highschool-Abschluss weggezogen. Dex' Gedanken schossen dreizehn Jahre zurück in sein Kinderzimmer. Im Radio lief »In the End« von Linkin Park. Eine Handvoll von Sienas Freundinnen war zu Besuch und Siena hatte das Spiel »Wahrheit oder Pflicht« für sich entdeckt. Sie waren dreizehn, und damals hatte Dex sich mit allem einverstanden erklärt, was seine beliebte und hübsche Schwester so vorhatte. Sie hatte ihrer beider Freizeit voll im Griff. Weil er ständig in Bücher vertieft oder mit einer elektronischen Tüftelei beschäftigt war, galt er nicht gerade als cooler Teenager. Das hatte sich erst geändert, als zwei Jahre später das Testosteron durch seine Adern rauschte. Aber mit dreizehn wurde ihm schon allein bei dem Gedanken schwindelig, einem Mädchen nahezukommen. Er hatte sich in sein Zimmer zurückgezogen, und das war der erste Abend gewesen, an dem Ellie an seinem Fenster aufgetaucht war.

»Was ist los, Dex?« Regina folgte seinem Blick zu Ellies flatterigen Fingern und dem wippenden Bein. »Etwas nervös, die Dame«, kommentierte sie.

Dex stand auf. Sein Magen zog sich zusammen.

»Junge, wir haben hier eigentlich eine Besprechung. Es gibt noch einiges zu bereden«, sagte Mitch.

Sage klang ernst. »Bist du sicher, dass du da hingehen willst?«

Sages Warnung ließ den Puls von Dex in die Höhe schießen. Seine Gedanken flogen zurück zu ihrer letzten

Begegnung vor vier Jahren, als Ellie ihn vollkommen überraschend angerufen hatte. Sie hatte ihn gebraucht. Und er hatte gedacht, dass die Teile seines Lebenspuzzles sich endlich wieder ineinanderfügten. Ellie war nach New York gekommen – er hatte keine Ahnung, was sie so in Panik versetzt hatte – und war zwei Tage und Nächte bei ihm geblieben. Dex war sofort wieder in den völlig vereinnahmenden, schwärmenden und frustrierenden Strudel namens Ellie Parker hineingezogen worden. »Ja, ja, ich weiß schon. Ich muss nur ...« *Herausfinden, ob sie es wirklich ist.*

»Dex?« Regina hielt ihn fest.

Sanft legte er seine Hand über ihre Finger und löste sie von seinem Handgelenk. Er sah die Verwirrung in ihren zusammengekniffenen Augen. Regina wusste nichts von Ellie Parker. *Niemand weiß etwas von Ellie Parker. Außer Sage. Sage weiß Bescheid.* Er schaute über die Schulter zu seinem Bruder, unfähig, die richtigen Worte zu finden.

»Halleluja«, sagte Sage. »Na ja, ich muss sowieso gleich los. Geh schon. Schreib mir.«

Dex nickte.

»Hab ich hier irgendwas verpasst?« Regina schaute fragend von einem zum anderen.

Regina beschützte Dex, so wie Siena es immer getan hatte. Beide machten sich Sorgen, dass er ausgenutzt werden könnte. In den drei Jahren, die Dex und Regina sich kannten, konnte er die Gelegenheiten an einer Hand abzählen, in denen er in ihrem Beisein eine Frau angesprochen hatte. Umgekehrt sah es schon anders aus. Dex bräuchte beide Hände, um aufzuzählen, wie oft er in den letzten Jahren ausgenutzt worden war, und Reginas Blick spiegelte diese Realität wider. Regina wusste es nicht, aber von allen Frauen auf der Welt musste er wahrscheinlich vor

Ellie am meisten beschützt werden.

Er legte ihr eine Hand auf die Schulter und spürte dabei ihre kantigen Knochen. Eine Zeit lang hatte Dex sich gefragt, ob Regina vielleicht Drogen nahm. Ihr schlaksiger Körper erinnerte ihn an ausgelaugte Abhängige, aber Regina war so dünn, weil sie von einer Diät aus Bier, Lakritz und Schokolade lebte, wobei sie sich einer ausgewogenen Ernährung zuliebe gelegentlich einen Veggieburger gönnte.

»Ja. Ich werde wohl mal einer alten Bekannten Hallo sagen. Bin später dann wieder bei euch.« Dex schaute zu Mitch. »Mitternacht?«

»Wie du willst, Kumpel. Ich will dir ja nicht die Tour vermasseln,« meinte Mitch lachend.

»Sie ist nur eine alte … keine … ach, egal.« *Ehemals beste Freundin?* Während er den Raum durchquerte, kam all die Liebe, die er für sie empfunden hatte, wie eine Woge zurück und erfasste ihn wieder. Mitten in der überfüllten Bar hielt er inne und atmete tief durch. *Du bist es tatsächlich.* Beim nächsten Atemzug erinnerte sein Körper ihn an den Schmerz, den ihre Begegnung verursacht hatte. Nie hatte er das vergessen. Wie er vier Jahre zuvor aufgewacht war und festgestellt hatte, dass sie fort war – ohne Nachricht, ohne Erklärung und ohne irgendein Lebenszeichen seitdem. Genauso wie damals, als sie noch Kinder waren. Scharf stach die schmerzhafte Erinnerung in sein überquellendes Herz. Er hatte so sehr versucht, sie zu vergessen. Er war sogar aus seiner Wohnung ausgezogen, um Abstand zu seinen Erinnerungen zu gewinnen. Jetzt sollte er lieber umkehren, zurück zu seinen Freunden gehen. Ellie würde ihm nur wieder wehtun. Er stand da wie festgewurzelt, sein Herz drängte ihn vorwärts, sein Verstand hielt ihn zurück.

Von der Sitzecke, in der Ellie saß, stand ein Paar auf. Es war ihm vorher nicht einmal aufgefallen. Himmel, sie sah so schön aus. Ihr Gesicht war schmaler geworden. Die Wangenknochen traten deutlicher hervor, aber ihre Augen hatten sich kein bisschen verändert. Früher hatte sie fast jedem mit einer tapferen Miene etwas vormachen können – aber nicht Dex. Dex konnte ihr immer ins Herz schauen. So auch jetzt. Sie blickte auf etwas in ihrer Hand, hatte die Augenbrauen zusammengezogen, und die Art, wie sie die vollen Lippen aufeinanderpresste, rief Erinnerungen in ihm hervor. Ihr Ausdruck verriet irgendetwas zwischen Sorge und dem Versuch, sich selbst davon zu überzeugen, dass schon alles in Ordnung käme.

Ihr Bein wippte weiter nervös auf und ab, und wie gern hätte er ihr gesagt, dass alles, was auch immer nicht stimmte, wieder in Ordnung käme. Dex ignorierte die Warnungen seines Verstands und folgte seinem Herzen hin zu Ellie.

Zwei

Das darf nicht wahr sein. Es darf verdammt noch mal echt nicht wahr sein, dass Dina mich an meinem ersten Abend in der Stadt allein gelassen hat. Ellie starrte auf den Tisch. *Du weißt doch, wie du zu meiner Wohnung kommst, oder? Gib uns eine Stunde, mehr will ich gar nicht,* hatte Dina gesagt und ihr den Zweitschlüssel gegeben. Na großartig. Dina und ein Typ, den sie nicht einmal eine Stunde kannte, hatten oder hatten auch nicht Sex, während sie auf dem Sofa schlief. *Ich muss einfach nur die Bewerbungsgespräche hinter mich bringen, mehr nicht. Ich schaff das.* Ihre Gedanken wanderten zurück zu dem verrückten Nachmittag, an dem sie zur Union Station geeilt war, den Zug trotzdem verpasst hatte und auf den nächsten warten musste. Die drei Stunden im Zug hatte sie dann ihre Bewerbungsgespräche vorbereitet, bis sie dann spät und erschöpft an der Penn Station in New York angekommen war. Sie überlegte gerade, ob sie sich einen Drink – oder auch fünf – bestellen sollte, als eindeutig männliche Finger ihren Tisch berührten. Warum sahen sie so vertraut aus?

»Ellie?«

Bei dem Klang der Stimme stockte Ellie der Atem. *Dex. Du meine Güte. Dex.* Ihr Blick glitt an den vertrauten Fingerspitzen entlang zu den großen Händen, die sie festgehalten hatten, wenn sie spätabends durch sein Fenster geklettert war. Ihr Herz erinnerte sich und hämmerte in ihrer Brust, während sie über seine sehnigen, muskulösen Arme hinaufschaute, den Anblick seiner fast eins neunzig großen Gestalt in sich aufnahm und schließlich bei seinen verführerischen mitternachtsblauen Augen hängenblieb. Mann, die hauten sie noch immer um.

»Dexy?« Mit einem langen Atemzug hauchte sie seinen Namen. Sie wollte aufstehen, ihn mit einer Umarmung begrüßen, aber ihr Körper gehorchte nicht. Erstarrt wie ein Mauerblümchen hockte sie in ihrer Nische. Ellie war kein Mauerblümchen, verdammt noch mal. Sie schloss kurz die Augen und konzentrierte sich. *Es ist Dex. Einfach nur Dex.* Allerdings war Dex noch nie *einfach nur Dex* gewesen. Aber sie würde sich hüten, sich jemals zu sehr an jemanden zu binden. Nicht einmal an Dex. *Vor allem nicht an Dex.* Selbstschutz war eine der Fähigkeiten, die Ellie schon in jungem Alter erworben hatte.

Ellie hatte weder die Zeit noch die Energie, um über ihre unschöne Kindheit nachzudenken. Sie sog gern die guten Erinnerungen in sich auf, und da sie wusste, dass sie sich immer am Rande des Chaos befand, fegte sie die schlechten Erinnerungen mit gut einstudiertem Schweigen unter den Teppich und schaute lieber nach vorne. Egal, wie mies der Tag zu sein schien – und in ihren fünfundzwanzig Jahren hatte sie genügend miese Tage erlebt –, nichts war mit dem Gefühl zu vergleichen, von einer Pflegefamilie zur nächsten weitergereicht zu werden und gleichzeitig dafür zu beten, dass ihre Mutter endlich nüchtern werden und sich um sie kümmern würde. Doch ihre Mutter hatte sich zu Tode getrunken, als Ellie acht Jahre alt war, und damit war ihrer tiefen Sehnsucht nach einer

Mutter, die sie nie haben würde, ein Ende bereitet worden. Wenn sie sich eingestanden hätte, wie schrecklich ihre Kindheit gewesen war, würde sie nur wieder zu diesem kleinen hilflosen Mädchen werden, und das wollte sie auf keinen Fall.

Dex fuhr sich durch die dunklen Haare. Noch immer trug er die Haare oben etwas länger und im Nacken etwas kürzer. Und dieser verdammt verführerische Dreitagebart! Die Stoppeln an seinem Kinn waren etwas heller als seine Haare, eher wie Ellies. Nicht ganz schwarz, nicht ganz dunkelbraun. Seine dichten Augenbrauen und dunklen Wimpern umrahmten noch immer seine schönen Augen und verliehen ihm diesen ernsthaften, grübelnden Blick, der ihr Herz immer aussetzen ließ. *Oh Mann, du bist hier. Und du bist so sexy. Nein. Das geht nicht. Mist.*

»Ich fasse es nicht, dass du hier bist«, sagte er und nahm gegenüber von ihr Platz. »Es ist so lang —«

»Zu lange her.« Ellie räusperte sich, um mit fester Stimme reden zu können. Die Einzelheiten von vor vier Jahren wollte sie auf keinen Fall aufwärmen. Jeden Tag hatte sie gegen die schmerzvollen Erinnerungen angekämpft und versucht zu vergessen, dass es dieses Wochenende überhaupt gegeben hatte – *oh, wie sehr habe ich das versucht.* Auch nur einen Tag mit Dex zu vergessen, war unmöglich, geschweige denn das beste Wochenende in ihrem Leben. Nicht einmal den Mut, auf die wenigen Nachrichten von ihm zu antworten, in denen er versucht hatte herauszufinden, warum sie gegangen war, hatte sie aufbringen können. Die Vorstellung, den Schmerz in seiner Stimme zu hören, hatte sie überfordert. Sie hatte gehen müssen. Sie hatte sich von ihm lossagen müssen. Dex war besser dran, wenn sie nicht wie ein hilfloser, verkorkster Klotz an seinem Bein hing.

Sie senkte den Blick, konnte kaum über ihr Schuldgefühl hinwegatmen. Da war er wieder, genau neben ihr. Immer war er für sie da – und sie saugte ihn immer in sich auf, nahm den Trost, den er spendete, willig entgegen. *Und brach ihm sein wundervolles Herz.* Sie hielt den Blick auf den Tisch gerichtet, um nicht … was? Um ihn nicht um Vergebung zu bitten? Sich an ihn zu schmiegen und ihm zu sagen, wie sehr sie ihn liebte? Wie er sie zu Tode geängstigt hatte, als er ihr vor vier Jahren seine Liebe gestand? *Mist.* Kein Wort konnte wiedergutmachen, was sie getan hatte. Außerdem wollte sie sich keine Entschuldigungen aus den Fingern saugen und ihm auch nicht irgendetwas versprechen. Genau aus dem Grund hatte sie auch nicht den Mut aufgebracht, ihn anzurufen und ihm zu erzählen, dass sie nach New York zurückkehren würde. Sie hatte befürchtet, dass er sie nicht wiedersehen wollte, nachdem sie beim letzten Mal einfach so verschwunden war. So wie sie immer verschwunden war – ohne ein Wort.

»Vier Jahre«, erinnerte er sie.

Sie zuckte zusammen. Es war albern zu glauben, dass er ihr einfach so verzeihen würde, dass sie ohne Abschied gegangen war. Dass sie auf seine verzweifelten Versuche, sie zu erreichen, nicht reagiert hatte. Dass sie ihm nicht erklärt hatte, warum sie gegangen war. Doch als sie jetzt zu ihm aufschaute, sah sie keine solche Forderung in seinem Blick. Aber Dex hatte nie etwas von ihr gefordert.

Er berührte ihre Fingerspitzen.

Ellie starrte auf seine Hand. Unglaublich gern hätte sie dem Drängen in ihrem Herzen nachgegeben und seine Hand ergriffen. In unzähligen Nächten war diese Hand ihr Rettungsanker gewesen, aber jetzt griff sie nicht danach. Sie konnte es einfach nicht. Es wäre zu einfach, sich wieder in seine sicheren Arme zu verkriechen und den Trost in sich aufzusaugen, den er ihr mit Sicherheit spenden würde – und es wäre zu einfach, zu vergessen, dass sie jetzt noch mehr Ballast mit sich herumschleppte, der sich wie ein Spinnennetz um sie gelegt hatte. Sie war jetzt eine andere Frau als die, die Dex gekannt hatte. Eine stärkere Frau. Auch wenn es manchmal höllisch wehtat, stark zu sein. Auch wenn ihr der Anblick von Dex, dem sie sehr wehgetan hatte, das Herz zerriss.

Dex machte keine Anstalten, seine Hand zurückzuziehen. »Was machst du in New York?«

Weglaufen. »Mich an Schulen bewerben.« Ellie wollte Dex ihr Herz ausschütten, ihn den Schmerz der letzten Wochen auslöschen und sich dabei helfen lassen, noch mal von vorne anzufangen. Sie musste vergessen, aber darin war Ellie nicht gut. Gerade das machte sie stark. Wenn sie sich an alle miesen Dinge erinnerte, die ihr zugestoßen waren, bewahrte es sie davor, die gleichen Umstände ein zweites Mal heraufzubeschwören. Weglaufen half natürlich auch.

»Du hast es also geschafft.«

Auf Dex' Lippen erschien ein Lächeln, das viel mehr verriet als nur, dass er sich für sie freute. Er hatte an sie geglaubt, als niemand sonst an sie geglaubt hatte. Himmel, wie ihr das fehlte. *Himmel, wie du mir gefehlt hast.* Er lehnte sich zurück. Sein zerknittertes schwarzes T-Shirt schmiegte sich an seinen Oberkörper. Über seinen linken Arm schlängelten sich Tattoos. Neue Tattoos, die sie noch nicht kannte. Ellie spürte einen Aufruhr in Gegenden ihres Körpers, die sehr lange unbeachtet geblieben waren, und das verwirrte sie höllisch, denn zwischen Dex und ihr hatte sich in der Vergangenheit nie *so eine* Beziehung entwickelt. Wenn sie allerdings geblieben wäre … Nein. Darüber wollte sie nicht nachdenken. Sein Blick wandte sich keine Sekunde von ihr ab, aber als sich Dex' lange Finger von ihren entfernten, sehnte sie sich nach deren Rückkehr.

»Ja, ich habe es geschafft, Dex.« Sie hielt seinem Blick nun stand und schüttelte den Kopf, während ihre Lippen lächeln wollten und gleichzeitig zögerten. Die Anspannung in ihren Schultern ließ nach. »An manchen Tagen kann ich es selbst kaum glauben, aber die Papiere beweisen es. Ich habe einen ›Master of Education‹ von der University of Maryland mit dem Schwerpunkt Soziale Minderheiten. Ich hatte ein Stipendium, das hat wirklich geholfen.« Stolz breitete sich in ihr aus, ebenso wie das vertraute, sichere Gefühl, das sie in Dex' Nähe immer überkam und das sie versuchte, *nicht* zu genießen. Er hatte so eine Wirkung auf sie … konnte durch Risse ihres Schutzschildes tröstende Wärme hineinschmuggeln.

»Daran habe ich nie gezweifelt«, sagte er.

»Ich habe von Thrive gehört. Da haben sich all die Jahre der Frickelei wohl ausgezahlt.« Sie erinnerte sich an die vielen Nächte, in denen sie durch sein Fenster geklettert war und ihn nur in Boxershorts angetroffen hatte, neben sich einen Stapel von Fachbüchern und Zeitschriften. Ihren Weg durch das Zimmer musste sie sich immer durch Speicherplatten, Computerzubehör, Zeitungsartikel und Schreibblöcke bahnen. Himmel, überall auf dem Fußboden hatten Schreibblöcke gelegen. Er hob dann immer den Arm, sie kroch neben ihn ins Bett und genoss die Sicherheit, die er ihr gab. Sein Arm legte sich dann um ihre Schultern, er zog sie dicht an sich, während er las und sie ihre Nerven beruhigen oder schlafen konnte. Und manchmal hatte sie einfach nur diese Geborgenheit eingeatmet.

Dex nickte. »Ja, nette Sache.«

Nette Sache. Es sah ihm so ähnlich, dass er seinen Erfolg herunterspielte. In den letzten Jahren hatte sie mehrmals sein

Gesicht auf dem Cover der Zeitschrift *Gamer* gesehen. Kurz bevor sie aus Maryland weggegangen war, hatte einer ihrer Fünftklässler einen Bericht über ihn geschrieben. In dem sehr gut geschriebenen Text wurde nicht nur sein viele Millionen schweres Unternehmen erwähnt, sondern auch sein doppelter Abschluss in Informatik und Mathematik an der renommierten Cornell University. Damals hatte sie überlegt, ob sie sich bei ihm melden sollte, aber so wie ihr Leben sich darstellte, wollte sie ihr Chaos nicht wieder über ihm ausbreiten. Nicht nachdem sie dieses Wochenende miteinander verbracht hatten und ihr bewusst geworden war, wie viel Dex ihr wirklich bedeutete, was ihr auch gehörig Angst eingejagt hatte.

Nicht nachdem sie weggelaufen war.

Sie lief immer weg.

Und da saß er nun, nahm sich wieder einmal Zeit für sie, während sie vor der Katastrophe weglief, die durch ihre Beziehung zu einem Mann entstanden war, von dem sie nicht gewusst hatte, dass er verheiratet war – einem Mann, der sie sowohl seelisch als auch körperlich verletzt hatte. Das konnte sie Dex auf keinen Fall erzählen. Nachdem er den Mistkerl umgebracht hätte, würde er sie wahrscheinlich in einem anderen Licht sehen, auch wenn sie nicht gewusst hatte, dass er verheiratet war. Sie wollte nicht wieder als Opfer gesehen werden. Es war verdammt noch mal zu hart. Dieser verdammte Bruce Kellerman. Sie war durch mit den Männern. Die Gedanken an Bruce schob sie beiseite. Sie hatte größere Probleme, wie zum Beispiel einen Job zu finden und eine Wohnung, ganz zu schweigen davon, dass sie sich fragte, wie sie die Nacht mit einem komischen fremden Typen im Nebenzimmer überstehen sollte.

»Sag mal, hast du Zeit, etwas zu trinken?«

Nein. Ich muss Dinas Wohnung finden, und ich … Ach zum Teufel! Das vertraute Gefühl in Dex' Anwesenheit war einfach zu schön. »Ja, gute Idee.«

Dex winkte eine Kellnerin heran, bestellte sich ein Bier und sah Ellie mit hochgezogenen Augenbrauen an. »Cola-Rum?«

Sie verdrehte die Augen. »Wirke ich echt noch immer so wie ein Teenie?« Gern hätte sie sich etwas Erwachseneres bestellt, einen Cosmopolitan, Manhattan oder einen Martini, aber es war tatsächlich so, dass sie ihre Vorliebe aus Highschoolzeiten für Cola-Rum nicht loswurde. »Ja, her damit.« Sie konnte sich ebenso gut entspannen und den Abend genießen. Ihr erstes Bewerbungsgespräch war erst um zehn Uhr am nächsten Morgen. Selbst wenn sie noch etwas unterwegs war und sich mit Dex unterhielt, bekäme sie noch genug Schlaf.

Drei

Dex konnte es kaum fassen, dass Ellie tatsächlich vor ihm saß, und sie sah verdammt noch mal noch schöner aus als je zuvor. Er hatte gedacht, sie wäre für immer verschwunden, als sie als Teenager in eine neue Pflegefamilie geschickt wurde. Dass sie gehen musste, hatte ihn tief erschüttert, aber als er an dem Tag, an dem sie abreisen sollte, zu ihrem Haus ging und feststellen musste, dass sie sogar ohne Abschied gegangen war, war er untröstlich gewesen. Als Teenager hatte sie ihm das Herz gestohlen, aber bis zu dem Zeitpunkt vor vier Jahren, an dem sie wieder aufgetaucht war, war er sich nicht darüber im Klaren gewesen, wie sehr er sie noch immer liebte. An einem kurzen Wochenende hatte sie sein Herz so erfüllt, dass er sich vorkam wie im Paradies. Und genauso schnell, wie sie seine Liebe wieder entfacht hatte, so schnell hatte sie sein Herz auch zerschmettert und ihn erneut als gebrochenen Mann zurückgelassen. Mit Ellie gab es keine Sicherheit. Sie war seine Achillesferse. Sie würde ihm nur wieder Schmerzen zufügen. Gleichzeitig wäre er nie in der Lage, sich von ihr abzuwenden. Und während er ihren Anblick in sich aufnahm, berauscht allein von ihrer Nähe, spürte er seine Ohnmacht.

Zwei Gläser später hatte sich die Anspannung um ihre

Augen fast ganz verflüchtigt und er entdeckte Spuren ihrer weicheren Seite, die sie immer vor aller Welt verborgen hatte, die ihm aber so vertraut gewesen war. Er fragte sich, ob im Laufe der Jahre irgendjemand anderes so weit in ihr Herz vorgedrungen war.

»Warum New York?« Sein Inneres zog sich kurz hoffnungsvoll zusammen. *Bist du wegen mir zurückgekommen?*

Ellie zuckte mit den Schultern und fuhr mit der Fingerspitze über den Rand ihres Glases. »Wurzeln, nehme ich an. Ich habe mehr Jahre in New York verbracht als sonst irgendwo, abgesehen natürlich vom College.«

»Wie war's in Maryland?« Dex wusste, dass er sich auf dünnes Eis begab. Selbst in ihrer vertrautesten Zeit hatte Ellie nicht über die harte Realität ihres Lebens gesprochen. Als ihre Pflegefamilie sie schlecht behandelte, war sie verstummt. Wortlos hatte sie sich an Dex gekuschelt. Er brauchte nicht lang, um ihren abwesenden Blick richtig zu deuten. Damals war sie auch schon weggelaufen, nur eben emotional und nicht physisch. Er hatte verstehen wollen, was sie in diesen stummen, unglücklichen Zustand trieb – diesen *Ort des Schweigens*. Eines Nachts war er zu ihrem Haus gegangen und hatte zum Fenster hineingeschaut. Durch die dünnen Wände des einstöckigen Hauses hatte er Gebrüll gehört, und in dem Moment hatte Dex sich gewünscht, seine älteren Brüder Sage, Kurt, Rush und Jack wären dabei gewesen, um Ellies Pflegevater zu vermöbeln. Aber Jack war beim Militär, Rush trainierte irgendwo für die Olympischen Spiele und Kurt und Sage waren am College. Nur Dex und Siena wohnten noch zu Hause, und als er schließlich den Mut aufgebracht hatte, Ellie danach zu fragen, hatte sie dichtgemacht. Das war das erste und einzige Mal gewesen, dass er das Thema angesprochen hatte. Als er jetzt mit Ellie zusammensaß, fragte er sich, ob sie wieder dichtmachen oder ihn hereinlassen würde.

Ellie schlug die Augen nieder und fingerte am Glas herum. Dex erkannte die angespannten Mundwinkel, den trüben Ausdruck in ihrem Blick, und er wusste, dass sie ihn auch jetzt nicht hereinlassen würde.

»War in Ordnung. Nicht so schlimm wie in meiner Pflegefamilie damals in unserer alten Straße, aber auch nicht besonders gut.«

Sie trank ihr Glas leer und griff sich mit beiden Händen fest in die Haare. Als sie wieder losließ, waren ihre Haare zerzaust und fielen in großen Locken über ihre Schultern. *Schlafzimmer-Look.*

Mit zerzausten Haaren und diesem süßen, sexy Blick aus dem Schlafzimmer zu kommen, würde voraussetzen, dass Ellie jemanden in ihre Welt hineinließe. Verdammt, wie gern wäre er derjenige. Dex schaute weg, versuchte, seine Gedanken davon abzubringen, auf diese Weise an Ellie zu denken.

Mensch. Hör auf. Das ist Ellie.

In seinem Leben konnte Dex eine ewig Flüchtende ebenso wenig gebrauchen, wie er einen verpassten Release-Termin gebrauchen konnte. Man konnte nicht auf sie zählen. Das wusste er. Sie hatte keinerlei Skrupel, ihm das Herz zu zerreißen. Er hatte das alles schon mit ihr durchgemacht und es hatte höllisch wehgetan. Aber andererseits war es Ellie, und er hatte keine Ahnung, was er für sie nicht alles riskieren würde. Allein bei ihr zu sitzen, nahm ihm schon die Fähigkeit, einen klaren Gedanken zu fassen.

Eine Stunde später hingen Ellies Augenlider auf halbmast. Sie hatte drei Drinks gehabt. Im Verhältnis zu dem einen, der sie als Teenager schon ins Taumeln gebracht hatte, war das eine

Menge. Sie hängte sich ihre Handtasche diagonal über die Schulter und seufzte. »Ich geh dann wohl besser mal.« Sie hievte sich auf die Beine und hielt sich am Tisch fest, während sie aus der Sitzecke herausrutschte.

Reflexartig streckte er den Arm aus, um ihr Halt zu geben, und stand auf. Wann war ihr Größenunterschied so enorm geworden? Ellie war so stark und dickköpfig, dass er sie größer in Erinnerung gehabt hatte, bei Weitem nicht so zierlich und weiblich, wie sie jetzt wirkte. Er verspürte den Drang, sie in die Arme zu nehmen und zu halten, bis dieser zurückhaltende Ausdruck aus ihrem Gesicht verschwand.

»Wo wohnst du?«, fragte er.

Sie sah zu ihm auf und legte die Hände auf seine Brust. Dex versuchte zu ignorieren, wie sein Herzschlag Fahrt aufnahm und seine Brust sich unter ihrer Berührung anspannte. Mann, sie hatte so oft die Hände auf seine Brust gelegt, als sie jünger gewesen waren, aber er konnte sich nicht daran erinnern, dass es eine Reaktion in seiner Hose hervorgerufen hatte. Aber vielleicht hatte er es nur gekonnt ignoriert. *Mist.* Dieses Wochenende, an dem sie zurückgekehrt war, hatte alles verändert – und doch rein gar nichts. Egal. Das hier war Ellie und er würde sich nicht auf sie einlassen. Er unterdrückte sein Verlangen, sich ihr wieder zu öffnen.

»Thrive!«, rief Mitch von der Theke herüber.

Ellie drehte sich ruckartig in Richtung Theke um und hielt sich an Dex fest, um nicht umzufallen. »Ich habe das Gefühl, der ruft dich.«

»Ja, das ist Mitch. Er macht das immer, wenn ich die Bar betrete. Es ist seine Art, mich zu begrüßen. Er und Reg arbeiten für mich. Wir wollten uns gerade zu einer Besprechung zusammensetzen, als ich dich gesehen habe.« Er legte seine Hand auf ihre und nahm sie von seiner Brust – woraufhin er sie sofort vermisste und sich gleichzeitig für dieses Gefühl schalt. »Komm, ich stell dich ihnen vor.«

»Warte.« Sie beugte sich hinunter und holte ihren Koffer unter dem Tisch hervor.

Wie zum Teufel konnte ich das übersehen? Ihm wurde bewusst, dass sie seine Frage nicht beantwortet hatte. »Augenblick, bist du gerade erst in die Stadt gekommen?«

Sie schaute auf den Koffer, dann wieder zu Dex, als müsste sie sich eine Antwort überlegen. »Ja«, sagte sie schließlich.

»Bist du für eine Woche hier?«

»Nein, das sind all meine Sachen. Ich ziehe hierher.«

Meine Güte. Dein ganzes Hab und Gut passt in einen Koffer? Er erinnerte sich, wie Ellie kurz vor ihrem Weggang von der Pflegefamilie gesagt hatte, dass die Leute immer eine Menge unnötigen Kram hatten und sie lieber nur das behalten würde, was sie wirklich brauchte. Nun wurde ihm klar, dass sie das damals wahrscheinlich nur aus Selbstschutz gesagt hatte, damit er nicht schlecht von ihr dachte. *Verdammt! Ich könnte nie schlecht von dir denken.* Alles an Ellie war so viel mehr wert, als materieller Besitz es je sein könnte. Nichts und niemand auf der Welt hatte sie ersetzt, und er war sich nicht sicher, ob das je geschehen könnte. Er griff nach dem Koffer, und sie versuchte, ihn ihm wieder aus den Händen zu nehmen.

»Ich schaff das schon, Dex.«

Immer noch die alte Ellie.

»Ich weiß, dass du es schaffst. Ich wollte nur helfen.«

»Danke, aber ich nehme ihn.« Sie warf die Haare mit einer geübten Kopfbewegung zurück und zog das schwere Gepäckstück hinter sich her.

Er hörte die ungesagten Worte geradezu. *Ich brauche deine Hilfe nicht. Ich schaffe das allein.* Das hatte sie bei ihrer ersten

Begegnung gesagt. Sie war in der fünften Klasse gewesen, er in der sechsten. Da Ellie ein Jahr jünger war als er, hatte er sie augenblicklich in die Ignorieren-Schublade seines Hirns gesteckt. Sie hatten denselben Heimweg, und als sie an dem Tag aus dem Bus gestiegen war, hatte sie ihren Ordner fallen lassen. Als er anhielt, um ihr beim Aufsammeln der Sachen zu helfen, hatte sie ihn angeschnauzt. *Ich brauche deine Hilfe nicht. Ich schaffe das allein.* Als Kind eines Vier-Sterne-Generals wusste Dex, wann man sich zurücknehmen und den Mund halten sollte. Aber danebenstehen und zusehen, während sie den Papieren hinterherlief, die vom Wind davongetragen wurden, widersprach allem, was seine friedliebende Hippiemutter ihn je gelehrt hatte. Er hatte also die Zettel aufgehoben, die ihm vor die Füße gefallen waren, und Ellie hatte ihn mit diesen wunderschönen – wenn in dem Moment auch Giftpfeile abfeuernden – Augen wütend angesehen und kein Dankeschön von sich gegeben, als er sie in ihren Ordner geschoben hatte. Sie hatte gar nichts gesagt und er auch nicht. Aber von da an liefen sie jeden Tag in freundschaftlichem Schweigen nebeneinander nach Hause. Wenn sie an die Kreuzung Marlboro und Carlisle Street kamen, an der Dex nach rechts und Ellie nach links abbiegen musste, hob Dex immer hüfthoch die Hand und Ellie hob kurz zum Abschied das Kinn.

Auf diesem gemeinsamen Weg an den Nachmittagen hatte sich Dex von Ellies Stärke ebenso angezogen gefühlt wie von ihrer stillen Verletzlichkeit. Dex hatte eine gute Auffassungsgabe und schnell herausgefunden, mit was sie sich wohlfühlte und was sie aufregte. Wie ein Falkenjunges war er in stiller Bewunderung auf sie geprägt. Wenn Ellie sich an ihren Ort des Schweigens zurückzog und ihn ausschloss, war er einfach für sie da. Mehr brauchte sie nicht – und vielleicht wollte sie auch nicht mehr.

Vier

Ellie kämpfte sich mit dem sperrigen, schweren Koffer durch die gut gefüllte Bar und musste alle paar Schritte darauf warten, dass die Leute Platz für sie machten, während sie Dex zur Theke folgte. So wie New York sich plötzlich um sie herum drehte, würde sie die Wohnung von Dina auf keinen Fall finden. Sie speicherte die Erkenntnis ab, dass Cola-Rum ab sofort von ihrer Liste sicherer Drinks gestrichen war. Seit dem frühen Morgen hatte sie nichts mehr gegessen, sie war müde, und sie war sich ziemlich sicher, dass sie nun gleich die Freundin von Dex kennenlernen würde, die wahrscheinlich dünnste Frau, die sie je gesehen hatte.

Dex blieb abrupt stehen und drehte sich um. Ellie knallte gegen seine Brust, die sich richtig gut anfühlte und noch besser roch. *Merke: Nach Cola-Rum riecht Dex viel zu gut. Kein Cola-Rum mehr.*

»Entschuldige«, lachte Dex. »Alles in Ordnung?«

Nein. Das alles ist mir schrecklich peinlich und mir geht's gerade total mies, aber du riechst wirklich gut, also lass ich meine Nase einfach noch ein oder zwei Atemzüge an deinem muskulösen Oberkörper. Sie sah hoch in seine lächelnden Augen. *Meine Güte, was mach ich bloß? Das ist Dex. Ahh. Idiotisches Benehmen*

Nummer siebzehn am heutigen Abend.

»Sorry.« Sie schob sich von ihm weg und schwankte etwas, war aber noch nüchtern genug, um festzustellen, dass ihm seine Jeans sexy auf den Hüften lag.

Er legte die Hand auf ihre Schulter. »Bist du sicher, dass ich den Koffer nicht nehmen soll?«

Sie sah ihn mit einem Blick an, von dem sie wusste, dass er ihn verstand.

Er seufzte. »Du bist so was von dickköpfig.«

»Danke«, erwiderte sie so bissig wie möglich.

Dex schüttelte den Kopf und bahnte ihr den Weg zu einem Barhocker.

»Danke«, sagte sie und kletterte auf den Hocker. Dieser drehte sich daraufhin sofort, und während sie mit der einen Hand den Koffer festhielt, griff sie mit der anderen nach der Theke, um die Drehung aufzuhalten. Doch sie griff daneben, ließ den Koffer auf den Boden knallen, und der Hocker setzte seine unerträgliche Drehung fort.

Dex hielt sie am Knie fest.

»Geht schon.« Ellie wurde gleich wieder zu dem Mädchen, dass sie vor so vielen Jahren gewesen war: tough, widerstandsfähig, alles unter Kontrolle … und distanziert. Mist. Sie benahm sich distanziert, und das gefiel ihr überhaupt nicht, aber die Alternative war nicht gut. Ihren Gefühlen für diesen viel zu sexy Dexy nachzugeben, war gefährlich.

»Regina, Mitch … Das ist Ellie Parker.«

Ellie hörte, dass Dex sie vorstellte, aber seine Hand brannte ein Loch in ihre Jeans bis auf ihren Knochen. Sie zwang sich, den Blick von seiner Hand zu heben und in die Augen seiner neugierigen Freunde zu schauen.

»Hallo.« Ellie bemerkte, dass Regina ebenfalls auf Dex'

Hand starrte. *Na klasse. Jetzt hab ich seine Freundin angepisst. Warum zum Teufel hat er mir nicht gesagt, dass er eine Freundin hat, anstatt so lange bei mir am Tisch zu sitzen? Jetzt sieht mich dieses dürre Mädel so sauer an.* Mit einer schnellen Ellbogenbewegung schob sie seine Hand von ihrem Bein. *Schon besser. Irgendwie.*

»Mitch.« Der verlotterte Typ mit dem Kopf voller Locken streckte ihr die Hand entgegen.

Ellie schüttelte seine warme, teigige Hand.

»Ellie. Ellie. Ellie.« Mitch sah zu Dex. »Ellie?«

Sie sah ihm an, dass er versuchte, sie einzuordnen. Es war mehr als eindeutig, dass Dex sie nie erwähnt hatte, und das versetzte ihr einen Stich, obwohl sie wusste, dass das unsinnig war. Sie hatte ihn quasi in die Wüste geschickt, als sie abgehauen war. Warum sollte er über sie reden wollen – und warum war er jetzt so nett zu ihr? *Weil er nun mal so ist. Ich sollte verdammt noch mal sehen, dass ich von hier wegkomme, bevor ich etwas Blödes anstelle und ihm wieder wehtue.*

»Parker«, sagte Dex. »Wir sind zusammen zur Schule gegangen.«

»College?« Regina verschränkte die Arme und ließ ihren prüfenden Blick von Kopf bis Fuß über Ellie gleiten.

»Nein, Highschool.« Dex trat einen Schritt näher an Ellie heran. Eine beschützende Geste, die er schon an den Tag gelegt hatte, als sie noch jünger gewesen waren. Sein Körper war etwas vor ihrem, seine Schultern gestrafft, sein Bein berührte ihres.

Ich muss nicht mehr beschützt werden. Sie spürte die Hitze, die er ausstrahlte. *Oh Mann. Vielleicht ist das alles nur in meinem Kopf. Ich bin betrunken und Regina sieht es mir an. Sie glaubt, ich will ihr den Freund ausspannen.* Ihr Magen zog sich panikartig zusammen, der Schutzmodus schaltete sich ein. Sie setzte sich auf und blickte die schöne, schlanke Regina unverwandt an.

»Wir haben um die Ecke voneinander gewohnt.« Ellie hoffte, dass sie nicht so schwindelig klang, wie ihr zumute war.

»Ey, cool«, sagte Mitch, »dann kennst du ja alle Remingtons.« Er winkte den Barkeeper herbei. »Noch eine Runde, bitte.«

Die Remingtons hatten ihre Probleme, wie alle Familien, aber Ellie hatte sich nie so sicher gefühlt wie nachts in Dex' Zimmer. Aber daran, wie es sich in Dex' Armen anfühlte, sollte sie nicht denken, wenn sie sternhagelvoll war.

Ellie winkte dem Barkeeper zu. »Nein, nein, für mich nichts, danke.« Sie glitt von dem Hocker und wartete erst einmal darauf, dass der Raum sich nicht mehr drehte. »Ich sollte wirklich los.« Sie sah in den hinteren Teil der Bar, dann in den vorderen. Verdammt, sie konnte sich nicht an Dinas Adresse erinnern, und sie war ziemlich benommen. Sie kramte ihr Handy hervor und schrieb Dina.

Wie war noch mal deine Adresse?

»Jetzt schon?«, fragte Mitch. »Bleib doch noch. Wir essen eine Kleinigkeit, und du kannst uns erzählen, wie Dex als Teenager so war. Dann haben wir etwas, womit wir ihn aufziehen können.«

Regina tippte sich mit dem Zeigefinger auf die Oberlippe. Ellie bemerkte ein Tattoo, das sich über ihre Schulter schlängelte. Sie kniff die Augen zusammen, um es besser erkennen zu können.

»Eine Viper«, sagte Regina.

Ellie schreckte zusammen. »Tut mir leid. Ich wollte nur … äh … Entschuldige.«

»Schon okay.« Reginas Blick vermittelte nicht im Ansatz, dass etwas *okay* war.

»Ähm, könnt ihr mir sagen, wo die Toiletten sind?« Sie musste sich Wasser ins Gesicht spritzen und einen klaren Kopf bekommen, um Dina ausfindig machen zu können. Vielleicht war Dina zu sehr mit diesem Typen beschäftigt, den sie abgeschleppt hatte, als dass sie die verdammte Nachricht lesen würde.

»Klar. Ich zeig dir, wo sie sind.« Dex verschränkte die Finger mit ihren.

Reginas Blick brachte Ellie zum Schweigen, während Dex sie durch die Bar hin zu einer Treppe führte. Die Treppe war steil, und sie war froh um den Halt, den Dex ihr gab.

»Deine Freundin hasst mich«, sagte Ellie.

»Freundin?« Dex hielt auf der Treppe inne und Ellie stolperte fast über ihn.

»Du musst damit aufhören.« Wieder lagen ihre Hände auf seiner Brust. Er war zwei Stufen unter ihr, und so standen sie sich Auge in Auge gegenüber, wie in der Grundschule, als sie sich kennengelernt hatten. Sie wusste noch, wie süß Dex gewesen war. Die anderen Kinder hatten nie mit ihr gesprochen, und als sie ihren Ordner fallen gelassen hatte, waren sie mitten durch ihren Kram gestapft. Aber Dex hatte ihr geholfen. Sie hatte sich gefragt, was er wohl im Gegenzug dafür erwartete. Als Pflegekind hatte sie gelernt, dass es Hilfe nie umsonst gab. Aber er hatte nichts verlangt, und dann hatte er jeden Tag gewartet, wenn sie aus dem Bus gestiegen waren, und sie schweigend auf dem Heimweg begleitet. *Du bist immer für mich da gewesen.*

»Entschuldige.« Er verzog den rechten Mundwinkel zu einem sexy schiefen Grinsen. Ein Grinsen, das ihr vertraut war, selbst nach all den Jahren. »Regina und ich sind nicht zusammen. Sie ist meine Mitarbeiterin und eine gute Freundin.«

Ellie zog eine Augenbraue hoch. »Wer's glaubt … Aber egal, was sie ist, sie hasst mich schon jetzt.« Sie schwankte auf der Treppe hin und her, sodass Dex eine Hand auf ihre Taille legte, um ihr Halt zu geben. Er gab ihr immer Halt. *Besonders heute Abend.*

»Sie hasst dich nicht. Das ist nur ihr Beschützerinstinkt, mehr nicht.« Er nahm wieder ihre Hand. »Komm.« Mit der anderen Hand in ihrem Kreuz führte er sie die Treppe weiter hinunter bis zur Damentoilette. »Sie wird dich mit der Zeit lieben … mögen, so wie ich es tue. Versprochen.«

»Lass meine Hand los. Deine Beschützerin mag das nicht.« Beschützerin? Als ob Dex das nötig hätte. Aber wem wollte sie denn etwas vormachen? Hatte sie nicht bewiesen, dass Dex *vor ihr* beschützt werden musste, als sie ohne Abschied abgehauen war? Zweimal. Ellie sah über die Schulter zu Dex, als sie die Tür zum Waschraum aufmachte, und Erinnerungen an ihren Abgang vor vier Jahren kamen zurück. Wie sie sich hinausgeschlichen hatte, als er noch schlief. Sie schluckte das Schuldgefühl hinunter, das sie zu ersticken drohte, als die Tür hinter ihr zufiel.

Sie ging auf die Toilette, wusch sich die Hände, spritzte dann kaltes Wasser in ihr Gesicht und blickte sich im Spiegel an. Die Augen waren glasig, die Wangen rosig. *Verdammt.* Sie trank nie. Warum musste sie ausgerechnet heute Abend zu viel trinken? Dieser Mistkerl von Bruce, nur wegen dem. Arschloch. Sie hatte einen tollen Job in Maryland gehabt und sie hatte ihre Mitbewohnerinnen geliebt. Klar, ein bisschen unordentlich waren sie, und etwas laut, wenn sie Arbeiten korrigierte, aber sie mochte sie und das beruhte wohl auf Gegenseitigkeit. Dann versaute Bruce ihr Leben. Auf keinen Fall hätte sie in Maryland bleiben können, und sie hätte auch nicht so tun können, als hätten sie nie etwas miteinander gehabt. Ihr Blick wanderte zur Tür. Und dann war da Dex. Der andere Grund dafür, dass sie heute Abend getrunken hatte. Er war so unerwartet aufgetaucht und alles an ihm war so tröstlich und sicher. *Sicher* brauchte sie nicht. *Sicher ist nie wirklich sicher.*

Meine Güte! Was mache ich hier bloß? An Ellie hatte er seit … einem Tag nicht mehr gedacht. Vielleicht. *Mist.* Wem wollte er denn etwas vormachen? Ellie lungerte wie eine Welle in seinem Bewusstsein. Erinnerungen an sie kamen und gingen, manche intensiver als andere, aber immer tauchten sie auf. Er fragte sich, was aus ihr geworden war und wo sie wohl lebte. Aber am meisten fragte er sich, durch wessen Fenster sie nachts kroch. Sie war genauso tough wie eh und je, aber irgendetwas Dunkles lag in ihrem Blick, und Dex würde erst wieder gut schlafen, wenn er herausgefunden hatte, was es war. Sie trat aus der Damentoilette heraus, und er erhob sich von der untersten Stufe, auf der er gesessen hatte.

»Was sagtest du, wo du heute schläfst?«, fragte er nach.

Ellies Lächeln verblasste. Sie kramte in ihrer Tasche nach dem Handy. »Äh, bei … jemandem.«

Mist. Jeder wusste, dass das so viel bedeutete wie *bei meinem Freund* oder *meiner Affäre*. Obwohl Ellie nicht der Typ für Affären war. Zumindest war sie es früher nicht gewesen. »Findest du nicht, du solltest ihn anrufen?«

Sie tippte etwas in ihr Handy und schaute zu ihm auf. »Sie. Dina. Ich kenne sie vom College. Oder zumindest dachte ich, dass ich sie kenne. Sie ist vorhin mit irgendeinem Typen abgezischt, aber ich kann mich nicht an ihre Adresse erinnern. Ich ruf die Auskunft an.«

»Ellie, deine Freundin ist am ersten Abend nach deiner Ankunft abgehauen?« Dex lehnte sich an die Wand.

Ellie zuckte mit den Schultern. »Das ist schon in Ordnung. Sie sagte, sie wäre in ihrer Wohnung.«

»Was für eine Freundin macht so etwas?« Er verschränkte die Arme, und als Ellie versuchte, an ihm vorbeizugehen, berührte er ihren Arm. Ihre Muskeln spannten sich unter seiner Berührung spürbar an. »Hey, sicher, dass alles in Ordnung ist?«

Sie öffnete den Mund, doch kein Laut kam heraus. Dann presste sie den Kiefer aufeinander. »Mhm.«

»Ellie, ich bin's. Ich kenne diesen Blick, das weißt du.« Er trat näher an sie heran. Ellie mochte es nicht, in der Öffentlichkeit umarmt zu werden, aber wenn sie beide allein gewesen waren, war sie ihm quasi unter die Haut gekrochen. Die Treppe konnte man wohl als *allein* ansehen und er musste sie zum Teufel noch mal halten. Dex legte die Arme um sie und hielt sie, bis sie ihr halbherziges Sträuben aufgab. Er hielt sie, bis die Starrheit in ihrem Rücken und ihren Armen nachließ, dann legte er die Wange auf ihren Kopf und rieb ihr über den Rücken, bis ihr Herzschlag sich beruhigt hatte. Zufrieden, dass ihre Dämonen endlich etwas Abstand genommen hatten, zog er sich schließlich ein wenig zurück. Ihre schönen blauen Augen waren weit aufgerissen – und blickten starr an ihm vorbei. Sie drückte sich von ihm weg.

»War jedenfalls schön, dich gesehen zu haben.« Sie stürmte die Treppe hinauf und an Regina vorbei.

»Ellie!«

»Meeting, schon vergessen?«, fragte Regina, als er vorbeihastete.

»Stimmt. Gib mir eine Stunde?« Er nahm zwei Stufen auf

einmal und holte Ellie draußen vor der Bar ein. Sie zog ihren Koffer auf dem Gehweg hinter sich her und stapfte mit ihren Stiefeln entschieden davon.

»Ellie, warte! Hat deine Freundin zurückgeschrieben?«

»Nein.« Sie wurde schneller.

»El, wohin gehst du? Es ist nach Mitternacht.« Sie war so verdammt dickköpfig, dass er allmählich sauer wurde. Er hielt sie am Arm fest. »Rede mit mir.«

Sie drehte sich herum und sah ihn an. »Was willst du, Dex? Ich bin gerade mal ein paar Stunden in deinem Leben und hab mir schon jemanden zum Feind gemacht. Ich bin Chaos pur. Das lebende, atmende Chaos in Person. Du brauchst mich nicht in deinem Leben und ich brauche keinen Retter.«

»Retter?« Seine Muskeln brannten. Auf dem Gehweg gingen Leute an ihnen vorbei, machten einen Bogen um die wütende Frau mit dem Koffer und den Typen, der wahrscheinlich so aussah, als würde er gleich in die Wand schlagen. Er atmete tief durch, trat näher an sie heran und sagte dann leiser: »Du bist nicht das Chaos und ich bin nicht dein Retter. Du hattest es nie nötig, gerettet zu werden, Ellie.«

Mit jedem wütenden Atemzug hob und senkte sich ihre Brust. »Genau.«

»Genau.« Er griff nach dem Koffer und nahm ihn ihr aus der Hand. »Aber ich werde dich in Teufels Namen auf keinen Fall nach Mitternacht durch die Straßen laufen lassen, wenn du überhaupt keine Ahnung hast, wohin du gehen sollst. Und es ist mir egal, wenn du dich deswegen mit mir streitest, denn ich bin dein Freund, und Freunde tun so etwas nun mal.«

»Genau.« Sie bewegte sich nicht.

»Genau?« War sie wirklich seiner Meinung?

»Genau. Und deshalb beobachtet Regina dich auch.«

Dex schaute sich um. Regina und Mitch standen vor der Bar und beobachteten das Geschehen. *Verdammt! Was zum Teufel machen die da?* Konnte er nicht mal eine Stunde für sich haben? Um ehrlich zu sein: nein. In der Game-Branche und besonders so kurz vor einem Release konnte er keine Stunde für sich haben. Jeder Mitarbeiter von Thrive setzte darauf, dass der Release ein Erfolg wurde. Er spürte Ellies Finger, die seine von dem Koffer lösen wollten.

»Ellie.« Er flüsterte ihren Namen fast.

Sie sah ihn mit einem Blick an, der so viel sagte wie *Tu's nicht,* und dann schaute sie in die dunkle Gasse neben der Bar.

»Da muss dich nur die falsche Person in so eine dunkle Gasse zerren. Ich will mir keine Sorgen machen müssen. Bitte! Ich bring dich zur Wohnung deiner Freundin.«

Mit der Hand auf seiner stand sie gefühlt eine Stunde da, dabei waren es in Wirklichkeit nur Sekunden. Dann nickte sie kaum sichtbar, während ihr Blick eindeutig sagte: *Wenn's sein muss. Lass uns einfach nur von hier verschwinden.*

Dex schaute zu Regina und Mitch. »Eine Stunde«, rief er.

Mitch zeigte auf ihn und legte dann die Fingerspitzen zu einem Dach zusammen – eine Geste, die sich zwischen ihnen als Zeichen für *deine Wohnung* eingebürgert hatte.

Er nickte zurück, legte dann den Arm um Ellies Schultern und atmete endlich wieder, wobei er ignorierte, wie steif ihr Körper wieder geworden war.

»Dann lass uns mal die Wohnung deiner Freundin suchen.«

<h1 style="text-align:center">Fünf</h1>

Nachdem sie die Auskunft angerufen, Dinas Adresse herausgefunden und ihre Wohnung erreicht hatten, waren die schlimmsten Auswirkungen von Ellies Schwips etwas abgeklungen. Ohne Dex hätte sie der Wegbeschreibung niemals folgen können. Sie war auch für seine Gesellschaft dankbar, obwohl sie keine Ahnung hatte, wie sie mit ihrem Herzrasen in seiner Gegenwart umgehen sollte. Ihr war nicht mehr klar gewesen, wie allein man sich in einer großen Stadt fühlen konnte.

Der Flur von Dinas Wohnung war kaum groß genug für Ellie und ihren Koffer. Rechts war ein gemütliches Wohnzimmer, in dem man vor dem Sofa gerade noch vorbeigehen und die Füße auf den Couchtisch legen konnte. Links lag die kleinste – und wohl dreckigste – Küche, die sie je gesehen hatte, und direkt dahinter ein Badezimmer. Die Tür zum Schlafzimmer ging vom Wohnzimmer ab und war geschlossen – kein Licht und kein Laut drangen daraus hervor.

»Glaubst du, sie ist da?«, fragte Dex.

Ellie zuckte mit den Achseln. Als ihr nun bewusst wurde, dass sie Dina eigentlich überhaupt nicht richtig kannte, spannten sich ihre Nackenmuskeln an. Sie versuchte, den

Schmerz wegzumassieren. Was hatte sie sich dabei gedacht, als sie Dina angerufen hatte? Sie hatten mit den gleichen Leuten Zeit verbracht, im Wohnheim auf demselben Flur gewohnt. Sie war recht nett gewesen, und oft hatten sie mitten in der Nacht miteinander geredet, wenn Ellie nicht schlafen konnte und im Freizeitraum auf dem Sofa herumgehangen hatte. Damals wusste sie, dass Dina in diesen Nächten ihr Zimmer verließ, um den Typen, die sie für einen One-Night-Stand aufgegabelt hatte, die Gelegenheit zu geben, abzuhauen. Aber das hatte sie längst vergessen, als sie sie angerufen hatte, um nach einer Übernachtungsmöglichkeit zu fragen. Sie hatte unbedingt aus Maryland weggewollt und Dina – nicht Dex – war ihr als einzige Möglichkeit in den Sinn gekommen.

»Weiß nicht. Es ist ziemlich leise. Vielleicht sind sie doch in seine Wohnung gegangen.« Ellie stellte ihren Koffer auf den Couchtisch und ließ sich dann auf das Sofa fallen. »Es tut mir leid, Dex. Ich wollte vor deinen Freunden nicht so eine Szene machen. Es war ein langer Tag und ich bin einfach etwas frustriert.«

Dex lächelte und zuckte die Achseln. »Schon gut. Du hast mich etwas auf dem falschen Fuß erwischt, El. Ich kann immer noch nicht glauben, dass du hier bist. Ich war mir nicht sicher, ob ich dich jemals wiedersehen würde.«

»Da sind wir schon zwei, und außerdem habe ich morgen um zehn ein Vorstellungsgespräch.« Sie legte die Hände vors Gesicht. »Bitte entschuldige mich bei deinen Freunden. Ich trinke sonst nie, also kannst du es darauf schieben.« Sie spähte durch ihre Finger und sah, dass Dex eine Augenbraue hob. Seufzend ließ sie den Kopf zurück in die Kissen fallen. »Okay, ja. Meine Schuld. Es ist immer meine Schuld. Ich hab immer noch nicht gelernt, wie ich mich elegant aus unangenehmen

Situationen ziehe. Egal.«

»Die sind in Ordnung, Ellie. Es wird ihnen nichts ausmachen. Hör zu, gib mir deine Nummer, und ich möchte dir meine Nummer und meine Adresse geben, nur damit du sie hast.«

»Okay, aber du musst dir um mich keine Sorgen machen. Mir geht's gut.« *Du lügst wie gedruckt.*

Er gab ihr sein Handy. »Um dich mache ich mir keine Sorgen. Gib deine Nummer hier ein.«

Sie gab ihm ihr Handy. »Du auch.« Sie beobachtete ihn, während er tippte. Er war so freundlich zu ihr, doch etwas anderes stand so groß im Raum, dass sie das Gefühl hatte, keine Luft zu bekommen. Sie musste es ansprechen. »Dex, hasst du mich nicht dafür, wie ich abgehauen bin … nach diesem Wochenende …?« Es tat so weh, es laut auszusprechen. Zuzugeben, was sie getan hatte, wie sie seine Liebe – ihre Liebe – weggeworfen hatte. *Sag es. Das bist du ihm schuldig.* »Als ich vor vier Jahren gegangen bin.« Sie hielt den Atem an.

Er sah sie lange an. Gerade als sie bereit für eine Entschuldigung war, sagte er: »Ich dachte, ich wollte dich nie wiedersehen. Aber ich könnte dich nie hassen, Ellie. Du bist wie das Rätsel, das ich nie lösen konnte. Das Spiel, das ich nie gewinnen konnte.«

Er zuckte mit den Schultern, aber sie erkannte den Schmerz, der in seinem Blick lag, und er stach ihr mitten ins Herz. Sie wollte sich entschuldigen, aber Worte würden nicht reichen. Irgendwo tief in ihrer Seele hatte sie damals gewusst, dass dieses heimliche Verschwinden unverzeihlich war, und doch war die Angst, zu bleiben, zu groß gewesen.

Er streckte die Hand nach ihrer aus und dieses Mal ergriff sie sie bereitwillig. Er zog sie in eine Umarmung.

Das hier ist gefährlich.

Ihr Körper erinnerte sich an seinen, daran, wie er sich in ihrer letzten gemeinsamen Nacht angefühlt hatte, vor vier Jahren, als sie zurückgekommen war, weil sie seine Sicherheit gebraucht und so viel mehr gefunden hatte. Sie hatte in seinen Armen gelegen. Während er gelesen und in seinem verrückten schlauen Hirn irgendetwas geplant hatte, hatte sie ... ihn sich eingeprägt. Sich danach gesehnt, ihn zu lieben. Diese Sehnsucht war es gewesen, die sie in jener Nacht die Flucht aus New York hatte antreten lassen. Als sie sich jetzt an den Schmerz erinnerte, der sie bei der Erkenntnis erfasst hatte, dass sie sich in dieser Nacht vielleicht das letzte Mal gesehen hatten, saugte sie ihn in sich auf, gestattete sie es ihrem Körper, sich in seine Sicherheit fallen zu lassen. Und Dex umarmte sie noch fester.

Wieder spürte sie es, diesen Wunsch, ihn zu küssen. Den Wunsch, mehr mit ihm zu haben, und das jagte ihr eine Heidenangst ein.

»Danke, Dexy.« Sie drückte sich von ihm weg, und in seinen Augen sah sie die gleiche Sehnsucht, die sie in ihrem Herzen spürte. Sie riss sich los. »Du musst zu deinen Freunden.«

Sie sah, dass er die Kiefer aufeinanderpresste, und zuerst dachte sie, sie sähe eine Art Schmerz in seinen dunklen Augen. Doch dann erkannte sie, was es war. Er trat zurück und fuhr sich durch das Haar, riss dann den Blick von ihr los und ging zur Tür. Er stählte sich gegen sie. Sie hatte ihm wehgetan und er wollte sich nicht noch einmal wehtun lassen. Sie konnte ihm das nicht verübeln. Nicht einmal sie wusste, was sie im Moment tat. *Oder vielleicht jemals tun würde.*

»El ...«

»Danke für alles. Ich bin froh, dass wir uns getroffen

haben.«

Himmel, sie war hin und her gerissen. Sie wollte, dass er blieb und sie festhielt, und ebenso wollte sie, dass er ging. *Ich bin das Unglück in Person und ich werde dich nicht mit mir in den Abgrund ziehen.*

»Ich auch. In drei Wochen habe ich einen riesigen Release und im Moment fast keine Zeit zum Luftholen.« Er blickte zu Boden.

Ihr Herz knackste ein kleines bisschen. *Ich habe es für uns vermasselt.*

»Aber ich würde dich gern mal sehen und quatschen. Kann ich dich anrufen?«, fragte er.

Ellie schluckte den Kloß in ihrem Hals hinunter und griff nach der Sicherheit, die er für sie bedeutete. »Gern.«

Dex machte die Tür auf und zögerte, woraufhin Ellies Herz wieder verwirrte Sprünge machte. *Bleib. Geh. Nimm mich mit.* Irgendwann in den letzten vier Jahren hatte sie die Wahrheit begraben: dass sie ihn brauchte, dass sie ihn wollte. Das war nötig gewesen, damit sie überleben konnte. Als er die Tür hinter sich schloss, überkam sie das gleiche elende Gefühl wie in dem Moment, in dem sie als Teenager aus seinem Fenster hinausgeklettert war, und die gleiche herzzerreißende Verzweiflung wie vor vier Jahren, als sie voller Bedürfnisse und leerer Versprechungen zurückgekommen und dann abgehauen war, sobald ihr Bedürfnis nach ihm zu stark und die Angst, ihm – und sich selbst – wehzutun, zu mächtig geworden war. Sie hatte seine Stärke für sich genutzt und war dann wie ein Dieb in der Nacht verschwunden. Jetzt war der gleiche zerfressende, unentrinnbare Schmerz wieder da, der sie bis nach Maryland verfolgt hatte, und es war zweifellos der schlimmste Schmerz ihres Lebens.

Als sie endlich wieder ihre Beine bewegen konnte, ging sie ins Badezimmer, um sich ihr Gesicht zu waschen. Sie musste sich neben die Toilette stellen, um die Tür zuzumachen. Der Boden war mit kleinen Mosaiksteinchen gefliest, wahrscheinlich sechziger Jahre. Der Spiegel wartete mit einem verzerrten Schleier auf, der Ellies Gesicht noch mitgenommener aussehen ließ. Links von ihr war eine kleine Dusche. Der Vorhang hing schief, oben fehlten zwei Ringe und unten war der Rand mit Schimmelflecken gesprenkelt. Sie fragte sich, wie Dina mit einem solchen Dreck leben konnte. Ellie schluckte ihren Ekel herunter. Einige der Pflegefamilien, in denen sie gelebt hatte, hatten wunderschöne Badezimmer im Erdgeschoss gehabt, aber das Badezimmer, das sie und die anderen Pflegekinder benutzen mussten, hatte oft eher so ausgesehen wie dieses hier. Sie wusch sich das Gesicht und putzte sich die Zähne. Morgen früh würde sie duschen müssen, aber die Vorstellung, jetzt in dieses dreckige Ding zu steigen, bereitete ihr Kopfschmerzen. Vielleicht lag das auch an dem Rum. Konnte sein. Da eine Dusche nicht in Frage kam, zog sie sich aus und schlüpfte in eine Jogginghose und ein sauberes T-Shirt. Nachdem sie den Wecker im Handy gestellt hatte, kroch sie auf das Sofa und zog sich eine Überwurfdecke über den Kopf. Innerhalb von Sekunden war sie eingeschlafen.

Sechs

Dex hörte die Stimmen von Regina und Mitch, noch ehe er die Tür zu seiner Wohnung im Dakota Building öffnete. Vor dem Umzug in die offiziellen Büroräume von Thrive hatten sie von seiner alten Wohnung aus gearbeitet. Als er kurz nach der Begegnung mit Ellie vor vier Jahren in dieses exklusive Apartmenthaus gezogen war, hatte er das dritte Schlafzimmer in einen Arbeitsbereich umgestaltet. Sowohl Regina als auch Mitch hatten immer noch Schlüssel. Mit der Hand am Türknauf dachte Dex an Ellie. Als er sie zum Abschied umarmt und nach all den Jahren endlich wieder ihren tröstlichen Körper gespürt hatte, wollte er sie am liebsten nicht mehr loslassen. Nach dem letzten Zusammensein mit ihr war er in einem leeren Bett und mit einem gebrochenen Herzen aufgewacht. Damals hatte er sich in diesen Zustand der Taubheit versetzt, den sein Vater unwissentlich in ihm gefördert hatte. Sein Vater war niemand, der seinen Kindern erlaubte, sich in Selbstmitleid zu suhlen. Viele strenge Blicke oder fordernde Bemerkungen – *Du bist ein Mann, komm drüber hinweg* – waren nicht nötig gewesen, um Dex zu lehren, wie man seine Gefühle ausschaltete. Und so hatte er den Schmerz, sie zu vermissen, betäubt. Bis jetzt.

Der Release-Termin drängte sich ihm auf und schob die

Gedanken an Ellie beiseite. Er atmete einmal tief durch und ging hinein. Der Eingangsbereich war so groß wie das gesamte Wohnzimmer, in dem Ellie übernachtete. *Meine Güte. Hör jetzt auf damit.*

»Endlich. Hast du dein Fräulein in Not gut abgeliefert?«, fragte Regina, während sie und Mitch Becher mit frischem Kaffee ins Büro trugen.

Dex verdrehte die Augen.

Regina stellte eine Tasse neben ihrem Computer ab. Das schwarze Tanktop lag eng an ihren Rippen an, und ihre Haare waren auf eine Seite gelegt, was die scharfen Konturen ihres Kiefers betonte.

Mitch setzte sich in einen Bürodrehstuhl und legte die Füße neben eine leere Chipstüte auf den Schreibtisch. Er fuhr sich durch seine zerzausten Haare. »Willst du drüber reden, bevor wir anfangen?«

»Nein«, antwortete Dex.

»Komm schon, Dex. Du hast gefühlt seit Ewigkeiten keiner Frau hinterhergeguckt und jetzt taucht dieses Mädel hier auf und raubt dir den Verstand. Jetzt sag schon, was los ist, sonst kriegen wir nichts gebacken.« Regina setzte sich in einen Sessel und sah auf die Uhr. »Drei Minuten. Bereit? Dann leg los.«

Damit sie den Mund hielten, gab er zu: »Sie ist eine Freundin aus meiner Jugendzeit und hier, weil sie einen Job sucht.« *Oder vor etwas davonrennt.*

»Ex-Freundin?«, fragte Regina.

Nur in meinen Träumen.

»Erster Sex?«, erweiterte Mitch die Frage.

Ellie wäre niemals einfach nur Sex. »Nein und nein.« Dex drehte einen Stuhl herum und setzte sich rittlings darauf. »Was ist der endgültige Termin?«

Mitch und Regina warfen sich einen Blick zu, der ihm einen Hieb in die Magengrube versetzte.

»Mist. Gleicher Tag?« Noch etwas, das seiner miserablen Verfassung zusetzte.

»Sieht so aus«, meinte Regina.

Dex sprang von dem Stuhl hoch, der sich auf dem Parkett drehte. »Warum zum Teufel machen die das? Die haben doch genauso viel zu verlieren wie wir.« Er ballte die Fäuste. »Echt jetzt, am selben Tag?«

»Wir können unseren Release verschieben. Einen Monat später rauskommen, damit wir das nächste große Ding sind«, schlug Mitch vor. In der Welt der Games gab es immer ein nächstes Spiel am Horizont, das die Gamer als *das nächste große Ding* bezeichneten.

»Oder ein paar Tage früher, um das Publikum zuerst zu kriegen«, fügte Regina hinzu.

»Wenn wir später erscheinen, ist unsere Fanbase sauer. Wenn wir früher rauskommen, gehen wir das Risiko ein, dass wir den Kürzeren ziehen, denn wenn irgendwas passiert – ein Fehlercode, der allen vor die Birne geknallt wird, oder sonst irgendeine verdammte Scheiße – dann sind *die* das nächste große Ding. Wir brauchen ausreichend Zeit, um das Spiel zu testen und sicherzugehen, dass es keine Bugs hat. Wir haben es fast geschafft, aber fast ist nicht gut genug.« Er ging im Zimmer auf und ab. Alles war so viel einfacher gewesen, als er noch kleinere Spiele entwickelt hatte und nicht so viele Leute von ihm abhängig gewesen waren. Er hatte bisher drei Games entwickelt, von denen keines gefloppt hatte, aber Dex glaubte nicht an Glück, und er wusste, dass in einer Welt von Grafik und Codes alles Mögliche schiefgehen konnte. Spiele vor dem Release ausführlich zu testen, war entscheidend. Thrive hatte ein dreistufiges Testverfahren. *World of Thieves II* hatte schon zwei Drittel durchlaufen, war also wahrscheinlich in Ordnung, aber es ohne komplette Tests erscheinen zu lassen, war riskant.

»Die Vorbestellungen sind durch die Decke gegangen.« Mitch stellte die Füße auf den Boden. »Wenn wir Probleme mit unserem Produkt haben, sind wir erledigt.« Sein Blick suchte den von Dex. »Hör zu, Dex, das wird nicht passieren. Wir haben schon zwei Betatests gemacht und wir testen weiter bis zur Auslieferung. Der Bug, den wir vor sechzig Tagen aufgedeckt haben, war innerhalb von vierundzwanzig Stunden beseitigt.«

»Du solltest es besser wissen, Mitch«, fuhr Dex ihn wütend an.

»Hört zu, so oder so können wir die Arschkarte ziehen, also lasst uns eine Entscheidung fällen und es dann durchziehen.« Regina kaute auf ihrem Stift herum.

Dex warf die Hände in die Luft und atmete langsam aus. »Okay. Wir machen es. Punkt. Ich glaube an unser Produkt, und wenn ihr nicht etwas wisst, was ich nicht weiß, dann scheiß drauf. Wir bleiben im Plan und veröffentlichen am selben Tag, so sind unsere Fans glücklich und wir überspringen nicht die letzte Testrunde. Und, Mitch, ich will noch einen Trailer rausbringen.«

»Es lief gerade erst einer«, sagte Mitch.

Dex atmete langsam aus. »Wir müssen die Fans füttern und mehr Hype aufbauen, wenn wir den Release am selben Tag wie KI Industries machen wollen.«

»Wer soll das machen und mit was für Content soll ich die füttern?«, fragte Regina.

»Nächste Woche gehen die Versionen für die Kritiker raus«, erinnerte Mitch ihn.

»Wir haben die Conventions, aber erst nach dem Release. Eine Menge Interviews und Podcasts stehen auch an.« Regina öffnete den Kalender auf ihrem Handy. »Du hast diese und nächste Woche ein paar gute.«

»Die PR-Abteilung ist seit Wochen dabei, für ordentlich Aufmerksamkeit zu sorgen und das Game der Presse anzupreisen. In den Foren drehen sie schon durch, aber das Spiel von KI wird auch gehypt.« Gamer-Foren im Internet konnten den Release eines Spiels entscheidend beeinflussen. Je mehr positive Kritiken ein Game bekam, umso mehr Spieler probierten es aus, ebenso wie ein Forum voller negativer Berichte die Verkäufe runterziehen konnte. Die nächsten drei Wochen würden höllisch stressig werden, aber das Gute an Thrive war, dass nicht mehr nur Dex allein für das Design, die Entwicklung und die Vermarktung der Spiele verantwortlich war. Er hatte keinerlei Privatleben mehr gehabt, als er jeden Schritt allein geschultert hatte. Jede einzelne Minute hatte er an den Spielen gearbeitet, sie modifiziert, codiert, Bugs beseitigt und gleichzeitig versucht, das Produkt zu bewerben. Rückblickend fragte er sich, wie überhaupt ein Indie-Spieleentwickler bei Verstand bleiben konnte. Jetzt hatte er andere Probleme und die Risiken waren viel größer, aber zumindest war er nicht mehr allein verantwortlich. Er hatte kompetente Mitarbeiter, einige der Besten in der Branche, die auf den Zug seines wachsenden Ruhms aufgesprungen und seitdem bei ihm geblieben waren.

Regina schaute auf die Uhr. »Halb drei. Lasst uns noch an den Back-up-Plänen arbeiten und noch einmal den Fahrplan für die Tests durchgehen, dann sind wir hier um vier Uhr raus.«

Dex runzelte die Stirn. »Wir?«

»Ja, also, mit *wir* meine ich Mitch. Ich schlafe heute hier.«

Regina hatte schon vor Langem das Gästezimmer für sich beansprucht, wenn sie spätabends zu müde war, um nach Hause zu fahren, oder wenn sie nachts nicht allein auf die Straße wollte. Dex machte es nichts aus. Nachdem er mit fünf Geschwistern aufgewachsen war, Ellie als Teenager nachts in sein Zimmer geschlichen war und sein Bett mit ihm geteilt hatte und er auch am College nie einen Moment für sich gewesen war, hatte er sich nie an eine leere Wohnung gewöhnt. Regina im anderen Zimmer zu wissen, hatte etwas Tröstliches. Und wenn er ehrlich zu sich war, dann vermisste er Ellie so etwas weniger.

Ellie.

Was zum Teufel sollte er wegen Ellie unternehmen?

In seinem Kopf kreisten die Gedanken, und Regina zählte alle möglichen Probleme auf, während Mitch des Teufels Advokat gab und jedes denkbare Katastrophenszenario durchspielte. Um vier Uhr morgens zog Mitch sein Sweatshirt an und ging zur Tür.

»Bis morgen, Kumpel. Im Büro?«, fragte Mitch.

»Ja, ich komme irgendwann rein.« Er hatte ein ungutes Gefühl. Wäre Ellie bis zum Morgen fort? Aber er musste aufhören, sich um diesen Kram Sorgen zu machen. Sie war zu Bewerbungsgesprächen in der Stadt. Sie war eine fünfundzwanzigjährige Frau, die nicht wegen ihm hier war.

Regina reckte und streckte sich und ging Richtung Flur, der zu den Schlafzimmern führte. »Gute Nacht, Dex.«

»Nacht, Reg.«

Sie zögerte. »Hör zu, wenn du über das Mädchen reden willst … Ich kann gut zuhören.« Ihre knochigen Schultern zuckten.

»Ich weiß. Aber es ist alles in Ordnung. Sie ist eine

Freundin. Mehr nicht.«

Regina nickte. »Okay. Ich hab dich nur noch nie so … gedanklich mit einer Frau beschäftigt gesehen.«

Dex ging an ihr vorbei zu seinem Schlafzimmer und ignorierte ihre Bemerkung. Was sollte er tun? Regina anlügen? Noch nie hatte ihn eine Frau gedanklich dermaßen in Anspruch genommen. Und warum er sich so mit einer Frau beschäftigte, die so frustrierend war wie Ellie, verstand er beim besten Willen nicht.

»Gute Nacht, Reg«, sagte er noch einmal, bevor er die Tür zu seinem Zimmer schloss.

Er öffnete das Fenster einen Spalt – so wie er es immer tat, seit Ellie das erste Mal mitten in der Nacht in sein Zimmer gekommen war –, um mit Hilfe der Nachtluft klare Gedanken zu fassen. Er zog sich bis auf seine Boxershorts aus und stieg ins Bett, während er verzweifelt versuchte, nicht an Ellie zu denken, die nur wenige Straßen weiter auf der Couch einer Fremden schlief.

Sieben

Ellie wachte durch einen heißen, widerlichen Atem in ihrem Gesicht auf. Sie riss die Augen auf, schob den Mann weg, der sich gerade über sie beugte, und sprang auf.

»Was zum Teufel …!?«, rief sie. Ihr Blick fiel auf die offene Schlafzimmertür. Ihr Herz hämmerte gegen ihren Brustkorb und jeder Muskel war angespannt. Erinnerungen an ihre Teenagerzeit kamen hoch. Sie schnappte sich ihr Handy vom Sofa, steckte es in die Tasche ihrer Jogginghose und hatte nur eines im Sinn: hier rauszukommen, verdammt noch mal.

»Reg dich ab.« Der Typ aus der Bar stand mit nichts außer einem T-Shirt vor ihr und er war eindeutig erregt.

»Dina?«, rief sie.

»Psst.« Er stolperte nach hinten. »Sie schläft«, sagte der Typ. Er dehnte sich und seine Erektion hüpfte vor ihm herum.

»Meine Güte, was machst du hier? Zieh dir was an.« Ellie stieg in ihre Stiefel. Egal, was für eine Entschuldigung dieser Kerl dafür hatte, mit seinem Ding hier nackt herumzustehen, es konnte keine gute geben. Sie stopfte ihre Kulturtasche in den Koffer.

»Ich war aufm Klo und hab dich auf dem Sofa gesehen. Dee hat nix von einer Mitbewohnerin erzählt.« Er gähnte und fühlte sich in seiner Nacktheit offenbar sehr wohl, zu wohl.

»Dina«, fauchte sie. »Sie heißt Dina.« Sie packte ihre Klamotten in die Tasche und zog den Reißverschluss zu. Das brauchte sie wirklich nicht. Auf keinen Fall würde sie hier bleiben.

»Ja, egal. Was machst du da?« Er trat einen Schritt auf sie zu.

»Stopp.« Sie hob die Hände. »Bleib … einfach nur da stehen. Ich gehe zu einem Freund. Sag Dina danke für alles.« Sie ließ den Schlüssel auf der Ablage liegen und eilte zur Tür hinaus.

»Du musst doch nicht gehen«, sagte er noch, bevor sie die Tür zuknallte.

»Fuck, fuck, fuck.« Mit der Tasche über der Schulter und dem Koffer hinter sich über die Stufen polternd rannte Ellie die Treppe hinunter. Einen nackten Typen zu sehen, war nicht neu für sie. Sie hatte erst im College-Wohnheim gewohnt und dann eine Wohnung mit drei anderen Frauen geteilt, und das bedeutete, dass man mehr unbekleidete Männer sah, als einem lieb war. Normalerweise war sie ihnen mitten in der Nacht begegnet, wenn sie auf dem Weg zur Toilette waren oder aus der Dusche kamen. Aber aufzuwachen und diesen Typen so nah vor sich zu haben, hatte sie vollkommen verschreckt. Und nach dem, was geschehen war, als sie in der Carlisle Street gelebt hatte, schrie ihr Innerstes nur noch: *Lauf! Hau ab! Sofort!*

Die Nachtluft stach in ihre Wangen. In den Straßen war es gespenstisch still – abgesehen von dem Klack-Klack ihres Koffers, den sie auf dem Gehweg hinter sich herzog. *Und was jetzt?* In nur wenigen Stunden hatte sie ein Bewerbungsgespräch, und sie musste unbedingt duschen, bevor sie da aufschlug, vom Schlafen ganz zu schweigen. Sie holte sich einen

Kaffee aus dem nächsten Imbiss, der morgens um Viertel vor fünf schon geöffnet war, und lehnte sich, beide Hände um den wärmenden Becher geschlungen, gegen die Hauswand. Den Mann mit der Kapuze sah sie erst, als er schon direkt vor ihr war. Er hielt gerade lange genug an, um ihr die Tasche vom Arm zu reißen und ihren Kaffee in alle Richtungen spritzen zu lassen, bevor er sich durch eine Gasse davonmachte.

»Hey!« Sie schnappte sich ihren Koffer und rannte ihm hinterher. Einen Block weiter, als er in die Dunkelheit der Vordämmerung verschwand, gab sie auf. Ellie stampfte auf den Boden. »Fuck!« Sie ging zurück zur Hauptstraße und unterdrückte die Tränen, die drohten, ihre Beine wegsacken zu lassen. *Reiß dich zusammen. Dir geht's gut. Denk nach.*

Sie hatte kein Geld, kein Zimmer und ein Bewerbungsgespräch vor sich, das mit Sicherheit ein Reinfall würde. Sie war erledigt.

Ellie kramte ihre besten Motivationssprüche aus. *Ich habe zehn Pflegefamilien überstanden, Fast-Vergewaltigungen, das College und Bruce. Ich kann jetzt nicht aufgeben. Das hier ist ein Rückschlag. Mehr nicht. Denk verdammt noch mal nach.*

Dexy.

Nein. Das konnte sie ihm nicht antun. Die Situation und die kalte Luft ließen sie schaudern. *Ich bin nicht mehr das sechzehn Jahre alte Mädchen im Betreuungssystem.* Die Stimme ihrer bescheuerten Sozialarbeiterin hallte in ihr wider: *Wenn du erst einmal in die Fänge der Pflegeunterbringung gerätst, bleibst du immer ein Produkt des Systems.* Was immer das auch zu bedeuten hatte. Diese verdammte Sozialarbeiterin war der Anstoß für Ellie gewesen, einen Master in Bildung für soziale Minderheiten zu machen. Auch wenn sie keine Ahnung gehabt hatte, was sie mit »immer ein Produkt des Systems« meinte, so hatte sie das

Bedürfnis verspürt, sie eines Besseren zu belehren. Auch wenn es ewig dauern sollte. Auch wenn es mal scheiße laufen sollte.

Ellie straffte die Schultern und verstaute ihren Stolz tief in sich drinnen, von wo sie ihn hervorholen konnte, falls sie ihn mal wieder brauchen sollte – allerdings nicht so nah an die Oberfläche, dass er sie davon abhalten konnte, an den einen Ort zu gehen, an den sie jetzt gehen konnte. Und vielleicht den einzigen, an den sie gehen wollte.

Acht

Dex drehte sich auf die Seite, um das Hämmern zum Schweigen zu bringen. Er brauchte Schlaf, und was immer Regina da auch tat, sie sollte lieber damit aufhören. Und zwar sofort.

Die Tür zu seinem Schlafzimmer ging auf und Reginas Stimme drang in sein erschöpftes Bewusstsein. »Dex?«

Er drehte sich wieder auf den Rücken und hielt den Arm über seine Augen. »Hmm?«

»Erwartest du jemanden?«

»Was?« Er nahm den Arm herunter und stützte sich auf einem Ellbogen ab. Regina stand in Tanktop und Unterhose in der Tür. Sie trug keinen BH – sie hatte einen winzigen Busen, fast unsichtbar –, ihre Hüftknochen zeichneten sich über dem schmalen Rand ihres Seidenhöschens ab und ihr glattes schwarzes Haar war wirr und zerzaust. Dex war so daran gewöhnt, sie in verschiedenen Formen von nicht-angezogen zu sehen, dass er darauf gar nicht reagierte. So als sei sie seine Schwester.

»Es klopft an der Tür. Ich wollte aufmachen, aber ...«

»Was? Es klopft?« Mist. Was war denn jetzt schon wieder? Er kämpfte sich aus dem Bett und trottete mit Regina im Schlepptau den Flur entlang. Er ging alle Möglichkeiten durch.

Mitch? Hatte einen Schlüssel. Siena? Hatte einen Schlüssel. Einer seiner Brüder? Die hätten angerufen. Er schaute durch den Spion und schloss die Tür so schnell auf, wie er konnte.

»Ellie?«

Sie wurde rot. »Tut mir leid.«

Er zog sie in die Wohnung und schloss die Tür. »Was ist los?« Er betrachtete sie von oben bis unten, so als ob die Antwort in unlöschbarer Tinte für alle sichtbar auf ihrer Haut geschrieben stünde. Was nicht der Fall war. Natürlich nicht.

Ellie schaute zu Regina auf und trat einen Schritt zurück. »Es tut mir leid. Ich geh wieder. Ich wollte nur –«

Dex sah von Regina zu Ellie, dann wieder zurück. Mist. »Das ist nicht das, wonach es aussieht.« Er sah Regina wütend an, als hätte sie etwas falsch gemacht.

Regina verschränkte die Arme.

»Ellie, komm rein.« Er stellte den Koffer neben die Tür und führte Ellie an Regina vorbei ins Wohnzimmer. »Reg, kannst du Kaffee machen?«

»Schon dabei«, antwortete sie.

Ellie zitterte. Sie hatte wieder diesen abwesenden Blick.

»Ellie, was ist passiert? War etwas mit deiner Freundin?« Der Beschützerinstinkt, den er immer in sich getragen hatte, wenn sie in der Nähe war, meldete sich mit voller Wucht zurück. Jeder Muskel war angespannt.

Sie fuhr sich mit der Zunge über die Lippen und fummelte am Saum ihres T-Shirts herum. Ihr Blick flatterte über seine Brust, hielt an jedem seiner Tattoos kurz inne. »Mit ihr war nichts.« Sie senkte den Blick und richtete ihn nun auf seine Boxershorts – lang genug, dass ihm warm wurde.

Mist. Egal wie sehr er es versuchte, Dex konnte seine Gefühle für Ellie nicht von seinem Bedürfnis trennen, taub zu bleiben und sein Herz zu schützen. Aber wenn sie weiter auf seinen Schritt schaute, würde es keine Minute dauern, bis sie sehen konnte, wie sehr er sie wollte.

Sie schaute weg und Dex atmete erleichtert auf. Er beobachtete, wie sie seine Wohnung in Augenschein nahm. Das Vintage-Ledersofa, den Marmorkamin, das großzügige Parkett und den Balkon, der hinaus zum Central Park lag. Er hörte quasi die Türen zu ihren Gefühlen zuknallen, während sie seine Habseligkeiten wahrnahm. Dex schaute sich um und sah seine Wohnung das erste Mal mit Ellies Augen. Exklusiv. Extravagant. Auch wenn sie mit nicht zusammenpassenden Möbeln eingerichtet war, mit ausgesuchten Stücken, die auf alt getrimmt waren und eher gebraucht als neu wirkten. Er nahm Ellies Hand und zog sie neben sich aufs Sofa.

Regina kam mit zwei Tassen Kaffee. »Alles in Ordnung?«, fragte sie.

»Es ist mir so unangenehm. Es tut mir leid, dass ich euch aufgeweckt habe.« Sie stand auf und Dex zog sie wieder herunter.

»Setz dich.«

»Nein, wirklich –« Sie versuchte erneut aufzustehen, aber er hielt sie fest.

»Ellie, sag mir, was passiert ist.«

Sie schaute zu Regina und senkte dann wieder den Blick.

»Wisst ihr was? Ich denke, ich gehe wieder ins Bett. Tut mir leid, dass es dir nicht gut geht, Ellie, aber was immer auch passiert ist, das kommt sicher wieder in Ordnung. Dex ist gut darin, Dinge wieder in Ordnung zu bringen.« Sie lächelte freundlich und ging aus dem Zimmer.

»Oh Mann, Dex, das hättest du mir sagen müssen. Dann wäre ich niemals hier aufgetaucht«, flüsterte sie und deutete mit dem Kopf Richtung Flur.

»Hörst du mal damit auf? Regina und ich sind kein … Wir sind nicht … Sie ist eine Freundin. Wir haben bis vier Uhr morgens gearbeitet, also hat sie hier gepennt.«

Ellie presste die Lippen aufeinander und hob die Augenbrauen – eine Mimik, von der Dex noch wusste, dass sie bedeutete: *Du glaubst doch wohl nicht, dass ich dir das abnehme?*

»Ellie, komm mal mit.« Er zog sie hoch, bemerkte zufrieden, dass ihr Zittern nachgelassen hatte, und ging mit ihr in den Flur. »Siehst du die offene Tür da? Das ist mein Schlafzimmer.« Er zeigte auf eine andere Tür. »Siehst du die da? Gästezimmer. Da schläft Regina.«

»Du musst mir nichts erklären. Ich weiß nicht einmal, was ich hier eigentlich tue. Außer dass ich sonst nirgendwohin gehen konnte.« Sie ging zur Wohnungstür und er legte eine Hand auf ihre Schulter. »Lauf nicht weg, Ellie.«

Sie erstarrte. Sagte nichts.

Dex konnte nicht fassen, dass er das laut gesagt hatte. Er hatte Ellie nie ihre Unfähigkeit vorgehalten, irgendwo zu bleiben. Aber sie war stehengeblieben. Sie war noch immer hier. *Dem Himmel sei Dank!* Er stellte sich vor sie, schob ihr die Haare aus dem Gesicht und sah dabei die Angst, die noch immer in ihren Augen lag. Er zog sie an sich und spürte ihren Widerstand. Unweigerlich fragte er sich, wie es wohl wäre, wenn sie eines Tages keinen Widerstand mehr leisten würde. Ihr Gesicht lag an seiner Brust, und dort hielt er sie, kämpfte wieder einmal gegen ihre Anspannung und verharrte wieder regungslos so lange, bis ihre Dämonen sie verlassen hatten und ihr Körper gegen seinen schmolz. Erst dann nahm er ihre Hand und führte sie wieder zum Sofa.

»Willst du es mir erzählen?«, fragte er, obwohl er die

Antwort bereits kannte. Ihr schweigendes Kopfschütteln bestätigte seine Vermutung. »Sag mir nur eins: Muss ich mich anziehen und jemanden umbringen?«

Sie lehnte sich gegen seine Brust und schüttelte den Kopf. Ihre Hand lag auf seinen Bauchmuskeln, und trotz seiner besten Absichten reagierte sein Körper darauf, ihr wieder so nah zu sein. Er rutschte von ihr weg, bevor sie etwas bemerken konnte, und beugte sich vor, um ihr die Stiefel auszuziehen.

»Lass uns die mal loswerden.« Er stellte die Stiefel auf den Boden, wie er es als Kind hunderte Male getan hatte. Er legte seine Hand auf das Sofa und sie legte ihre darauf.

»Alte Gewohnheiten wird man nicht so schnell los, stimmt's?«

Er riss seinen Blick von ihrer Hand los und nickte. Die kalte, entschlossene Ellie, die er früher an diesem Abend gesehen hatte, war verschwunden, ersetzt von dem verletzlichen Mädchen, das er als Teenager gekannt hatte. Ihr Blick wurde weicher, zog ihn an, und er spürte, wie die Taubheit von ihm abfiel.

»Ich bin nicht mehr dieses Mädchen, Dexy. Ich muss nicht mehr bei dir durch das Fenster klettern.«

Natürlich hatte sie seine Gedanken gelesen. Wahrscheinlich standen ihm seine Gefühle ins Gesicht geschrieben. Wenn er sie nicht leugnen konnte, wie sollte er sie da vor Ellie verbergen? Sie kannte ihn besser als jeder andere Mensch auf der Welt.

»Die Nacht heute hat mich nur völlig umgehauen, und ich hatte wirklich niemanden, zu dem ich gehen konnte.« Sie setzte sich auf und er nahm wieder neben ihr Platz.

Hatte er sie falsch gelesen? Oder versteckte sie sich auch wieder? »Ich weiß, dass du das nicht mehr bist. Aber, Ellie, setz mich irgendwie ins Bild. Du kannst hierbleiben, so lange wie du es brauchst oder willst, aber sag mir zumindest ansatzweise, was los ist.«

Sie blickte ihn lange an. Dex' Brust zog sich zusammen, während er wartete. Er hatte zu sehr gedrängt. Er hätte es gut sein lassen sollen. Zum Teufel, so dumm war er doch nicht, dass er ihr sein Herz wieder öffnete. Sie hatte es schon zweimal gebrochen, aber mit jeder Sekunde, die sie zusammen verbrachten, spürte er, dass es wieder weicher wurde.

»Du hast Tattoos. Viele.« Sie streckte die Hand aus und fuhr mit dem Finger den Drachen nach, der sich um seinen Unterarm schlang. Sie knabberte auf ihrer Unterlippe und berührte einen größeren, stark geschuppten Drachen, der über seinem Bizeps anfing und dessen Schwanz mit einem verführerischen, gefährlichen Schwung über seinen Muskel fiel.

»Sieht so aus«, sagte er.

Ellie zögerte, bevor sie die Finger nach den Zeichnungen auf der linken Seite seiner Brust ausstreckte.

»Schon gut. Du kannst sie berühren.« Jedes sanfte Streicheln ihres Fingers jagte eine sengende Hitze in ihm abwärts. Er schloss die Augen, als sie den Rand des Tattoos nachfuhr, das über seine Schulter hin zu seinem Schlüsselbein verlief. Oh, wie er ihre Berührung liebte. Als sie Teenager waren, hatte er sich so viel mehr von ihr ersehnt als nur Freundschaft, und als sie vor vier Jahren zu ihm gekommen war, hatte er gedacht, dass sie sich endlich für immer in die Arme fallen würden und er ihr zeigen konnte, wie sehr er sie liebte. Aber zuerst hatte sie nur in seiner Nähe sein wollen. Sie hatte das Bedürfnis gehabt, von ihm gehalten zu werden, so wie damals als Teenager, und er hatte das respektiert, weil er es ebenso sehr brauchte wie sie. Aber als sie als Erwachsene und nicht mehr als Teenager beieinandergelegen hatten, hatte er gespürt, dass seine Liebe zu ihr sich vervielfachte, und er hatte ihr erzählt, was er empfand. Und am nächsten Morgen war sie verschwunden gewesen. Seitdem hatte er sich immer wieder gefragt, wie es sich anfühlen würde, von Ellie berührt zu werden. Doch nichts war mit dem zu vergleichen, was er nun empfand, als ihre zierlichen Finger über seine Haut glitten.

Sie zog ihre zittrige Hand zurück in den Schoß. »Warum hast du dir so viele stechen lassen?«

Weil ich etwas spüren musste, nachdem du gegangen warst, und Schmerz war besser als nichts. »Keine Ahnung. Erzähl mir, was passiert ist, Ellie.«

Sie nickte und senkte den Blick. Ihre Augenbrauen kräuselten sich, dann kniff sie die Augen zu und atmete aus. Als sie die Augen öffnete, sah sie ihn kurz an – eine Sekunde vielleicht –, und dann senkte sie wieder den Blick.

Dex hielt den Atem an, konnte nicht glauben, dass sie ihn vielleicht hineinließ.

»Ich bin aufgewacht, und dieser Typ, den Dina abgeschleppt hatte, beugte sich gerade über mich, mit seinem grauenvollen Atem in meinem Gesicht und seinem … Er hatte keine Hose an.«

Mit einem Ruck setze Dex sich auf, er war nun hellwach. »Hat er dir was getan? Dir wehgetan?« Er würde diesen Mistkerl umbringen.

»Nein. Ich glaube, er war noch immer betrunken und hat überlegt, wer das da auf dem Sofa ist, aber die Situation hat mir eine Heidenangst eingejagt und alle möglichen Erinnerungen wachgerufen –« Sie räusperte sich. »Alle möglichen schrecklichen Dinge. Also bin ich abgehauen.«

Dex zog sie wieder an sich. »Ich bin froh, dass du so vernünftig warst hierherzukommen.«

»Ich hatte gar keine andere Möglichkeit. Nachdem ich gegangen war, hat mir ein Typ auf der Straße noch meine Tasche geklaut.« Sie zog die Füße an und lehnte sich gegen ihn.

»Meine Güte, El. Hast du die Polizei gerufen?« Dex war entsetzt, dass sie so einen Mist durchmachen musste. Ellie war so ein guter Mensch. Er erinnerte sich, wie sie eines Tages wieder mal schweigend vom Bus nach Hause gelaufen waren und wie schon am Vortag eine Katze im hohen Gras am Bach hatten sitzen sehen. Am nächsten Tag hatte Ellie einen Teil ihres Mittagessens aufgespart und es der Katze gegeben. Das hatte sie von da an jeden Tag so gemacht, bis sie fortgeschickt worden war. Danach hatte dann Dex die verdammte Katze weiter gefüttert.

»Nein. Ich dachte mir, der Typ ist schon lange weg, und dann fiel mir nichts anderes ein, wo ich hätte hingehen können. Ich verspreche dir, morgen finde ich eine neue Unterkunft.«

»Bleib, Ellie. Ich hab dich gern hier.« Er schlang beide Arme um sie und legte die Beine auf das Sofa. Sie kuschelte sich an ihn und fünfzehn schweigende Minuten später atmete sie in dem friedvollen Rhythmus eines tiefen Schlafs. Dex konnte sich nicht erinnern, wann er sich jemals so vollständig und so verängstigt zugleich gefühlt hatte. Augenblick. Doch, konnte er. Er erinnerte sich nur zu gut. Während er seine Wange auf ihren Kopf legte, sein Herz schon wieder wie ein Kokon um sie geschlungen, wusste er, dass sie ihm vielleicht das Gleiche noch einmal antun würde. Aber sie in den Armen zu haben, war so viel besser, als sie nur in seinen Träumen zu halten. Er schloss die Augen, war gewillt, sein Herz erneut in Gefahr zu bringen, und betete, dass sie am Morgen noch da sein würde.

Neun

Ellies Handyalarm schreckte sie um acht Uhr morgens auf. Sie kramte hastig ihr Telefon aus ihrer Tasche und schaltete es aus. Dex murmelte etwas und verstärkte den Griff um ihre Taille. *Mist! Was hab ich mir nur dabei gedacht? Wie konnte ich zulassen, dass wir einander wieder so nahkommen? Und warum möchte ich gleich wieder zurück in deine Arme kriechen?* Sie hatte das Gefühl, zwei Tage lang geschlafen zu haben, auch wenn es nur ein paar Stunden gewesen waren, doch sie wusste, dass es an Dex lag. Sie löste sich aus seinen Armen und trat von dem Sofa weg. Er drehte sich herum und sie erblickte seine beeindruckende Erektion. Was war das nur mit den New Yorker Männern und ihren Erektionen? Im Gegensatz zu ihrem Entsetzen in der Nacht angesichts dieses betrunkenen Fremden wurde sie nun von einem wohligen Schauer erfasst.

Bei ihrer letzten neben Dex verbrachten Nacht hatte sie ihn gefragt, ob er sie für immer lieben würde, egal wo sie wären oder mit wem sie zusammen wären. Sie hatte geglaubt, sie meinte, er solle sie wie eine Freundin lieben, aber während sie die Worte aussprach, war ihr bewusst geworden, dass sie das mitnichten meinte. Ohne zu zögern hatte er mit seinem schiefen, sexy Grinsen geantwortet: *Du kannst dir meiner immer sicher sein.*

Immer. Er hatte sich vorgebeugt und sie dann geküsst. Ein packender, erregender Kuss, der ihr eine Heidenangst eingejagt hatte. Sie hatte seine Erregung an ihrem Bauch gespürt, aber er hatte sich über den Kuss hinaus nicht weiter vorgewagt, und sie war auch zu verängstigt gewesen. Dex war ihr bester Freund gewesen, und sie liebte ihn. *Mann, wie sehr ich dich geliebt habe. Ich hatte keine andere Wahl, als dich zu verlassen.*

Ellies Blick glitt durch das Wohnzimmer. Es sah anders aus in dem Sonnenlicht, das nun über das Parkett schien, zumal die nächtliche Angst sie nicht mehr in ihrem Griff hielt. Sie entdeckte mehr von Dex im Raum. Die Couch war aus Vintage-Leder. Sie war nicht dunkelbraun, sondern eher karamellfarben, mit kurzen, dicken Holzfüßen, die ihr einen heimeligen Look verliehen. Zwei große Fernsehbildschirme gab es und einen klobigen Holztisch mit einem riesigen PC-Bildschirm darauf. Sie lächelte, als ihr Blick über Stapel von Gamer- und Computerzeitschriften und Büchern wanderte.

Beim Anblick von Fotos seiner Familie, die planlos im Raum verteilt waren, wurde ihr warm ums Herz. Sie betrachtete das Familienfoto, das auf dem marmornen Kaminsims stand. Die ernsten Augen und der stoische Gesichtsausdruck seines Vaters über dem gestärkten weißen Kragen stand in krassem Gegensatz zu den lächelnden Augen und den langen grauen Haaren seiner Mutter, die ihr ungebändigt über die Schultern ihrer bunten Hippiebluse fielen. Sie erinnerte sich an jeden seiner Brüder, auch wenn sie Jack nur ein- oder zweimal getroffen hatte. Sie hätten Klone sein können, so ähnlich waren sich ihre schönen Gesichter und dunklen Haare. Aber ihre Augen erzählten unterschiedliche Geschichten. Seine Mutter Joanie, seine Brüder Kurt und Rush sowie seine Schwester Siena hatten strahlend helle blaue Augen, während die blauen Augen der anderen dunkel wie die Nacht waren. Ein kleineres Foto von Dex und Siena aus Kindheitstagen stand neben einem größeren Bild von ihm mit Jack und Sage. Dex war darauf wohl ungefähr dreizehn Jahre alt. Sie fuhr mit dem Finger über seinen schlaksigen Körper, in dem Alter schien er nur aus Ellbogen und Knien zu bestehen. Sie schaute zurück zur Couch, wo er nun schlief, mit breitem Oberkörper und kräftigen, definierten Muskeln. Mit seinen Tattoos sah er sogar noch männlicher aus als vor vier Jahren. Oh ja, er war zu einem ansehnlichen Exemplar von Mann geworden.

Sie ging in die Diele, schnappte sich ihren Koffer und machte sich dann auf die Suche nach einem Bad. Sie kam an der geschlossenen Tür vorbei, hinter der Regina schlief, und lugte in Dex' Schlafzimmer, bevor sie schließlich hineinging. Das Bett war nicht gemacht und es war kühl in dem Raum. Sie berührte seine Kommode, ein massiges, männliches Holzmöbelstück mit breiten Füßen und robusten Griffen. Darauf lagen jede Menge Game-Zeitschriften und Zeichnungen. Ein kleiner Bilderrahmen sprang ihr ins Auge und sie nahm ihn in die Hand. Man hätte denken können, sie schnüffelte herum, aber dieses Gefühl hatte sie bei Dex nie. Sie war so oft nachts in sein Schlafzimmer geklettert, dass es sich angefühlt hatte, als sei es auch ihres. Das war dumm, und das wusste sie, und außerdem war sie noch nie in diesem Schlafzimmer gewesen. Warum also fühlte sie sich ihm noch immer so nah?

Ihre Hand zitterte ein wenig, als sie das Foto von ihnen beiden betrachtete. Sie erinnerte sich an den Tag, an dem es aufgenommen wurde. *Ich erinnere mich an fast jeden Tag, den wir zusammen verbracht haben.* Sie fuhr mit dem Finger über das Bild, fassungslos, dass er es nicht nur aufbewahrt, sondern es sogar eingerahmt und auf seiner Kommode stehen hatte. *Anscheinend denkt er so viel an mich wie ich an ihn.* Mit dieser Erkenntnis überkam sie auch ein Schuldgefühl, doch sie schob es beiseite, um sich stattdessen auf das Foto zu konzentrieren. Dex war siebzehn gewesen und sie sechzehn. Es war Juni, kurz vor dem Ende des Schuljahres. Dex hätte dringend einen Haarschnitt nötig gehabt, und sie erinnerte sich, dass sie ihn deswegen aufgezogen hatte. Die Haare fielen ihm ins Gesicht und er trug kein Oberteil. Sie hatte sich an seine Brust geschmiegt. *Ich hab mich immer an seine Brust geschmiegt.* Ein Fremder konnte nie sehen, wer sich hinter dem schwarzen wuscheligen Haar verbarg, in dem seine Hand vergraben war. Noch immer spürte sie seinen Herzschlag gegen ihren, seine Hand in ihrem Kreuz, die andere an ihrem Hinterkopf, und sie wusste noch, wie es sich anfühlte, wenn er sie so im Arm hielt, als wäre sie sein.

»Erinnerst du dich noch an diesen Tag?« Dex lehnte im Türrahmen.

Ellie schreckte zusammen und stellte das Foto auf die Kommode zurück. »Dex, es tut mir so leid. Ich hab das Badezimmer gesucht und ich …«

Er lächelte und nahm das Foto in die Hand. »Das ist mein Lieblingsbild. Erinnerst du dich daran, als es aufgenommen wurde?«

Sie nickte, und er fragte sich, ob sie sich genauso nach dieser Zeit zurücksehnte wie er, wenn er es anschaute. Zwei Wochen bevor man sie fortgeschickt hatte, war dieses Bild entstanden. Siena hatte gerade einen Apparat bekommen und schoss ständig

Fotos. Ellie hasste es, wenn sie fotografiert wurde. Sie hatte ein Neckholder-Bustier angehabt. Dex erinnerte sich daran, dass er sie damals hübsch darin fand und dass sie nie solche Oberteile trug. Sie hatte sich weggedreht und er hatte die Arme um sie gelegt. Ihr Rücken war warm und weich gewesen und Dex hätte sie am liebsten ewig gehalten. Er hatte Siena gesagt, sie sollte aufhören, aber da hatte sie schon das erste Bild gemacht – das Foto im Rahmen –, und sie hatte das Glück auf seinen Lippen eingefangen, die Liebe in seinem Blick. Sie hatte sein Herz auf einen Filmstreifen gebannt, und obwohl die nächsten fünf Bilder einen ganz anderen und beschützenden Dex gezeigt hatten, da Siena nicht auf ihn gehört und weitergeknipst hatte, hatte er dieses aufbewahrt.

Ellie nickte. »Siena war immer für Unfug zu haben.«

»Ist sie immer noch. Morgen treffe ich sie zum Mittagessen. Möchtest du mitkommen?« *Bitte sag ja.* Die letzte Nacht in Gesellschaft von Ellie brachte so viele Erinnerungen zurück und drängte die schmerzende Sehnsucht nach ihr in den Vordergrund. Er wusste, er sollte ihr besser nicht zu nahekommen, aber Ellie zu widerstehen gehörte nicht zu seinen Talenten.

»Ich kann nicht. Ich muss einen Job finden und eine Wohnung. Ach, und die Bank anrufen, um meine Kreditkarte sperren zu lassen.« Ellie fuhr sich mit der Hand durch die Haare und die Finger verhedderten sich in dem dicken Schopf.

Er stellte das Foto wieder hin. »Und wie wäre es mit einer Anzeige bei der Polizei?«

»Klingt nach nervigem Stress. Außer ein wenig Bargeld und einer Kreditkarte war nichts im Portemonnaie. Ich geh lieber mal duschen.« Sie wollte an ihm vorbeigehen, doch er hielt sie auf.

»Ellie, nimm mein Badezimmer. Das andere grenzt an das Zimmer, in dem Regina schläft. Wie kommst du zu deinem Bewerbungsgespräch?«

Sie zuckte mit den Schultern. »Ich werde wohl laufen. Mal sehen.« Sie machte ihren Koffer auf und holte ihre Kleidung für das Bewerbungsgespräch heraus.

»Ich gebe dir Geld für ein Taxi.«

Sie drehte sich herum. »Nein, ich brauch kein –«

»Red keinen Quatsch. Du brauchst kein Geld für ein Taxi. Du gehst zwanzig Blocks oder wie weit auch immer zu der Schule. Ich weiß, dass du das kannst und auch machen würdest, Ellie. Aber bis du das mit der Bank geregelt hast, nimm einfach das Geld für das Taxi. Du kannst Frühstück machen, um das abzubezahlen.« Er lächelte, weil er wusste, dass sie sich wegen des Geldes mit ihm streiten würde, und er genoss es fast. Sie war zäher, als gut für sie war – und so verdammt süß, wenn sie störrisch wurde.

»Ich bin eine miese Köchin.«

»Dann hast du Glück, weil ich gut kochen kann.«

Sie schauderte. »Es ist kalt hier drin.«

Er schloss das Fenster. »Gewohnheit.«

Sie schaute ihn fragend an.

»Ich schlaf jede Nacht bei offenem Fenster. Hab ich schon immer. Na ja, schon immer, seit …« *Seit du das erste Mal an meinem Schlafzimmerfenster aufgetaucht bist.* Er bemerkte seinen Fehler, sobald er die Worte ausgesprochen hatte. Damit hatte er ihr nur wieder einen Grund zur Flucht gegeben. *Komm Ellie Parker nicht zu nah, sonst haut sie ab.* Das hätte unter ihrem Foto im Highschool-Jahrbuch stehen können. In der Woche, in der seine Mutter sie zum Essen eingeladen hatte, war Ellie kein einziges Mal mit ihm nach Hause gegangen. Fast zwei ganze

Wochen hatte sie gebraucht, um wieder zu ihm zu finden. Aber wie einen Fisch ins Wasser, so hatte es sie zu ihm zurückgezogen, und dann war sie auch in die Herzen seiner Familie hineingewachsen, so wie sie sich in seines geschlichen hatte.

Sie schaute vom Fenster weg hin zu ihrem Kulturbeutel und ignorierte seine Bemerkung. *Verdammt.* In seinem Leben war schon genug los, da brauchte er nicht noch die Achterbahnfahrt namens Ellie Parker. Und dennoch sehnte er sich jetzt, da sie so nah war, verflucht noch mal, mit jeder Faser seines Körpers nach ihr.

»Ich bin ganz schnell im Bad fertig, und ich kann laufen, aber trotzdem danke.«

Zehn

Nachdem sie die Bank angerufen und im Internet die Wegbeschreibung zur Schule herausgesucht hatte, wurde ihr klar, dass es vielleicht doch etwas viel wäre, mehrere Meilen in hochhackigen Schuhen durch die Gegend zu laufen – insbesondere mit nur wenigen Stunden Schlaf. Sie schluckte ihren Stolz hinunter und lieh sich das Taxigeld von Dex, dessen Grinsen in seinem hübschen Gesicht sie geflissentlich ignorierte. Er hatte ihr noch viel Glück gewünscht, und als sie nun das alte Backsteingebäude betrat, wurde ihr bewusst, dass das Glück seit Monaten nicht auf ihrer Seite gewesen war. Vielleicht auch seit Jahren. Falls überhaupt jemals. Obwohl … Als was konnte man diese zufällige Begegnung mit Dex sonst bezeichnen?

Die Flure der Grundschule waren hell und freundlich. In der Luft lag dieser einzigartige Grundschulgeruch von Kleister und Mensa. Ihr fehlten die Kinder, mit denen sie in Maryland gearbeitet hatte, und sie hoffte, dass sie von ihrer neuen Lehrerin die Aufmerksamkeit bekamen, die sie brauchten. Wenn Ellie unterrichtete, hatte sie keinerlei Zweifel. Sie vertraute auf ihre Kompetenz beim Lehren, und obwohl ihre eigene Schulzeit für sie eine schmerzvolle Erfahrung gewesen war – Ellie hatte sich immer als Außenseiterin gefühlt –, so war es doch der eine Ort gewesen, an dem sie sich beweisen konnte. Bei den Schulaufgaben war sie herausragend gewesen und sie hatte Bestnoten in fast allen Fächern gehabt, trotz dieses Gefühls, fehl am Platz zu sein. Bei den Noten ging es nur um sie. Sie kontrollierte, wie viel sie lernte oder wie sehr sie aufpasste. Niemand sonst war verantwortlich für ihre Noten, egal ob gut oder schlecht.

»Miss Parker? Ich bin Direktorin Price. Schön, dass Sie kommen konnten.« Direktorin Price war eine ältere Frau mit glatten grau melierten Haaren, die sie in einem geraden, stumpfen Schnitt bis kurz unter die Ohren trug. Ihr Lächeln war gezwungen und passte, wie Ellie bemerkte, damit gut zu ihrer aufgesetzten Freundlichkeit. Sie konnte sich vorstellen, dass diese Frau, die wie Ellie eher kurz geraten war und so etwa eins sechzig sein mochte, ansonsten einen finsteren Blick an sich hatte, der nur mit Mühe zu verbergen war.

»Danke. Ich habe viel über Ihre Schule gehört.« Ellie folgte ihr in ein kleines Büro, das bis auf einen kleinen Stapel Akten auf einer Seite des Schreibtisches tadellos aufgeräumt war.

Mit der Nase in Ellies Akte sagte Direktorin Price: »In Ihrer Bewerbung erwähnten Sie, dass sie nach New York ziehen, weil Sie zurück zu Ihren Wurzeln wollen. Ist das korrekt? Sie kommen also ursprünglich aus der Stadt?«

War das korrekt? Oder ging es um die Nähe zu Dex? *Konzentrier dich, Ellie.* »Nicht direkt aus der Stadt, eher vom Stadtrand. Sie wissen ja, was man sagt …« Mist. Ellie hatte keine Ahnung, was man sagte, und schon gar nicht wer *man* war. »Einmal New Yorker, immer New Yorker.« Sie drückte die Hand auf ihr Knie in der Hoffnung, das nervöse Wippen zu unterbinden.

»Erzählen Sie mir etwas über Ihren Unterrichtsstil.«

Im Zug nach New York hatte Ellie pausenlos für ihr Bewerbungsgespräch geübt und so rasselte sie ihre vorbereiteten Antworten herunter. »Ich folge natürlich dem Lehrplan, passe dabei aber die Art, wie ich die Lektionen vermittele, den Bedürfnissen der Kinder an. Ich arbeite mit den Kindern, die mehr Zeit oder Intensität brauchen, um ein Konzept zu verstehen, während diejenigen, die es schon verstehen, sich das Problem selbst erarbeiten. Die gesamte Klasse für die Bedürfnisse von ein oder zwei Kindern aufzuhalten, kann sonst dazu führen, so denke ich, dass die Kinder, die schon weiter sind, das Interesse verlieren.«

Direktorin Price notierte etwas auf ihrem Klemmbrett.

»Können Sie mir etwas über die Klasse erzählen? Wie sind die Kinder so? Sind die meisten von ihnen in den vorherigen Schuljahren schon zusammen gewesen oder haben Sie einen größeren Wechsel in der Zusammensetzung der Klassen?«

Direktorin Price zog ihre Schublade auf und holte eine Tabelle heraus. Sie schob sie über den Schreibtisch und Ellie warf einen Blick darauf.

»Unsere Fünftklässler lagen in jedem im Frühjahr getesteten Bereich über dem nationalen Durchschnitt. Die Gesamtleistung lag bei sechzig Prozent, das sind zehn Prozentpunkte mehr als der nationale Durchschnitt von fünfzig.« Direktorin Price ratterte weiter Statistiken und andere Meilensteine herunter.

Ellie stellte ihre Frage etwas anders und erkundigte sich nach der Motivation der Schüler, in der Hoffnung, einen kleinen Einblick in die Schüler selbst zu bekommen, ihr Verhalten, ihre Einstellung zur Schule.

Direktorin Price jedoch bezog sich wieder auf die Statistiken und wiederholte immer wieder, dass sie überdurchschnittliche Ergebnisse erzielt hatten.

Ellie versuchte es ein letztes Mal. »Ich sehe die guten Platzierungen und Leistungen, aber ich würde gern etwas über die Persönlichkeit der Schüler erfahren, wie sie interagieren, ob es Kinder gibt, die mehr Aufmerksamkeit brauchen als andere. Alles, was ich wissen muss, damit ich so effektiv wie möglich mit ihnen arbeiten kann.«

»Ellie, es sind Kinder. Sie kommen in die Schule, um zu lernen, und Sie unterrichten das im Lehrplan Vorgesehene, damit sie die vom Staat vorgegebenen Anforderungen erfüllen. Was immer Sie auch an Ihrer alten Schule getan haben, wird sich sicher nicht viel vom Unterrichten hier unterscheiden. Das Wichtigste ist, dass wir das bisherige Niveau halten.«

Als das Gespräch beendet war, konnte Ellie nicht schnell genug von dem Gebäude fortkommen. Sie hatte gehofft, eine Schule zu finden, die das Augenmerk auf die Schüler gelegt hatte und nicht auf die Statistiken, doch Direktorin Price schien mehr an letzteren interessiert zu sein.

Ihr Handy vibrierte, und sie holte es hervor, um die Nachricht zu lesen.

Wie ist es gelaufen?

Dex. *Natürlich.* Er war so höflich und aufmerksam und … so sehr Dex. Ein Lächeln trat in ihr Gesicht, als sie eine Antwort schrieb. *Gut, aber mir gefällt die Schule nicht.*

Sie hätte zu gern etwas Kleines besorgt, um Dex dafür zu danken, dass sie bei ihm übernachten konnte, aber ein Geschenk mit seinem Geld zu kaufen, war einfach unpassend. Die Bank hatte angekündigt, ihr per Express eine neue Karte zukommen zu lassen, und die sollte morgen in Dex' Wohnung ankommen. Zwei weitere Bewerbungsgespräche standen in dieser Woche noch an, und sie hoffte, dass sich dabei etwas ergeben würde. Wenn sie ihre Kreditkarte hätte, könnte sie sich zumindest eine andere Übernachtungsmöglichkeit suchen und müsste sich Dex nicht mehr aufdrängen. Aber bei dem Gedanken, woanders zu wohnen, kam ein Gefühl der Einsamkeit auf.

Wieder vibrierte ihr Handy. *Tut mir leid. Das nächste Mal wird besser.*

Mr. Optimismus. Dex sah immer die positive Seite im Leben.

Schon okay, antwortete sie. *Ich habe noch zwei Gespräche in dieser Woche.*

Als ihr Telefon vibrierte, ging sie davon aus, dass es wieder Dex war. Doch es war Dina.

Was war letzte Nacht los? Jed hat gesagt, du bist mitten in der Nacht abgehauen.

Ahh! Sie hatte gehofft, sie müsste sich nicht erklären. Schnell schrieb sie zurück.

Konnte nicht schlafen. Hab deinen Schlüssel auf der Ablage gelassen. Danke, dass ich bei dir übernachten konnte.

Dina schrieb nicht zurück. Dex auch nicht. Als sie sein Apartmenthaus erreichte, war es schon ein Uhr und sie war ausgehungert. Zum ersten Mal bemerkte sie die Dekadenz des Gebäudes mit seinen Giebeln und Türmen. Über ihr zierten kunstvolle Schnitzereien eine wunderschöne Decke und teure Böden mit Mahagoni-Inlays zeigten den Weg zum Aufzug. Allein durch das Gebäude zu gehen, machte sie schon nervös. Das Haus war atemberaubend schön und zugleich fühlte sie sich unwohl. Als sie auf den Aufzug wartete, holte sie den Wohnungsschlüssel heraus und ließ ihn gerade in dem Moment fallen, als die Türen aufgingen. Ein umwerfendes dunkelhaariges Paar trat heraus.

»Hallo«, sagte die Frau, als sie die Lobby betrat und neben

Ellie kurz zögerte, die sich nach unten beugte, um den Schlüssel aufzuheben.

Ellie merkte, dass sie rot wurde, als sie sich aufrichtete und den Schlüssel erneut fallen ließ. Innerlich stöhnte sie auf.

»Hier, ich hab ihn.« Die Frau hob den Schlüssel auf und gab ihn ihr. »Wohnen Sie hier?«

»Ja, bei Dex Remington.« Das Paar sah sich kurz an. Ihre Blicke waren noch freundlicher, als sie sich ihr wieder zuwandten.

»Ich bin Josh Braden und das ist meine Verlobte Riley. Alle Freunde von Dex sind auch unsere Freunde. Wenn Sie je etwas brauchen sollten: Wir wohnen im fünften Stock. Kommen Sie einfach vorbei.«

Ellie gab ihnen die Hand. »Danke, ich bin nur für ein paar Tage hier.«

Josh griff nach Rileys Hand. »War jedenfalls nett, Sie kennengelernt zu haben.«

Sie fuhr im Aufzug zu Dex' Stockwerk hinauf. Dex hatte ihr einen Schlüssel gegeben, und als sie ihn ins Schloss steckte, stellte sie überrascht fest, dass die Tür bereits aufgeschlossen war. Ihr Herz raste. War er zu Hause? Sie ging hinein und sein einzigartiger Duft – frische Seife und pure Männlichkeit – umgab sie. Sie zog die hohen Schuhe aus und atmete erleichtert aus.

»Ja, ich weiß.«

Ellie erstarrte, als sie Reginas Stimme hörte.

»Sie ist hier um fünf Uhr morgens aufgetaucht.« Regina kam den Flur entlang, bekleidet mit derselben Jeans, die sie am Abend zuvor angehabt hatte, und dem Tanktop, in dem sie geschlafen hatte. Eine Lakritzstange hing ihr halb aus dem Mund, während sie in ein Handy sprach.

Ihre Blicke trafen sich.

»Mitch, ich muss Schluss machen. Bin bald da.« Sie beendete das Gespräch und lächelte Ellie an.

Es war kein aufgesetztes Lächeln wie das von Direktorin Price, und Reginas noch nicht geschminkte braune Augen sahen viel netter aus als noch in der Nacht.

»Hi«, sagte Regina.

»Hallo.« Ellie fragte sich, warum sie noch da war. »Ist Dex hier?«

»Nein, er ist im Büro.« Sie sah sie fragend an. »Alles in Ordnung?«

»Ja. Tut mir leid, dass ich letzte Nacht so reingeplatzt bin. Ich bin gerade erst in die Stadt gekommen, und die Bekannte, bei der ich übernachten sollte, hat mich hängen lassen, und danach wurde alles etwas verrückt. Aber ich bin bald wieder weg.« Sie konnte ihren Blick nicht von den Tattoos abwenden, die Reginas Arme und ihr Dekolleté bedeckten. Sie fragte sich, wovor Regina sich versteckte. Irgendwo hatte sie mal gelesen, dass Leute mit vielen Tattoos sich hinter der Körperbemalung versteckten. Sie dachte an Dex' Tattoos und fragte sich, was das über ihn aussagte.

Regina kaute auf ihrem Lakritz herum. »Hungrig?«

Regina redete mit ihr wie mit einer Freundin. Ellie wusste nicht, was sie erwartet hatte, aber die Frage überraschte sie. »Irgendwie schon.«

»Komm, ich bin eine gute Köchin.« Sie ging an Ellie vorbei in die große Küche, holte verschiedene Dinge aus der Vorratskammer und stellte sie auf die Arbeitsplatte. Sie kannte sich in Dex' Küche eindeutig aus. »Die Kammer ist immer gut gefüllt. Obwohl ich keine Ahnung habe, warum. Er isst nie hier.«

Du denn?, hätte Ellie gern gefragt, aber sie verkniff es sich.

»Du bist also mit Dex aufgewachsen? Was bringt dich wieder hierher?« Regina bewegte sich anmutig, während sie Mehl mit anderen Zutaten in einer Schüssel vermischte, Eier mit einer Hand aufschlug und die Schalen in die Spüle warf.

»Die Arbeit. Ich habe in Maryland an einer Grundschule unterrichtet ...« *Bis ich herausgefunden habe, dass mein Freund verheiratet war, und ich wollte nicht jemand sein, der eine Ehe zerstört. Dann hat er mich gepackt und ...* »Ich wollte nach Hause zurück.«

Regina nickte. »Ich bin so oft umgezogen, dass es schön ist, mal ein paar Jahre an einem Ort zu bleiben.«

Vielleicht hatte sie Regina falsch eingeschätzt. Sie war eigentlich ganz nett. »Kann ich was helfen?«

»Nee, entspann dich einfach.« Regina gab noch frische Blaubeeren in den Teig und goss ihn dann in eine Pfanne.

Ellie hätte nur zu gern etwas über die Beziehung von Dex und Regina erfahren. Sie hatte Dex geglaubt, als er sagte, sie wären nur Freunde, aber Dex war heiß und Regina hatte sich am Abend zuvor so verhalten, als gehöre Dex ihr.

»Du bist das Mädchen auf dem Foto, oder?«, fragte Regina.

»Foto?« Ellie wusste verdammt gut, von welchem Foto sie sprach, aber sie war zu nervös, um es zuzugeben. Regina und Dex waren offensichtlich enge Freunde. Sie versuchte, den schmerzhaften Stich der Eifersucht zu ignorieren, der sie durchfuhr, wenn sie an Regina in Dex' Schlafzimmer dachte. *Hör auf damit.* Ein Teil von Ellie wünschte, sie wäre vor vier Jahren nicht davongerannt. Sie hätte die ganze Zeit die Frau an Dex' Seite sein können. Aber sie waren nicht diese Art von Freunden. *Könnten wir aber sein. Vielleicht.* Der Gedanke überraschte Ellie. Und die Tatsache, dass sie diese Vorstellung nicht sofort als unsinnig beiseiteschob, überraschte sie noch mehr. *Was zum Teufel ist mit mir los?*

Regina bereitete die Pfannkuchen zu und legte sie dann auf einen Teller. Sie nahm eine Lakritzstange aus einer Brotdose und schob sie sich in den Mund. »Das auf der Kommode in seinem Schlafzimmer.«

Vielleicht waren sie nicht diese Art von Freunden, aber es gab dieses Foto. *In seinem Schlafzimmer, in dem jede Frau, die ihn dorthin begleitete, es sah.* Sie schob die Frage weg, was das bedeuten konnte, und spielte es herunter, als wäre es unbedeutend. »Ja, da waren wir noch Kinder.« *Ist es unbedeutend? Fühlt sich nicht so an.*

Regina nickte. »Iss, solange sie warm sind.«

»Isst du nicht mit?« *Oder ernährst du dich nur von Lakritz und Bier?*

Regina lächelte und hielt die Lakritzstange hoch. »Das Frühstück für Champions. Richtiges Essen bremst mich aus.« Gemeinsam saßen sie am Küchentisch. Regina legte die Füße auf den Stuhl neben sich, während Ellie die unglaublich köstlichen Pfannkuchen hinunterschlang.

»Wie war Dex so als Kind?«

Ellie musste nicht lang überlegen, um die richtigen Worte zu finden. »Er war so ein Junge, der immer das Richtige tut, auch wenn er versucht, das Falsche zu tun. Er war süß und … galant.« Sie lächelte und erinnerte sich daran, wie er Siena angegangen war, weil sie zu viele Fotos von Ellie machte.

Regina wandte den Blick mit einem nachdenklichen Gesichtsausdruck ab. »Das kann ich mir vorstellen.«

»Die Pfannkuchen sind köstlich. Danke. Ich kann kaum Wasser kochen.« Ellie zog das letzte Stück durch den dickflüssigen Sirup und steckte es in den Mund. Sie fragte sich, ob der Dex, den sie in der vergangenen Nacht gesehen hatte, anders war als der Dex, den alle anderen sahen. Sie zögerte, bevor sie fragte: »Und wie ist Dex jetzt?«

Regina schlenderte zu der Brotdose und nahm sich noch eine Lakritzstange. Sie wirbelte sie in der Luft herum, bevor sie hineinbiss. »Ich nehme an, er ist wahrscheinlich noch ziemlich so, wie er als Junge war.«

»Seine Nase steckte immer in einem Buch oder seine Hände in irgendeinem Gerät«, sagte Ellie. Sie hatte immer gern bei ihm gesessen, während er an seinem Computer herumspielte. Und sie erinnerte sich an das Gefühl, dass sie nicht einmal miteinander reden mussten, dass allein die Gegenwart von Dex alles besser zu machen schien. So wie in der vergangenen Nacht. Ein Wirrwarr von Gefühlen brachte ihre Gedankenwelt durcheinander. Warum kamen all diese Empfindungen so heftig zurück?

»Und bekam er immer dieses Funkeln in den Augen, wenn er eine Idee hatte?«, fragte Regina.

»Meinst du so?« Ellie riss die Augen auf, und ihr rechter Mundwinkel verzog sich zu einem schiefen Grinsen, dann kniff sie die Augen zu und zog die Brauen zusammen.

Regina lachte. »Ja! Genau so. Siehst du? Er hat sich nicht verändert. Habt ihr zusammen euren Abschluss an der Highschool gemacht?«

Traurigkeit zerriss Ellies Herz. »Nein. Ich war ein Jahr jünger als er, und ich bin weggezogen, bevor er seinen Abschluss gemacht hat.« Sie hatte sich immer gefragt, was passiert wäre, wenn sie geblieben wäre. Sie hatte keine großen Träume gehabt, dass sie auf dasselbe College gehen würde wie Dex oder etwas Romantisches in der Art, aber sie hätte gern mehr Zeit mit ihm gehabt. Ihr wurde flau im Magen, als ihr bewusst wurde, dass die Gefühle, die sie für Dex vor vier Jahren gehabt hatte, nicht so tief vergraben waren, wie sie gedacht hatte. Sie kamen an die Oberfläche, und dieses Mal hatte sie es nicht so eilig, sie zu verdrängen. Er hatte ihr gefehlt. Mensch, wie sehr er ihr gefehlt hatte.

»Wart ihr beide ein Paar?«

»Nein.« Die Antwort kam so schnell herausgeschossen, dass es sie selbst überraschte.

»Nein? Hm.« Regina wirbelte ihre Lakritzstange herum.

»Hm, was?«

»Nichts, es ist nur … Wie er gestern im NightCaps auf dich reagiert hat, schien so … Keine Ahnung. Als hättet ihr euch nahegestanden.« Regina brachte Ellies Teller zur Spüle.

Ellie räusperte sich. »Wir …« *Hätten es sein müssen? Ich wünschte, wir wären es gewesen? Ich hatte zu viel Schiss?* »Wir waren einfach nur gute Freunde.«

»Das erklärt sein Verhalten vermutlich. Dex trifft sich schließlich nicht oft mit Frauen. Er arbeitet immer. Wir alle eigentlich.«

In der Liebe und im Krieg ist alles erlaubt. »Wart ihr mal ein Paar?« Ellie hielt den Atem an.

Regina schaute über die Schulter zurück, während sie eifrig das Geschirr schrubbte. »Das fragst du nicht im Ernst, oder?«

Ellie zuckte mit den Schultern. Sie steckte schon so tief drin, da konnte sie ebenso gut noch weiter im Schlamassel versinken.

Regina wandte sich wieder der Spüle zu. »Nee, ich übernachte oft hier, aber er und ich? Wir sind nur Freunde. Dex ist …« Sie trocknete sich die Hände ab und kam zum Tisch zurück. »Dex Remington ist ein komplizierter Mann.«

»Echt? Insofern hat er sich also doch geändert, denn das war er früher nicht. Er war immer leicht zu verstehen, als er jünger war. Er hatte nicht viele Bedürfnisse. Ich meine, wenn er seine Bücher hatte, einen Computer und ein ruhiges Zimmer, dann war er glücklich.« Sie fragte sich, woher diese Veränderung wohl kam.

Regina zuckte mit den Schultern. »So ist er immer noch, aber er ist ziemlich verschlossen. Er beschützt sich. Was angesichts seiner gesellschaftlichen Stellung wahrscheinlich keine schlechte Idee ist.«

»Seine gesellschaftliche Stellung?« Ellie hatte Dex in genügend Zeitschriften gesehen, um zu wissen, dass er erfolgreich war, aber er benahm sich nicht so, als hätte sich sein Status stark verändert.

»Ja, du weißt schon. Jeder will ein Stück von ihm abhaben, da er nun seine Millionen verdient. Da ist es gut, wenn er sich beschützt.«

Ellie kam in den Sinn, dass Regina denken könnte, sie wäre hinter Dex' Geld her. *Na großartig, jetzt bin ich eine geldgierige Landstreicherin.* »Mir war nicht klar … Meinst du, er beschützt sich vor Leuten, die ihn ausnehmen wollen?«

»Er beschützt sein Herz.« Regina sah sie unverwandt an.

Eine direkte Folge meines Verhaltens. Sie räusperte sich und überging diesen Kommentar. »Hör zu, ich weiß, wie es aussehen muss. Ein Mädchen aus seiner Vergangenheit taucht plötzlich wie aus dem Nichts auf. Aber ich bin nicht wegen Dex' Geld hier oder um ihn auszunutzen oder so. Es war ein totaler Zufall, dass wir uns überhaupt getroffen haben.«

»Zufall? Oder etwas anderes?« Regina stützte ihre Ellbogen wieder auf dem Tisch ab und blickte Ellie direkt an.

»Was sonst?« Ellie lehnte sich zurück und war eigentlich zu müde, um sich mit irgendwelchen Anschuldigungen abzugeben.

»Schicksal vielleicht?«

Schicksal? »Ich glaube nicht ans Schicksal.« *Wenn es das Schicksal gäbe, würde das bedeuten, dass das Schicksal ein miserables Leben für mich vorgesehen hat und dass ich nur hoffen und beten kann, um mich auf den nächsten Moment vorzubereiten.*

»Außerdem bin ich nicht auf der Suche nach einem Mann, danke, und ich bezweifle sehr stark, dass Dex in der Hinsicht an mir interessiert ist.« Auf der anderen Seite spürte sie ganze Gefühlswogen von ihm ausgehen. Ihre eigenen Gefühle überfluteten sie jetzt ebenfalls. Oder vielleicht waren sie immer da gewesen und sie erlaubte sich nun endlich wieder, sie wahrzunehmen. Sie wusste einfach nur nicht, ob sie zum Schwimmen bereit war.

Regina schaute auf die Uhr. »Ich muss los.«

»Danke für die Pfannkuchen, Regina.«

»Gern.« Sie ging zur Tür und drehte sich dann noch einmal zu Ellie um. »Ich bin froh, dass du hier bist. Dex schien glücklich zu sein, dich zu sehen.«

Als die Wohnungstür hinter Regina ins Schloss fiel, stieß Ellie einen Atemzug aus, von dem sie gar nicht wusste, dass sie ihn angehalten hatte. *Schicksal. Schicksal? Könnte diese zufällige Begegnung mit Dex Schicksal sein?* Ellies Handy vibrierte und sie holte es aus ihrer Tasche.

Besprechung bis 10. Bist du danach noch wach?

Dexy. Ellie schloss die Augen und dachte an das, was Regina gesagt hatte. Die letzten Wochen waren aufreibend gewesen. Von der Minute an, in der sie von Bruce' Ehe erfahren hatte, war sie nervös gewesen, und zwar nicht nur, weil er sie an eine Wand geschleudert hatte. Sie hatte sich die Schuld gegeben. Mit ihr musste etwas nicht stimmen, wenn sie nicht gemerkt hatte, dass er verheiratet war. Die Anzeichen waren doch offensichtlich gewesen. Er war die ganze Zeit »auf Reisen«. Fast nie blieb er über Nacht, und wenn sie ihn abends anrief, sagte er fast immer, dass er irgendwo war, wo er nicht reden konnte. Aber zum ersten Mal seit Ewigkeiten hatte Ellie ihr Herz einem Mann gegenüber geöffnet. Aber eigentlich hatte sie es gar nicht geöffnet, oder? Sie hatte ihre Beine geöffnet. In dem Augenblick, in dem sie wieder in Dex' Armen lag, war ihr bewusst geworden, dass es einen riesigen Unterschied dazwischen gab, ob sie nun ihr Herz für jemanden öffnete oder nur körperliche Nähe zuließ.

Schicksal? Sie hatte keinen Job, kein Geld, keinen Plan. Und zum ersten Mal in ihrem ganzen Leben ängstigte sie das nicht zu Tode. Sie ging über den Flur zum Schlafzimmer von Dex und nahm das Foto von ihnen beiden in die Hand. Sie waren so jung gewesen, so verletzlich, und doch hatte keiner von beiden die Freundschaft des anderen ausgenutzt. Ellie drückte das Foto an ihre Brust, und sie wusste, dass die Angst, die normalerweise immer tief in ihr verankert gewesen war, nicht wieder aufgetaucht war, weil Ellie genau da war, wo sie hingehörte. Ein Schauer lief ihr über den Rücken. Kein angenehmer Schauer, sondern ein *Heilige-Scheiße-was-mach-ich-nur*-Schauer. Niemand in ihrem Leben war jemals geblieben. Ihre Mutter war nie nüchtern genug geblieben, um sich um sie zu kümmern – geschweige denn, um am Leben zu bleiben. Ihren Vater hatte sie nie kennengelernt, und keine der Pflegefamilien, in die sie gesteckt worden war, hatte sie behalten wollen. Keiner blieb bei ihr.

Außer Dex.

Ellie hatte ihr Herz mit Stacheldraht umwickelt und das hatte ihr gute Dienste geleistet – bis Bruce gekommen war. Dieser scheiß Bruce. Auf keinen Fall wollte sie einem Arschloch die Entscheidung darüber überlassen, wer sie war. Wenn sie das getan hätte, hätte sie schon vor Jahren die Hoffnung verloren. Zum Teufel, sie hätte aufgegeben. Nein. Sie hatte es bis hierhin geschafft, und sie würde ein glückliches Leben führen – auch wenn es sie umbrächte.

Sie schloss die Augen und atmete tief ein und dann langsam aus.

Mit zittrigen Fingern schrieb sie Dex. *Klar.*

Aber vielleicht, nur vielleicht, war dieses undefinierbare, unergründliche *Schicksal* auf ihrer Seite. Sollte sie es sich gestatten, daran zu glauben? Ihre Beine sagten, dass sie abhauen sollte. Plötzlich war sie wieder fünfzehn Jahre alt und lag neben Dex in seinem Bett. *Geh nicht, ohne dich zu verabschieden.* Das hatte sie ihm versprechen müssen. Aber als er zu ihrem Haus gekommen war, hatte sie ihre Pflegefamilie gebeten, ihm zu sagen, sie wäre schon fort. Sie hatte ihn durch das Fenster beobachtet. Sein Kiefer, zu jung für einen Bart oder Stoppeln, war nicht zu jung, um zu zittern. Seine Augen waren erfüllt von so großem Schmerz, dass es sie fast umbrachte. Sie musste sich abwenden, und als sie die Stärke fand, sich wieder umzudrehen, war er schon fort. Sie hatte gedacht, wenn sie sich nicht verabschieden würde, täte es nicht so weh. Nie in ihrem Leben hatte sie sich so geirrt. Und als sie vor vier Jahren zurückgekehrt war, hatte sie diesen Schmerz vergessen und hatte es wieder getan.

Wieder vibrierte ihr Handy. Sie las Dex' Nachricht. *Bitte lauf nicht weg. Xox.*

Elf

Bei Thrive herrschte helle Aufregung angesichts der Neuigkeit, dass sie bei ihrem Release-Termin blieben und Dex sich nicht auf die Manöver von KI Industries einließ. Je mehr Dex über ihren Release nachdachte, umso überzeugter war er davon, dass sie das Richtige taten. Dex hatte sich nie irgendeinem Gruppenzwang untergeordnet. Nicht an der Highschool, als alle anderen Jungs in seinem Robotikclub ihren Roboter mit nicht zugelassenen Materialien aufmotzen wollten, und auch nicht, als er sein erstes PC-Spiel an der Highschool entwickelte. Sogar Siena hatte versucht, ihn dazu zu bringen, ein coolerer Teenager zu sein. Und dann war da Ellie gewesen, mit ihrer stillen Unterstützung, ihrer fürsorglichen Art und ihrem Glauben, dass jeder Moment zählte. Sie war anders als alle anderen Mädchen, die er von der Schule kannte. Ellie drängte ihn nicht, zu Partys zu gehen oder sich auf eine bestimmte Art und Weise anzuziehen. Es war ihr egal, dass er nicht wie seine älteren Brüder Football spielen wollte und dass er nie viel zu sagen hatte. Meine Güte, sie hatte ihn nie um irgendwas gebeten. Außer einmal, als sie ihn gebeten hatte, sie für immer zu lieben – da war er überglücklich gewesen, ihr sein Herz zu schenken. Das sie achtlos zerschmettert hatte.

Wenn er an Ellie dachte, kamen widersprüchliche Gefühle in ihm auf. Er verfiel ihr wieder vollends und die gleichen alten Ängste machten sich breit. Würde sie wirklich noch da sein, wenn er heute Abend nach Hause kam? Benahm er sich wie ein Idiot und beschwor er ein zerbrochenes Herz geradezu herauf? Vom Verstand her wusste er, dass er aus der Erfahrung hätte lernen müssen, wenn es um Ellie ging, und dass er vorsichtig sein müsste. Dex war nicht dumm, zumindest theoretisch nicht, aber Herzensangelegenheiten waren nun mal etwas ganz anderes. Teile seines Herzens lagen auf dem Rasen vor dem Haus ihrer Pflegefamilie. Weitere Krümel seines Herzens bildeten einen Pfad von diesem Haus bis hin zu seinem, und damals hatte er nicht gewusst, wie er ein Reset seiner selbst hätte durchführen sollen. Wenn es ein Spiel gewesen wäre, dann hätte er einen Speicherpunkt gehabt, auf den er hätte zurückgreifen können … hätte einfach die Nächte, die er mit ihr verbracht hatte, und die Liebe, die zu ihr entstanden war, gelöscht. Aber das Leben hatte keine Sicherheitspunkte, und sein Vater hatte ihm keinen Moment zugestanden, um zu grübeln – egal ob über etwas Positives oder Negatives. *Du bist entweder ganz dabei oder ganz raus*, hatte sein Vater gesagt. Er hatte Dex mit diesem strengen Blick angesehen, mit diesen dunklen Augen, die durch sein ohnehin schon gebrochenes Herz stachen, und gesagt: *Du kannst es besser, mein Junge. Du bist ein Mann. Schluck's runter und schau nach vorn.*

Er hatte es runtergeschluckt, aber er hatte nie wirklich nach vorn geschaut.

»Ich mag Ellie.« Alle hatten die Besprechung verlassen, außer Regina und Mitch. Regina stand neben Dex, als er sich an seinem Computer abmeldete.

»Ach ja?« Er wartete auf das Aber. Dex hatte in den letzten

Jahren nicht viele Dates gehabt und auch Regina nicht viele Frauen vorgestellt, aber die wenigen Male hatte Regina an ihnen herumgemäkelt, bis er sein Interesse verloren hatte. Jedes Mal hatte sie recht gehabt. Sie hatte ein Gespür für solche Dinge.

»Ja.«

Er sah von seinem Bildschirm auf und legte eine Hand auf ihre. »Aber?«

Regina drehte sich um und sah ihn an, dann setzte sie sich auf den Tisch, stützte sich mit den Handflächen ab und schaukelte ihre schwarzen Converse hin und her. Ihr Blick schweifte über sein Gesicht.

Dex wartete auf das *Aber. Sie ist zu seltsam. Sie ist launisch. Sie ist zu … irgendwas.* Ihm fielen unzählige Dinge ein, in denen Ellie *zu* war. Dickköpfig stünde ganz oben auf der Liste, gefolgt von kompliziert und launisch. Aber all das machte sie zu diesem schönen, frustrierenden Gesamtpaket.

»Kein Aber.« Sie sah ihn fragend an. »Brauchst du ein Aber?«

Da war es wieder. Ihr Bedürfnis, ihn zu schützen.

»Ich glaube nicht. Es ist kompliziert.« Kompliziert kratzte nicht einmal annähernd an der Oberfläche von allem. »Wir sind eigentlich nicht so, Regina. Wir sind Freunde.« Wie sehr sie ihm in der Vergangenheit auch wehgetan hatte, er wollte noch immer mehr mit Ellie haben. Aber egal, wie sehr er wollte, dass da mehr war, Ellie hielt ihre Deckung aufrecht. Und wahrscheinlich war das gut, denn Dex' Fähigkeit, sein Herz vor der Liebe zu ihr zu bewahren, schwand ziemlich rasch.

Regina stellte sich wieder hin und berührte seinen Arm — eine Angewohnheit, die sie angenommen hatte, wenn er auf den Computerbildschirm starrte und sie mit einem »Mhm« abspeiste und ihr nur halb zuhörte. Jetzt schaute er auf in ihre schwarz umrandeten Augen. Regina lief gern weg, genau wie Ellie. Das hatte er schon immer gewusst, aber sie lief nicht körperlich weg. Sie versteckte sich hinter ihren Tattoos und dem Make-up. Vielleicht war das der Grund, weshalb sie ihm so wichtig war. In vielerlei Hinsicht glich sie Ellie.

»Manchmal sind Freunde die besten Liebhaber«, sagte sie und ging zur Tür.

»So ist das nicht«, rief Dex ihr hinterher.

»Vielleicht sollte es«, fügte Mitch hinzu.

Dex hatte vergessen, dass Mitch überhaupt im Raum war. Er sah an seinem Bildschirm vorbei und hielt Mitchs Blick stand. Der saß mit den Füßen auf den Tisch gelegt und den Händen hinter dem Kopf verschränkt auf seinem Stuhl.

»Hört, hört, was Mister Ich-verabrede-mich-nie zu sagen hat«, neckte ihn Dex.

»Ich werde mich verabreden. Such mir eine Frau, die Verständnis hat für meine Arbeitszeiten bis vier Uhr morgens, Aufstehen erst mittags, fürs Leben und Atmen von Bewertungsportalen, für die Albträume über Bugs und verpasste Release-Termine.« Er kratzte sich an seinem stoppeligen Hals.

»Wenn du dich ab und zu mal rasieren würdest, fändest du vielleicht eine Frau, die den Rest in Kauf nehmen würde.« Dex stand auf und sah, dass sein Freund sich wieder der Tastatur widmete. »Warum gehst du nicht nach Hause? Wir sind kein dreiköpfiges Team mehr, Mitch. Du kannst dir ruhig mal einen Abend freinehmen. Das Test-Team hat alles unter Kontrolle.«

»Nee. Noch nicht, aber bald. Ich will mal sehen, was die Fans in den Foren so schreiben.« Er tippte etwas und lehnte sich dann mit einem freudigen Ausruf zurück. »Haut rein, Thrive! Wir sind gespannt.« Er scrollte weiter nach unten. »Beeilt euch!« Er klickte etwas anderes an. »*World of Thieves II* wird das Game von KI weghauen!«

»Siehst du?« Dex atmete erleichtert auf. »Aber wie du willst, Mitch. Schließt du ab?«

»Jaja.« Er winkte ihm zu. »Gib Ellie einen Kuss von mir.«

Dex sah ihn wütend an.

»Was denn?« Mitch hob die Hände. »Sie ist heiß. Wenn du ihr keinen Kuss von dir gibst, kannst du ihr ja einen von mir geben.«

»Nacht, Mitch.« Dex gab sich gelassen, schlenderte in seinem typischen entspannten Gang aus dem Büro, während er innerlich raste. Den ganzen Tag hatte er an Ellie gedacht. Seit sie in der Nacht zuvor in seiner Wohnung aufgetaucht war, wollte er sie in den Arm nehmen und nie wieder gehen lassen. Er wollte den Schmerz und die Angst, die er in ihren Augen gesehen hatte, wegküssen. Aber eine falsche Bewegung und sie wäre fort. Er war nicht in der Lage, auf Abstand zu bleiben. Er war wieder zu dem Typ geworden, der er war, als sie ihn das letzte Mal gesehen hatte. Der sie zu sehr liebte, als dass er sie allein leiden lassen würde. Der nichts mehr wollte, als sie in seinen Armen zu halten, ohne Forderungen an sie zu stellen, und der es sich gestattete, sein Herz zu öffnen, egal was sie damit anstellen würde. Aber er war kein Teenager mehr und sie war kein verlorenes Mädchen. Sie war verwirrt und sie machte eine schwere Zeit durch, aber sie war eine erwachsene Frau. Und die Gefühle, die er so lange unterdrückt hatte, drängten seine freundliche Fassade beiseite und wurden rasch zu etwas viel Größerem. Heißerem. Er musste vorsichtig sein, sonst würde er sich verbrennen.

Als er das Büro verließ, tauchte vibrierend eine Nachricht von Sage auf seinem Handy auf.

Hey, Bruderherz! Alles okay? Wie lief's mit Ellie?

Sage war der einzige Mensch, mit dem Dex über die Zeit geredet hatte, die er als Teenager mit Ellie verbracht hatte. Er hatte es jemandem erzählen müssen, und Sage war nicht die Art von Bruder, der ihm blöd kommen oder der ihm raten würde, sie zu vergessen. Sage war bedacht und mitfühlend. Er hatte Dex zugehört, als er ihm erzählte, warum sie ihm fehlte, was er an ihr liebte und was für ihn frustrierender war als ein hartnäckiger Bug in einem seiner Projekte. Sage war immer weiser gewesen, als sein Alter vermuten ließ, und deshalb hatte Dex sich auch an ihn gewandt, als Ellie vor vier Jahren aufgetaucht war. Sage hatte ihm geholfen, die Trümmer seines Herzens wieder aufzusammeln, aber Dex hatte sich nie richtig von der Verwüstung erholt, die sie hinterlassen hatte. *Was zum Teufel denke ich da eigentlich?*

Er schaute auf sein Handy und hatte nicht den geringsten Schimmer, was er antworten sollte. Er entschied sich für die sichere Variante und schob seine Gefühle beiseite, als er Sage nur die Fakten mitteilte. *Mir geht's gut. Sie wohnt im Moment bei mir. Frag nicht. Keine Ahnung, wo das alles hinführt.* Er wusste nicht einmal, wie er eine Nachricht über Ellie verfassen sollte, ohne seine Gefühle zu zeigen. Die Antwort von Sage war eindeutig.

Gefährliches Terrain. Bin da, falls du reden willst.

Schnell schrieb er ein *Danke* zurück. Mit hochgezogenen Schultern wappnete er sich gegen die abendliche Kühle und ging zurück zu seiner Wohnung, während er mit der Frage kämpfte, ob sie wohl jemals die Chance auf mehr haben würden. Hatte der jahrelange Schmerz ihnen jegliche Chance auf eine gemeinsame Zukunft geraubt? Könnten sie einen Weg finden, der sie durch die verpassten Jahre und die Veränderungen führte, um dann endlich ihre erwachsenen

Persönlichkeiten offenzulegen? Und wenn sie es so weit schaffen würden, könnten sie sich einen neuen gemeinsamen Pfad zurechtlegen, oder wäre das alles zu viel? *Es ist Ellie. Das ist eindeutig zu viel.*

Zwölf

Ellie ging in Dex' Wohnung auf und ab. Noch nie in ihrem Leben war sie so nervös gewesen, und schon gar nicht, weil sie Dex sehen würde. Sie war sicher übermüdet. Die Reise, eine Nacht fast ohne Schlaf und das unangenehme Bewerbungsgespräch, all das wirkte sich jetzt aus. Sie hatte in Dex' Badezimmer geduscht und fünfzehn Minuten damit verbracht, den Duft seiner Seife in ihre Haut und Sinne eindringen zu lassen. Sie kam sich mit ihren Gedanken an Dex etwas unanständig vor. *Unanständig?* Nie in ihrem ganzen Leben war sie sich *unanständig* vorgekommen. Sie wusste nicht einmal, woher dieses Gefühl kam. Und wenn sie es in Gedanken mit Dex zusammenbrachte, dann war es ein neues Empfinden. Anders. Und etwas beunruhigend. Zweimal zog sie sich um – und das war doppelt so oft, wie sie es jemals vor einem Date mit Bruce getan hatte –, bis sie sich schließlich für ihr Notfall-Outfit entschloss: Jeans und ein schwarzes T-Shirt mit V-Ausschnitt. Langweilig? Vielleicht. Sicher und bequem? Absolut. Jetzt zog sich ihre Brust zusammen und ihre Nerven flatterten. Sie machte die Wohnungstür auf und ging in den Flur. Sie brauchte Luft. Brauchte irgendwas. Hauptsache diesem Gefühl entkommen, in der Falle zu sitzen.

Sie seufzte. *Das ist dämlich. Eine Falle von Dex?*

Sie drückte auf die Taste vom Aufzug. Vielleicht würde ein kurzer Spaziergang ihre Nerven beruhigen. Die Aufzugtüren gingen auf und Dex trat heraus – er trug eine verwaschene Jeans und ein eng anliegendes T-Shirt unter einem offenen langärmeligen Button-down-Hemd. Meine Güte, sah er gut aus. Sie schaute an ihren eigenen Klamotten herunter und dachte, wie ähnlich sie sich doch waren – nur dass Dex ihr nie so wehtun würde, wie sie ihm wehgetan hatte. Niemals.

Sein Lächeln verschwand augenblicklich. »Gehst du?«

»Nein.« *Vielleicht?*

Er sah zur Wohnungstür, dann wieder zu Ellie. »Komm.« Er bedeutete ihr, in den Aufzug zu kommen.

Schweigend fuhren sie hinunter in die Lobby und gingen dann auf die Straße.

»Wohin gehen wir?«, fragte Ellie, während sie versuchte, mit Dex' schnellem Tempo mitzuhalten.

»Du hattest diesen Blick.«

Ohne sein Gesicht zu sehen, wusste sie, dass er es ernst meinte, und ohne nachzudenken, wusste sie, was er damit sagen wollte. Dex wusste, wie sie sich fühlte. Er wusste es immer. Sie überlegte, was sie sagen konnte, doch bevor sie eine passende Antwort fand, brach er das Schweigen.

»Ich dachte mir, wir würden es dir zusammen austreiben. Sag mir einfach, wenn du innerlich ruhiger bist.« Dex schob die Hände in die Taschen seiner Jeans.

Schuld legte sich wie ein Mantel um ihre Schultern, schwer und unförmig. Sie wollte sagen, dass sie keinen Blick hatte. Dass sie sich nichts austreiben musste. Dass sie nicht mehr das Bedürfnis hatte, wegzulaufen vor dem Gefühl, in der Falle zu sitzen. Aber das wäre eine Lüge gewesen. Sie wusste nicht, ob sie je über dieses Gefühl hinwegkäme. Verstohlen sah sie zu Dex, der neben ihr ging, als sei es die ganze Zeit über sein Plan gewesen. War es sein Plan? Vielleicht hatte er tatsächlich geplant, ihr diese Rastlosigkeit auszutreiben. Er wusste immer ganz genau, was sie brauchte.

»Angestarrt zu werden ist manchen Leuten unangenehm«, sagte Dex, während er weiter geradeaus sah.

Mist. »Ich versuche, dich zu verstehen.«

»Wirklich? Da gibt's nicht viel zu verstehen. Du hattest das Bedürfnis zu fliehen. Ich fliehe mit dir.«

Autos füllten die Straßen und Menschen füllten die Gehwege. Ellie ging näher zu Dex, um eine Gruppe Männer vorbeizulassen, und sie berührte ihn an der Seite. Ihr wurde flau im Magen. Sie kapierte immer noch nicht, was sich zwischen ihnen verändert hatte, aber es bestand kein Zweifel, dass die Regungen, die sie jetzt tief in sich fühlte, intensiv und real waren und mit Sicherheit auch sinnlicher und erotischer, als es jemals zuvor der Fall gewesen war. Er nahm ihre Hand und hielt sie fest. Mit verschränkten Händen, in vollkommenem Gleichschritt, ging es voran.

»Was hast du in Maryland getan, wenn dir nach Flucht zumute war?«, fragte Dex.

»Was meinst du?«

»Wenn du dich gefangen fühltest.« Er sagte es, als müsste sie wissen, was er meinte.

Sie wusste es.

Nur zu gut.

»Ich … Was wir jetzt machen. Raus aus der Wohnung und spazieren gehen.« Sie wurde langsamer und er tat es ihr gleich. »Aber ich bin allein gegangen.«

»Glaubst du, dass sich das jemals ändern wird? Dein

Bedürfnis zu fliehen?«

Sie zuckte mit den Schultern. Kurz konnte sie seine Augen sehen – sie waren von Sorge erfüllt.

»Warum fühlst du dich bei mir gefangen, Ellie? Ich bin derjenige, zu dem du dich immer geflüchtet hast.«

Und der, vor dem ich geflohen bin. Seine Stimme war so voller Schmerz, dass es sie erschlug. »Es liegt nicht an dir. Es lag nie an dir.« Doch, lag es. Als sie das erste Mal ging, ohne sich zu verabschieden, war es wegen Dex. Sie liebte ihn zu sehr, um sich zu verabschieden. Und als sie ihn vor vier Jahren verließ, war es, weil sie ihn zu sehr liebte, um zu bleiben.

Schweigend gingen sie weiter. Ellies Handy vibrierte. Sie sah auf die Nachricht, und ihr Herzschlag setzte aus, als sie *Arschloch* auf dem Bildschirm sah. Den Namen hatte sie Bruce verpasst, nachdem sie sich getrennt hatten. Sie hatte überlegt, seine Nummer zu löschen, aber sie wollte gewarnt sein, sollte er jemals wieder anrufen. Sie wollte nicht aus Versehen einen Anruf von ihm annehmen. Sie las die Nachricht. *Du fehlst mir.*

»Stimmt was nicht?«

Alles. Sie hatte die Sache mit Bruce unmissverständlich beendet. Sie hatte ihm klargemacht, dass er sie nicht mehr kontaktieren sollte, und auf diese dämliche Nachricht würde sie auf keinen Fall antworten. Sie stellte das Handy ab, steckte es weg und marschierte schneller weiter.

»Ellie, du hast zwar gesagt, dass du nicht dasselbe Mädchen bist wie früher, aber du benimmst dich verdammt noch mal so.«

Sie versuchte, ihm ihre Hand zu entziehen, aber sein Griff war zu fest.

Er zog sie in eine Gasse, weg von den Blicken der Fremden, und sah mit einem so intensiven Blick auf sie hinab, wie sie es noch nie bei ihm gesehen hatte. Sein Körper berührte ihren nicht, und doch fühlte sie die Hitze, die von ihm ausging. Er drängte sich ihr nicht entgegen, aber sie spürte seinen Körper, sehnte sich schmerzhaft nach ihm. Was war mit ihr los? Sie sehnte sich nicht schmerzhaft nach Männern. Und jetzt blickte sie in Dex' Augen, die wütend und traurig zugleich waren, und wollte einfach nur noch unter seine Haut kriechen.

Er trat einen Schritt vor. Ihr Rücken traf auf die Backsteinmauer.

»Sei ehrlich zu mir, El. Ich kann nicht noch einmal ein Boxenstopp sein. Ich will nicht noch einmal ein Boxenstopp sein.« Er atmete so heftig, dass sein Brustkorb sich vor ihr weitete.

»Du warst nie ein Boxenstopp.« *Warum flüstere ich?*

»Nein? Was war ich denn? Du bist vor vier Jahren aufgetaucht, in mein Bett gekrochen und dann zwei Tage später weggerannt. Wie nennst du das?« Er suchte die Antwort in ihren Augen, und sie wusste, dass er die Wahrheit suchte.

Die Wahrheit tat weh.

Die Wahrheit war ätzend.

Sie log.

»Einen Fehler«, sagte sie.

Er sah sie eindringlich an. »Nein, das war alles andere als ein Fehler. Mit Sicherheit nicht.« Er wurde lauter. »Nein, Ellie.« Er trat von ihr weg und ließ ihre Hand los.

»Ich weiß nicht, was du hören willst, Dex. Ich kam vor vier Jahren hierher, weil du mir gefehlt hast.« Die Wahrheit strömte aus ihr heraus. »All die Jahre habe ich nur an dich gedacht, also habe ich dich aufgespürt und bin zu dir gekommen. Ich brauchte … Ich musste mir deiner sicher sein.« Sie verschränkte die Arme und sah weg. Sie hatte das Gefühl, in einer Blase zu stecken, die jeden Moment platzen könnte. Nur wenige Meter weiter liefen Leute vorbei, die nicht bemerkten, dass ihr Leben ins Trudeln geriet und sie kaum noch Halt hatte.

»Du hast mich verlassen.« Sein Blick verfinsterte sich und bohrte sich durch sie hindurch. »Ich habe dir gesagt, dass ich dich liebe, und du hast mich verlassen.«

Er hatte sie wieder in sein Leben gelassen, ohne zu fragen, warum sie als Teenager ohne Abschied gegangen war. Sie hatte es damals kaum glauben können und nun fühlte sie sich richtig niederträchtig. Und sie hatte höllische Angst, dass er nun derjenige war, der sie wegschickte. Aber sie würde ihn nicht mehr anlügen. Er musste die Wahrheit wissen, egal wie unangenehm es für sie war.

»Ich konnte nicht bleiben. Ich hätte dein Leben versaut, während ich meines weiterhin verpfuscht hätte. Ich musste etwas aus mir machen, um jemand für dich sein zu können.« Tränen drängten sich in ihre Augen, und sie schloss die Lider, um sie zurückzuhalten. Als sie die Augen wieder öffnete, starrte er sie noch immer an und wartete. Er wartete immer. »Du brauchtest mich nicht an deinem Rockzipfel wie ein hilfsbedürftiges Kind.«

»Du hast also die Entscheidung für mich getroffen? Als ob ich nicht in der Lage wäre zu entscheiden, was für mich am besten ist?« Sein Gesicht war rot angelaufen, sein Blick wütender, als sie ihn je gesehen hatte.

»Ich musste eine eigenständige Frau werden, was immer das auch bedeuten mag. Du hast jemanden verdient, der viel besser ist als ich.«

»Du bist seit der fünften Klasse eigenständig, Ellie.«

Seine Stimme war so sanft, so voller Liebe, aber ihr entging nicht der Schmerz, der als permanente Erinnerung an das mitschwang, was sie getan hatte.

»Hast du deswegen an dem Wochenende nicht mit mir geschlafen?«, fragte er.

»Du hast es nie versucht«, flüsterte sie.

»Wie konnte ich?« Er wandte sich ab, und als er sie wieder ansah, waren seine Augen erfüllt von Ehrlichkeit. »Ich wollte dich so sehr, dass es schmerzte, aber du warst nicht … nicht sicher, Ellie. Du bist wie … Ich weiß nicht genau, was. Etwas, das in einer Minute noch da ist und in der nächsten verschwunden. Ich musste sicher sein. Ich dachte, zweierlei könnte passieren. Du würdest den Anfang machen, mich wissen lassen, dass es sicher war, dich zu lieben, oder …«

»Oder ich würde gehen.« Sie wollte die Arme um Dex schließen und ihm sagen, dass sie nicht verstand, warum sie weggelaufen war, und dass er alles war, was sie je gewollt hatte. Schon immer. Aber bis zu diesem Wiedersehen war ihr das nicht bewusst gewesen, und als sie den Mund erneut öffnete, kamen keine Worte heraus.

Er schloss die Lücke zwischen ihnen und legte die Hände um ihren Kopf, der an die Mauer gedrückt war. Er hatte sie eingesperrt. Sie saß in der Falle. Ein kräftiges Bein stand jeweils außen an ihren. Er musste wissen, dass er sie ins Schwitzen brachte, ihren Puls in Panikmodus versetzte, ihren Fluchtinstinkt auslöste. Er musste sie atmen hören, als ob jeder Atemzug durch einen geknickten Schlauch ginge.

»Ich musste mir deiner einfach sicher sein«, wiederholte sie.

»Du kannst dir meiner immer sicher sein, Ellie. Aber zerbrich mich nicht. Noch einmal stehe ich das nicht durch. Die beiden Male haben mich fast umgebracht.« Er senkte sein unrasiertes Gesicht und strich damit über ihr Gesicht. »Sei dir meiner sicher.«

Er roch vertraut. Sicher. Männlich. Er roch nach der

einzigen Liebe, die sie je gekannt hatte. Sie berührte seine Wange. Ihr Herz ging auf. Er fuhr mit seinen Lippen über ihre. Kostete, schmeckte sie. Schickte eine Hitzewelle hinunter in ihre Mitte. Dex legte seine Stirn gegen ihre. Sie stahl ihm den Atem, als er ausatmete, sehnte sich nach seinem Geschmack. Sie legte die Hände in seinen Nacken und zog seine Lippen an ihre. Er küsste sie sanft, ein weicher, liebevoller, lang ersehnter Kuss, der sie in Stücke zerfallen, knochenlos gegen ihn schmelzen ließ. Eine starke Hand legte sich um ihre Taille und drückte sie an ihn, rettete sie vor der Niederlage ihres Körpers. Seine andere Hand vergrub sich in ihrem Haar, während er seinen Körper an sie presste. Sie klammerte sich an seine Hüfte, zog ihn näher an sich, nahm, was sie brauchte, als sie den Kuss vertiefte und den Atem aus seinen Lungen raubte. Seine Hüfte kreiste an ihrer. Sie erwiderte die Bewegungen. Bedürfnis und Begehren berauschten ihren Verstand, in dem sich gleichzeitig Tentakel von Schuld knäuelten, die das Verlangen erdrückten und Schmerz dort verursachten, wo Lust gewesen war.

Dex zog sich zurück und beide schnappten nach Luft. Er suchte ihren Blick, aber seine Gefühle waren so roh und ungefiltert in seinen Augen abzulesen, dass es zu schmerzhaft für sie war. Sie wollte nicht denken. Sie wollte fühlen. Sie musste ihn an ihrem Körper fühlen, ihren Schmerz in den Emotionen verstecken, die sie ihm entlockte. Ellie zog ihn und seine Lippen wieder an sich. Sie fuhr mit der Zunge über seinen Mund, folgte den Furchen und köstlichen Linien seiner Lippen, an die sie so lange gedacht hatte. Er wich wieder etwas zurück und sie atmete erneut tief ein, sie brauchte ihn zum Atmen.

»Nein«, sagte er und stach ihr damit schmerzhaft ins Herz.

Sie wollte protestieren, doch es kam kein Wort heraus. Sie presste die Kiefer aufeinander und schlug die Hände vors

Gesicht.

Dex trat einen Schritt zurück. »Ich liebe dich, Ellie. Ich habe dich immer geliebt.«

Sie ließ die Hände sinken. *Liebe? Du liebst mich? Niemand liebt mich.* »Du liebst …«, brachte sie mit zittriger Stimme hervor, »… es, mich zu retten.«

Er trat zurück, seine dunklen Augen verfinsterten sich, bis sie fast schwarz wie die Nacht waren. »Nein.« Er schüttelte den Kopf. »Du musst nicht gerettet werden. Du musstest nie gerettet werden. Du musstest geliebt werden. Und jetzt musst du nur wachgerüttelt werden. Du musst sehen, dass du geliebt wirst, du musst es fühlen, und du musst die Liebe erwidern, Ellie.«

Sie konnte nicht aufhören zu zittern. Ob es von dem Kuss kam oder von der Angst, die sie erfüllte, konnte sie nicht sagen, aber jeder Atemzug holperte aus ihrer Lunge.

»Warum?« Sie wischte eine einzelne Träne von ihrer Wange fort. »Warum solltest du mit mir zusammen sein wollen, Dex? Warum liebst du mich? Ich habe dir wehgetan. Ich bringe nur Unglück.«

Er trat wieder an sie heran. »Du bringst kein Unglück. Du hast Angst. Du brauchst Liebe. Du bist verdammt frustrierend, aber, Ellie, du bist die beste Nachricht, die ich je bekommen konnte. Doch …«

Sie hielt den Atem an.

»Doch ich werde es nicht überleben, wenn du noch einmal gehst. Noch einmal, und ich bin am Ende. Ich bin ein starker Mann, Ellie, aber ich bin nicht Superman.«

Am Ende? Natürlich wäre er am Ende. Ellie war überrascht, dass er sie nicht schon weggeworfen hatte. Andererseits würde Dex das nie tun. Sie sah den Schmerz in seinen Augen und ihre

Sicherheit schwand. *Oh nein. Vielleicht habe ich dir so wehgetan, dass du beim nächsten Mal wirklich fertig mit mir wärst.*

Ich habe höllische Angst. Gib mich nicht auf. Bitte gib mich nicht auf.

Er nahm sie in die Arme und hielt sie ganz fest, presste seine Lippen auf ihren Kopf. Zum ersten Mal in ihrem Leben wollte Ellie nicht weglaufen. Sie hatte der Angst nachgegeben, die sie aufgefressen und vor vier Jahren weggetrieben hatte. Jetzt, als die Angst wieder auflebte, kämpfte sie dagegen an. Sie musste es. Die Gedanken an Dex hatten sie nach New York gezogen. Das war ihr jetzt so klar, wie ihr klar war, dass Dex den Kampf wert war – auch wenn der einzige Mensch, gegen den sie anzukämpfen hatte, sie selbst war.

Dreizehn

Dex hatte das Gefühl, durch die Waschmaschine gejagt und trocken geschleudert worden zu sein. Sein Körper schmerzte vor Verlangen nach Ellie. Ein Verlangen, das er all die Jahre unterdrückt hatte, vermischt mit den allzu lebendigen Erinnerungen an die Zeit, als sie abgehauen war, und an die quälenden Wochen danach, in denen er versucht hatte, sich zusammenzuraufen. Er hatte sich geschworen, sich nie wieder in diese Lage zu bringen, und als er jetzt seine Wohnungstür aufschloss und Ellie vor sich hineingehen sah, wusste er, dass – egal, was vor vier Jahren geschehen war oder was vielleicht morgen geschehen würde – sie die Frau für ihn war.

Ziemlich wahrscheinlich die einzige Frau für ihn.

Er folgte ihr hinein und nahm schweigend ihre Hand. Sie betraten den Balkon und statt sich auf einen Stuhl zu setzen, schob Ellie ihre Beine durch das Eisengeländer hindurch und setzte sich auf den kalten Betonvorsprung, der zum Park hinausging. Dex setzte sich hinter sie, je ein Bein auf einer Seite von ihr, legte die Arme um sie und zog sie an sich. Er schloss die Augen und spürte ihren Herzschlag durch ihren Rücken. Er wusste, welches Risiko er einging, wenn er sich wieder erlaubte, Gefühle für sie zu empfinden. Sie zu lieben. Zum Teufel, er konnte nicht anders, als sie zu lieben.

»Hast du dich jemals gefragt, was passiert wäre, wenn ich in einem normalen Haus, mit einer normalen Familie aufgewachsen wäre?«, fragte sie.

Ständig. Aber das würde er ihr gegenüber nie zugeben. Wenn er das zugäbe, wäre es so, als würde er sagen, mit ihr stimmte was nicht, weil sie anders aufgewachsen war. »Nein, in dem Fall hättest du wahrscheinlich keine Zeit mit mir verbracht.«

»Klar hätte ich das. Ich wäre einfach nur nicht so ... verstört gewesen.« Sie stieß einen langen Seufzer aus und lehnte sich gegen ihn.

Er drehte ihr Gesicht herum, damit er ihre Augen sehen konnte. »Du warst nie verstört. Nur ein wenig verloren.« Er drückte einen Kuss auf ihre Wange. »Erzähl mir von Maryland, Ellie. Erzähl mir, warum du hier bist.«

Sie atmete tief durch, und er spürte, dass sie über ihre Antwort nachdachte. Als sie nicht antwortete, wechselte er das Thema. Alles, nur um sie in der Gegenwart zu halten. Er hatte so große Angst, dass sie in ihren Fluchtreflex zurückfallen könnte. War es dumm von ihm, zu wollen, dass sie blieb? Würde sie jemals bleiben? War sie überhaupt in der Lage, an einem Ort zu bleiben, wenn sie nicht dazu gezwungen wurde?

»Erzähl mir, was du als Lehrerin machen möchtest.«

Sie zog ihre Beine aus dem Geländer und setzte sich im Schneidersitz ihm gegenüber. In ihren Augen funkelte Hoffnung, und als sie sprach, war ihre Stimme deutlich lebhafter. »Es gibt so viel, das ich machen möchte. Das Gespräch heute war allerdings wirklich entmutigend. Die Schulen für finanziell schwache Familien kämpfen einfach nur ums Überleben. Sie haben kein Geld, kaum Hilfsmittel, und das

Schlimmste war, dass heute, als ich nach den Schülern fragte, nach den Kindern, immer nur mit Statistiken, schulübergreifenden Zielen und Prozenten geantwortet wurde.« Sie wandte den Blick ab und schüttelte den Kopf.

Dex wollte sie wieder an sich ziehen, ihren Körper wieder an seinem spüren. Er griff nach ihrer Hand, nur um körperlich mit ihr verbunden zu bleiben.

»Erinnerst du dich an unsere Grundschulzeit? Wenn ein Kind Probleme hatte, dann gab es jemanden, der in das Klassenzimmer kam, um ihm zu helfen, oder der Lehrer hat ein paar Minuten zusätzlich mit dem Schüler verbracht, um sicher zu sein, dass er alles verstand.«

»Klar.« Er streichelte ihren Arm, vom Handgelenk bis zum Ellbogen. Ihr zuzuhören und die Begeisterung in ihrer Stimme zu hören, war schön, aber er musste sie berühren.

»Tja, das gibt es nicht mehr. Jetzt gibt es mehr Kinder aus einkommensschwachen Familien, und oft auch aus problembelasteten Familien. Sie müssen mit den zusätzlichen Herausforderungen der Armut zurechtkommen und liegen kognitiv oft mehrere Jahre hinter Gleichaltrigen zurück. Oft ist ein Elternteil mit dem Gesetz in Schwierigkeiten gekommen und die Familien können sich nicht einmal das Notwendigste leisten, also müssen sie darauf verzichten, oder die älteren Geschwister arbeiten, um auszuhelfen, und in vielen Fällen begehen sie Diebstähle oder geraten auf andere Art in Schwierigkeiten.«

Sie hörte auf zu reden und sah auf seine Hand, die nun ihren anderen Arm streichelte. Sie lächelte und nahm seine Hand in ihre, damit er ihr in die Augen sah und von seinen Berührungen abgelenkt wurde.

»Diese Kinder brauchen eine ganz andere Art zu lernen.

Während an einer Schule für Familien mit höheren Einkommen jedes Kind einen Laptop und alle möglichen Programme zur Verfügung hat, haben die Schulen für einkommensschwache Familien nur halb so viele.«

Dies war die Ellie, die Dex so gut kannte. Die Ellie, die etwas in Angriff nahm, sich zusammenriss und alles schaffen konnte. *Wenn du doch in deinem Privatleben auch so sein könntest. Vielleicht eines Tages, wenn ich dich genug liebe. Wenn du dich sicher genug fühlst.*

»Und wie sieht die Lösung aus?« Er wusste, dass sie eine Lösung hatte. Sie hatte immer eine Lösung, auch wenn die Lösung manchmal aus dem Fortlaufen bestand.

»Weiß ich nicht. Aber ich weiß, dass ich nicht irgendwo arbeiten will, wo die Kinder nicht an erster Stelle stehen. Statistiken und das Einhalten von Schulzielen sind mir ebenso egal, wie mir die einzelnen Kinder und ihr Weg, das zu lernen, was sie lernen müssen, wichtig sind. Ich weiß, dass für mich als Lehrerin der andere Kram eine große Rolle spielen sollte, aber ich will mich um ihr Lernen kümmern. Am Ende des Tages möchte ich wissen, dass ich alles in meiner Macht Stehende getan habe, um ihnen zu helfen, nicht alles dafür, dass die Statistiken bestätigt werden. Das kommt bei erfolgreichem Lernen automatisch, aber ich denke nicht, dass der Fokus darauf gelegt werden sollte.« Sie fingerte am Saum ihrer Jeans herum.

Er wollte auch an ihrer Jeans herumfingern. Er unterdrückte das Verlangen, mit der Hand über ihren Oberschenkel zu streichen.

»Ich weiß, dass es etwas zu optimistisch von mir ist, aber ich habe etwas recherchiert und es gibt staatliche Programme, die Gelder für die Entwicklung von Lernsoftware für Kinder bereitstellen. Ich denke mir einfach, dass es doch einen Weg geben muss, um die Hilfsmittel, die sie haben – auch wenn es nur halb so viele sind wie bei anderen Schulen –, der ganzen Klasse zugutekommen zu lassen. Software, die bei der Vermittlung von Grammatik hilft oder bei Mathe oder sogar Geschichte, sodass es den Kindern Spaß bringt, sie zu benutzen.«

»So ... wie so eine Art MMO, bei dem die Kinder die Plattform teilen, aber statt Games benutzen sie Lernsoftware?« Dex' Hirn schaltete ein paar Gänge hoch.

»Ich weiß nicht, was ein MMO ist, aber die Idee wären gemeinsam genutzte Computer und Software, irgendwie ...«

»Ein MMO ist ein Massively Multiplayer Online-Game. Damit können viele Kids zur gleichen Zeit dasselbe Spiel spielen. Aber es gibt viele Möglichkeiten. Es ist nur eine coole Idee. Vielleicht auch etwas mit einer eigenen Plattform.«

»Plattform?« Ellie schüttelte den Kopf.

»Ja, eine Konsole, wie eine Xbox oder die PlayStation, nur dass man sie zum Lernen und nicht zum Spielen benutzt. Jedenfalls läuft die Software auf der Konsole. Ich denke gerade nur laut, aber wenn man ein Konzept für die Software entwickelt, sollte man so was in Betracht ziehen. Die Kinder könnten die Konsolen gemeinsam nutzen.« Er sah die Verwirrung in Ellies Blick. »Ach, weißt du was? Ich bin zu vorschnell. Tut mir leid. Das ist dein Baby. Konzentrieren wir uns einfach auf die Sache mit den Zuschüssen.«

»Ich weiß, es ist wahrscheinlich aussichtslos, aber ich will einfach nicht glauben, dass ganze Schulen voller Kinder nicht alles lernen, was möglich wäre, nur weil es nicht genügend Gelder gibt. Was sagt das denn über unsere Welt aus, wenn Kinder Statistiken sind und ihre Zukunft davon abhängt, welche Mittel für sie zur Verfügung stehen?«

Dex lachte verhalten. »Aber genau so ist unsere Welt, El. Das weißt du doch. Und es ist noch mehr als das. Zum Teufel, ich hab das Gefühl, dass sogar das, was ich mache, die Kinder und ihr Lernen hemmt.«

»Inwiefern?«

»Ich liebe Games, das weißt du. Aber in letzter Zeit spukt mir so etwas Seltsames im Kopf herum. Ich habe das Gefühl, alles zu erreichen, wovon ich jemals geträumt habe, und ich mache Millionen Kids … Gamer … glücklich, aber ich fördere auch diese sitzende Lebensweise, die mit dem Spielen einhergeht und die ich wirklich verabscheue. Die Kids werden zu Couch-Potatos. Mann, das war auch schon so, als wir noch jung waren. Erinnerst du dich? Ich habe auch Stunden vor meinem Computer verbracht. Ich weiß nicht, warum es mich so sehr stört, aber es ist irgendwie so, als haben sie keine persönlichen Kontakte mehr. Die flirten ja nicht mal mehr persönlich. Das Vorspiel findet ausschließlich über Handys und in irgendwelchen Foren statt. Das ist verrückt. Wir hängen heutzutage alle so am Kabel, das ist toll, aber … Ich weiß nicht. Ich hab wohl irgendwie das Gefühl, dass die Kids ihre ganze Zeit mit PC-Spielen verbringen, anstatt das Leben zu erfahren, und das stört mich in letzter Zeit, was ja irgendwie doof ist, denn außer Games mache ich ja auch nicht viel.«

»Ja, aber du kannst die anderen nicht wirklich ändern«, sagte Ellie.

»Ich weiß. Was dir vorschwebt, ist mir noch nicht ganz klar, aber es ist etwas, über das ich gern nachdenken würde. Die Bildung der Kids zu fördern, ebenso wie ihre Unterhaltung, erscheint mir sinnvoll.«

»Ich bin mir auch nicht sicher, was mir vorschwebt. Ich weiß nur, dass ich Teil von etwas sein möchte, das bei der

Lösung der Probleme hilft, und nicht Teil von dem, was die Probleme beiseiteschiebt, um den Belangen von Statistiken zu entsprechen.«

Dex schob ihre Haare über die Schulter nach hinten. Mit den Lippen glitt er über ihren Hals und küsste sie dann sanft. »Das ist eines der Dinge, die ich am meisten an dir bewundere. Du wolltest immer anderen helfen.«

»Ich bin … Ich bin nie richtig in der Lage gewesen, anderen zu helfen«, gestand sie.

Er genoss es, das Stocken in ihrer Stimme zu hören, denn so wusste er, dass seine Berührung sie erreichte. »Du hast mir geholfen.«

Sie lachte und stieß ihn im Spaß gegen die Brust. Er hielt ihre Hand fest, sah ihr tief in die Augen. Dann küsste er jeden einzelnen Finger und küsste sich an ihrem Handgelenk entlang.

»Wann … oh, Dex.« Sein Name war ein heißes Flüstern. »Wann habe ich dir jemals bei etwas geholfen? Du bist immer für mich da gewesen, aber du hast nie jemanden gebraucht.«

»Da irrst du, Ellie. Hast du wirklich all die Male vergessen, in denen du mir durch etwas hindurchgeholfen hast?«

Sie schüttelte den Kopf und entzog ihre Hand seinem Griff. »*Du* irrst dich. Es war anders herum.«

Auf keinen Fall irrte er sich. Wenn sein Vater Dinge zu ihm gesagt hatte, bei denen er sich am liebsten unter einen Stein verkrochen hätte, dann war sie da gewesen, um ihn aufzumuntern. In der Highschool, wenn er sich in der Entwicklung seines ersten Computerspiels verlor, saß sie an seiner Seite, während die anderen Kids ihn ignorierten oder sich abwandten, weil er unnahbar oder wie ein Nerd wirkte. Sie gab ihm nicht das Gefühl, seltsam zu sein. In gewisser Weise war sie seine Retterin gewesen. Er wusste, wenn er sie daran erinnerte, würde sie es unter den Teppich kehren oder auch gleich den Balkon hinunter, als wäre es nichts Besonderes. Es *war* etwas Besonderes, aber Ellie war nie sehr gut darin gewesen, ihre Gefühle zuzugeben – bis vorhin, draußen in der Gasse. Dex wollte nicht das Risiko eingehen, den Augenblick zu zerstören. Also ließ er ihre Äußerung vom Schweigen forttragen.

»Meine neue Kreditkarte müsste morgen ankommen und ich habe noch ein Bewerbungsgespräch. Hoffentlich bekomme ich dann eine Stelle und kann anfangen, nach einer Wohnung zu suchen.«

Der Gedanke durchfuhr ihn schmerzhaft. »Bleib. Selbst wenn du eine Stelle bekommst, gibt es keinen Grund, dich irgendwo in einen Jahresmietvertrag hineinzustürzen.«

Ihr Blick wurde sanft. Er hätte sich in ihren Augen verlieren können. »Dex, ich bin nicht sicher, ob ich je das sein werde, was du dir wünschst.«

Er presste den Kiefer zusammen. *Verdammt. Wird es immer darauf hinauslaufen?*

»Ich weiß nicht, ob ich es in mir habe.«

»Verdammt, Ellie. Warum sagst du solche Sachen? Du hast alles, was man braucht, um jemanden zu lieben. Aber vielleicht willst du mich einfach nicht lieben.« Er wandte den Blick ab – aus Angst, noch etwas zu sagen, was er bedauern würde.

»Du weißt, dass du der einzige Mann bist, den ich *je* geliebt habe, Dex. Aber du willst eine Frau, die weiß, wie man bleibt. Du willst eine Frau, die sich den Problemen stellt.«

»Warte. Was hast du gerade gesagt?« Er schaute ihr in die Augen.

Sie zog die Augenbrauen zusammen. »Dass du eine Frau willst, die sich den Problemen stellt?«

»Nein. Spul zurück. Davor.«

Ihre Augen wurden wieder glasig.

»Ich bin der einzige Mann, den du je geliebt hast. Du hast es gesagt und ich habe es gehört. Meintest du das auch?« *Bitte sag, dass du es so meintest, zum Teufel noch mal.*

»Dex.« Ihre Augen flehten ihn an, sie nicht zu einer Antwort zu zwingen.

Sein ganzer Körper spannte sich an. »Sag es mir, Ellie. Meintest du es so?«

Sie riss die Augen zunächst weit auf und kniff sie dann zusammen, während ein nachdenklicher Ausdruck über ihr Gesicht huschte. Mit einem tiefen Atemzug presste sie ihren Mund zu einer schmalen Linie zusammen.

»Meine Güte, Ellie.« Er sprang auf. »Was ist das alles hier, verdammt noch mal? Ich weiß, dass es lang her ist, aber was wir damals hatten und was wir jetzt haben … Das fühlt sich verdammt echt an.«

Sie senkte den Blick.

»Ich weiß, dass du mich liebst, Ellie, und du weißt es auch. Was auch immer dich aus Maryland zurück nach New York fliehen ließ, muss dir höllisch wehgetan haben. Das verstehe ich, okay? Wenn jemand das versteht, dann ich, das weißt du. Aber ich kann das nicht immer wieder. Als ich dich da in der Bar gesehen habe, blieb mir das Herz stehen. Ich wollte wegrennen, Ellie, aber ich wollte auch bei dir sein, mehr als dass ich wegrennen wollte. Und jetzt? Jetzt bin ich einfach nur tierisch durcheinander.«

Ellie stand auf. »Glaubst du, ich bin nicht durcheinander?«

»Nein, ich glaube nicht, dass du durcheinander bist. Ich weiß es. Aber im Gegensatz zu dir möchte ich mein Gedankenchaos in den Griff bekommen. Ich stehe hier, direkt vor dir, und bin ganz Ohr.«

Sie knabberte an ihrer Unterlippe, und er wusste, dass sie keinen Ton von sich geben würde.

»Großartig.« Er spürte, dass sein Herz wieder zerschmettert werden würde, wie schon zweimal zuvor. Er war ein Idiot. Ein verdammter Versager. Ellie Parker würde sich nie ändern, und leider war er sich nicht sicher, ob er wusste, wie er sich selbst und sein verdammtes Herz ändern sollte. »Ich muss einen freien Kopf bekommen. Wenn ich jetzt spazieren gehe, bist du dann weg, wenn ich wiederkomme?« Er schluckte den Kloß hinunter, der sich in seinem Hals breitmachte.

Er sah es in ihren Augen. Sie glitt zurück in diesen Ort des Schweigens. *Verdammt.* »Ellie.« Er streckte die Hand nach ihr aus. Sie trat einen Schritt zurück. »Ellie, es tut mir leid. Zieh dich nicht von mir zurück, bitte. Das hier ist so schwer. Ich versuche es. Ich versuche wirklich, bei dir zu bleiben, bei uns, aber ich weiß nicht, was du von mir erwartest. Es tut mir weh, Ellie. Jedes verdammte Mal, wenn du gegen deine Gefühle ankämpfst. Jedes Mal, wenn du mich ausschließt, ist es wie eine Kugel, die mein Herz trifft. Ein Mann kann eine Frau nur eine bestimmte Zeit lang lieben, wenn diese Liebe nicht erwidert wird. Das muss dir irgendwie klarwerden.« *So wie mir klar ist, dass das eine dämliche Lüge ist. Ich werde dich immer lieben.*

Sie nickte.

Das schweigende Nicken. Mist. Er konnte ihr nicht den Rücken kehren. Es würde sie nur noch stärker in die Flucht treiben. Er wusste, dass sie fliehen würde, und er war nicht bereit, das Risiko einzugehen. Aber verdammt, er wollte nicht hier vor dieser Frau stehen, die er mehr liebte als alles auf der Welt, die aber verrückterweise nicht wusste, wie sie diese Liebe erwidern konnte.

Vierzehn

Ellie ballte die Fäuste. Ihr Magen zog sich zusammen. Sie konnte Dex nicht aus ihrem Leben spazieren lassen. Das war doch ihr Part. Sie lief davon, nicht Dex. Dex ging nie fort. Sie sah zu, wie er sich umdrehte und ins Wohnzimmer ging.

Halt ihn auf. Lass ihn nicht gehen. Voller Unglauben erstarrte sie.

Er ging durch das Zimmer Richtung Diele.

Nein! Nicht!

Sie konnte ihn nicht aufhalten. Sie konnte nicht versprechen, dass sie nicht gehen würde. Sie wollte es versprechen – Himmel, wie sie es versprechen wollte. Alles würde sie tun, um ihn an ihrer Seite zu halten, aber sie wusste nicht wie. Wie konnte sie ihm ein Versprechen geben, wenn sie nicht sicher war, ob sie es halten konnte?

Die Tür ging auf, und sie lauschte dem Riegel, der hinter ihm einrastete. Ein Geräusch kam tief aus ihrem Bauch und wurde dann zu einem leisen, qualvollen Stöhnen. Sie brauchte eine Sekunde, bis ihr klarwurde, dass es aus ihrer eigenen Lunge kam. »Nein!« Sie rannte zur Tür hinaus und drückte immer wieder auf die Fahrstuhltaste. »Komm schon. Komm.« Sie drückte noch einmal. »Beeil dich. Schnell.«

Die Aufzugtüren öffneten sich, sie sprang hinein und drückte auf die Taste für die Lobby. »Beeil dich. Los, los, los.« Wahrscheinlich war er schon lange weg, bis sie unten ankam. Die Aufzugtüren schlossen sich, als hätten sie rheumatoide Arthritis: langsam und schmerzvoll. Sie beobachtete die aufleuchtenden Zahlen, während sie abwärts zur Lobby schwebte. Die Türen gingen gerade auf, da drängte sie sich schon seitwärts hindurch und schoss durch die Eingangstür des Gebäudes hinaus. Direkt an die mauerähnliche Brust von Dex.

»Ellie?«

»Geh nicht. Dex, bitte. Geh nicht.« Sie schnappte nach Luft, klammerte sich an sein Hemd. »Bitte.«

»Ich konnte nicht. Kaum war ich draußen, musste ich wieder umdrehen. Ich wollte gerade zurückgehen.«

Ihr Herz hämmerte so sehr, dass sie kaum denken konnte. *Du wolltest zurückkommen. Du bist hier.* »Du bist nicht gegangen«, schnaufte sie. Ihre Hände fuhren an seiner Brust auf und ab, wollten sicherstellen, dass er da war.

Dex nahm ihre Hände und führte sie an seine Lippen. Er drückte sanfte Küsse auf ihre Finger und senkte dann seinen Mund auf ihren. Ellie ließ ihre ganze Angst los, ihre ganzen Gefühle, ließ nur ihr Herz agieren. Sie küsste ihn, als wäre er genau die Stärke, die sie zum Überleben brauchte, und in vielerlei Hinsicht war er das auch. Als er von ihr ließ und in ihre Augen schaute, wusste sie, dass sie alles in ihrer Macht Stehende tun würde, um das Bleiben zu lernen.

Sie stupste ihn auf die Brust. »Mach das nie wieder.«

Er zeigte sein schiefes Grinsen. »Warum nicht? Die Belohnung fürs Abhauen kann sich doch sehen lassen. Wenn ich gewusst hätte, dass ich so einen Kuss bekomme, wäre ich jedes Mal abgehauen, wenn wir uns getroffen haben.«

Sie stupste ihn noch einmal, er schnappte sich ihren Finger und zog sie wieder zu einem köstlichen Kuss an sich. Ellie drückte sich so eng an seinen Körper, dass sie dachte, er müsste das Blut in ihren Adern fließen spüren.

Im Aufzug purzelten die Worte nur so aus ihr heraus. »Du kannst nicht gehen. Es können nicht zwei Menschen gehen. Einer muss der Starke sein, und der andere … der, der geht … muss sich darauf verlassen können, dass … dass … verdammt. Dass der andere sie beide nicht aufgibt.«

Er schloss die Wohnungstür hinter ihnen beiden ab, und schon – so als hätte er Angst abzuwarten, Angst, sie würde sich in Luft auflösen – hatte er wieder die Arme um sie geschlungen und küsste sie wie unersättlich.

»Ich …« Wieder küsste er sie. »… werde dich niemals …« Er fuhr mit den Lippen über ihren Kiefer. »… verlassen.«

Ellie schloss die Augen, schob die Litanei von Was-wäre-Wenns beiseite, die in ihrem Kopf herumschwirrten, und gab dem Begehren nach, das sie seit Ewigkeiten unterdrückt hatte. Sie ließ die Hände unter sein T-Shirt gleiten und fuhr mit den Fingern über die festen Wölbungen seiner Muskeln, die zarten Linien seines Brustkorbs und hinauf zu seinen Schultern.

Er stöhnte. »Heiliger, das habe ich mir so lange gewünscht.« Mit den Händen an ihrer Wange küsste er sie erneut, seine Zunge liebkoste jeden Winkel ihres Mundes. Er neigte ihren Kopf gerade so weit zur Seite, dass sie ihren Mund etwas weiter öffnete und er den Kuss vertiefen konnte. Er glitt mit den Lippen zu ihrem Kinn und küsste sich am Kiefer entlang, knabberte dann an ihrem Ohrläppchen und ließ sie erschaudern. Ihr T-Shirt zog er ihr über den Kopf, sodass ihr Spitzen-BH zum Vorschein kam.

»Ellie.« Er sagte ihren Namen, als wäre er etwas Goldenes,

etwas, das man wertschätzen sollte, bevor er die Lippen auf den höchsten Punkt ihrer Brust senkte.

Nie war sie so geliebt worden, wie Dex sie liebte. Bruce hatte sie genommen, als hätte er es eilig. Sie schob den Gedanken beiseite und konzentrierte sich auf die sanften, sinnlichen Berührungen von Dex' Zunge, die ihr langsam den Verstand raubten. Er öffnete den BH, befreite ihre Brüste und legte die Hände mit einem leisen Stöhnen um sie. Mit den Daumen ließ er die Brustwarzen erstarren, bevor er sie mit dem Mund liebkoste und Ellie so kurz vor eine Explosion brachte, dass sie kaum atmen konnte.

Wortlos nahm er ihre Hand und führte sie in sein Schlafzimmer. Sie zog an seinem T-Shirt und mit einer Hand riss er es sich über den Kopf und warf es auf den Boden. Ellie stockte der Atem. Sie hatte Dex schon ohne T-Shirt gesehen, hatte letzte Nacht neben ihm geschlafen, aber ihn jetzt zu erleben, als jeder einzelne Nervenstrang ihres Körpers in Flammen stand, sorgte für ein ganz neues Hochgefühl. Ihr Körper sehnte sich schmerzhaft danach zu erfahren, wie er sich in ihr anfühlte. Sie legte ihren Mund abwechselnd auf seine Brustwarzen und lächelte, als sie unter ihrer Zunge zuckten. Sie verteilte Küsse auf seinem Oberkörper – und was für ein herrlicher Oberkörper das war –, zwischen seinen harten Bauchmuskeln und hin zu der Senke nahe dem Bund seiner tief sitzenden Jeans. Er vergrub die Hände in ihren Haaren und zog sie wieder zu sich hinauf, zu einem weiteren gierigen Kuss, einem so tiefen und leidenschaftlichen Kuss, dass ihre Knie schwach wurden.

Er knöpfte ihre Jeans auf und zog sie herunter. Dann befreite er sich von seiner Hose, küsste Ellie, umfasste ihre Brüste, berührte jeden Zentimeter ihres Körpers und ließ sie nach mehr gieren. Er setzte sie aufs Bett, schob ihre Beine auseinander und legte sich auf sie.

»Kondom«, flüsterte sie.

»Noch nicht.« Er küsste sie noch einmal, seine Bartstoppeln drückten sich in ihre Wange und Oberlippe. Eine intensive Mischung aus Lust und Schmerz schoss durch sie hindurch. Sie wölbte sich ihm entgegen und er verlangsamte den Kuss zu einem sinnlichen, zärtlichen Austausch von Gefühlen.

Sie stöhnte auf, als er mit den Zähnen in ihren Hals kniff und dann an der empfindlichen Haut saugte, bis ihre Beine wie durch tausend Nadelstiche prickelten. Sein harter Schaft drückte gegen ihren Bauch. Sein Rücken fühlte sich so gut unter ihren Händen an, so stark und männlich. Unterdessen wanderten seine Lippen an ihrem Hals hinab bis hin zu ihrem Brustbein, wo er weiter saugte und leckte, bis sie schnaufend nach mehr flehte.

»Dex«, bettelte sie.

»Noch nicht.« Er hob den Kopf und sah ihr in die Augen. »Nur für den Fall, dass du nur einmal in vier Jahren auftauchst, möchte ich dich lieben, wie du es verdient hast. Ich will dich so lieben, dass du zurückkommen willst.«

Sie hörte den Schmerz hinter seinen Worten, vergrub die Hände in seinen Haaren und zog ihn zu sich hinauf, um ihn hungrig zu küssen. »Ich will immer zurückkommen.« *Das will ich! Himmel, das will ich wirklich!*

»Dann will ich dich lieben, damit du mich anflehst, dass ich dich nicht gehen lasse.« Er wanderte wieder an ihrem Körper hinab und glitt mit den Fingern unter den schmalen Bund ihres Tangas auf beiden Seiten ihrer Hüfte. »Himmel! Du bist so schön!« Er küsste die Wölbung ihres Beckens, zuerst auf der einen, dann auf der anderen Seite, bevor er ihre Oberschenkel auseinanderdrückte und an der empfindlichen Haut neben dem winzigen Stofffetzen züngelte, der den Teil von ihr bedeckte, der vor Begehren pulsierte. Sie bog sich, suchte verzweifelt nach mehr Kontakt. Mit dem Finger glitt er unter den Stoff und streichelte sie. Das lustvolle Winseln konnte sie nicht unterdrücken. Jahrelang aufgestaute Gefühle überschlugen sich. Ihr stockte der Atem bei der Berührung, und Dex stieß ein verführerisches Stöhnen aus, das sie fast zum Höhepunkt brachte. Er schob den Stoff zur Seite und leckte sie sanft. Bei der ersten Liebkosung mit der Zunge bäumte sie sich auf. Er drückte ihre Hüfte wieder auf die Matratze, hielt sie unter sich fest, zog ihr dann den Tanga aus und warf ihn fort.

Vollkommen nackt lag sie nun unter ihm, die Augen geschlossen, und prägte sich das Gefühl von seinen großen, begabten Händen ein, die an der Hüfte und dann an ihren Oberschenkeln hinunterglitten und die er dann unter ihren Hintern schob. Er hob sie hoch, verschaffte sich so einen besseren Zugang, um sie mit seinem talentierten Mund in den Wahnsinn zu treiben und all die Anspannung noch zu vergrößern, die sie unterdrückt hatte. Als sie kurz davor war zu explodieren, ließ er seine Finger in sie gleiten, und ihre Hüfte schoss vom Bett hoch. Sein Name entsprang ihren Lippen wie ein Gebet. Er leckte und stieß, ließ ihren ganzen Körper erbeben. Sie krallte die Finger in die Matratze und biss die Zähne aufeinander, als er sie zum Höhepunkt lockte und sie dort hielt, sie dann langsam hinunterbrachte, bis sich jedes winzige Pulsieren wie das letzte anfühlte und das nächste doch noch eine Hitzewelle durch sie hindurch schickte.

Sie krallte sich in seine Schultern. »Dex.« Sein Name war ein einziger langer, heißer Atemzug. »Dexy, bitte.«

Behände drehte er ihren Körper herum, bewegte sich

langsam an ihren Beinen hinauf, küsste die Wölbungen ihres Hinterns, fuhr mit der Zunge über die Kurven ihrer Backen hin zu der Grube neben ihrer Wirbelsäule. Seine Berührung war so erotisch, so voller Liebe, dass sie für immer dort bleiben wollte, umgeben von seiner Sicherheit. Als seine Brust gegen ihren Rücken drückte, stockte ihnen beiden bei dem Kontakt von Haut auf Haut der Atem. Sie lag unter ihm, vertraute ihm völlig, ohne einen Funken Angst vor dem, was er vielleicht tun würde. Seine Hände fuhren an ihren Seiten hinauf, kneteten dann ihre Schultern und ihren Nacken. Er drückte sanfte Küsse auf ihren Arm und die verbliebene Anspannung in ihren Gliedern schwand.

Er liebkoste ihren Nacken und flüsterte: »Du kannst dir meiner sicher sein, Ellie.« Er besiegelte dieses Versprechen mit einem Kuss. Er nahm ihr volles Haar in die Hand und legte es auf eine Seite, dann knabberte er an ihrem Nacken. »Sei dir meiner sicher. Sieh mich als selbstverständlich an. Ich werde dich nie verlassen.«

Sie schloss die Augen, nahm seine Worte an, genoss sie und wünschte, die Realität würde sich nie wieder heranschleichen.

Er legte sich neben sie, sein harter Schaft drückte gegen ihre Seite. Er drehte ihren Kopf sanft zu sich und legte die Hände auf ihre Wangen. Er sah ihr tief in die Augen, und sie spürte, dass ihr Herz sich noch weiter öffnete. »Ich liebe dich, Ellie. Ich habe dich schon immer geliebt und weiß, dass ich es immer tun werde.«

Ich liebe dich auch. Sie küsste ihn, war unfähig, ihren Mund zu irgendetwas anderem zu bewegen, aber als er sich zurückzog, wusste sie, dass er es ebenso dringend hören musste wie sie. Sie zwang ihre Lippen, die Worte hervorzubringen. »Dexy, ich habe dich schon immer geliebt.« Die Worte hallten in ihr nach. Sie klammerte sich an ihnen fest und wollte nie mehr das Gefühl für die Wahrheit verlieren, die sich in ihr verfestigte.

Er kniff die Augen zusammen, die mit so viel Empfindsamkeit und Gefühl gefüllt waren, dass sie dachte, er würde vielleicht weinen, was sie auch zum Weinen gebracht hätte. Stattdessen nahm er sie in die Arme und küsste sie, bis die Luft in seiner Lunge ihre wurde. Er griff in die Schublade neben seinem Bett und nahm ein Kondom aus der Schachtel. Sie versuchte, die qualvolle Traurigkeit zu unterdrücken, die sie überkam: die Frage, wie viele Frauen wohl sein Bett geteilt hatten.

Dex streifte den Schutz über und sah sie wieder an. Sie wich seinem Blick aus, da sie wusste, dass er sie durchschauen würde.

»Rede mit mir, Ellie«, flüsterte er.

Sie schloss die Augen. Sie konnte nicht, wollte diesen Moment nicht mit Unsinn zerstören. Sie war vor vier Jahren von ihm weggelaufen. Er hatte jedes Recht gehabt, zusammen zu sein, mit wem er wollte.

Er hob ihr Kinn und sah ihr in die Augen. »Rede mit mir.«

»Das war nur ein kleiner Anflug von Eifersucht.«

Er lächelte. »Eifersucht? Wirklich?« Er küsste ihre Lippen. »Das gefällt mir.«

Sie drückte ihn weg und wandte sich verlegen ab.

»Hey.« Er legte sich auf sie, nagelte sie mit der Intensität seines Blickes fest. »Nur dich. Ich habe immer nur dich geliebt.«

»Liebe.« *Dex liebt mich.* Tief in ihrem Herzen hatte sie immer gewusst, dass er sie liebte, aber als sie nun unter ihm lag, als sein Herz gegen ihres schlug, seine Lippen so nah waren, dass sie sich noch einem leidenschaftlichen Kuss hingeben konnte, fühlte es sich anders an. Überwältigender. Und sie spürte, dass ihr Herz sich öffnete und ihn aufnahm.

»Liebe, Ellie. Es hat ein paar andere gegeben. Das war Lust, oder was auch immer, aber nie Liebe. Ich habe immer nur dich geliebt.«

Es gab einen schmalen Grat dazwischen, jemanden zu lieben und ihn zu ersticken, und bei Ellie, so wusste Dex, war diese Linie fast unsichtbar und stets fließend. Er sah, dass ihr Lächeln schwand, nachdem er ihr seine Liebe gestanden hatte, und er wusste, sie erwartete, dass er die gleiche Frage stellen würde. Aber Dex wollte nicht wissen, ob sie viele Liebhaber vor ihm gehabt hatte. Sie war jetzt bei ihm, und was ihn anging, brauchte er nicht mehr zu wissen. Nur wenige Frauen hatten sein Bett geteilt, und das nur selten. Er war zu sehr mit der Arbeit beschäftigt gewesen und sein Herz hatte immer Ellie gehört. Verdammt, er wusste, dass es immer ihr gehören würde.

Sie legte die Hände in seinen Nacken und zog seine Lippen an ihre. Oh, wie er es liebte, wenn sie das tat. Sie küsste ihn tief und heftig, so als wollte sie nie mehr aufhören, und er ließ sie führen, denn sie konnte verdammt noch mal gut küssen. Wenn sie ihn ließe, würde er sie stundenlang küssen, bevor er sich wieder von ihrem Körper hinreißen ließ. Ihre Hand glitt an ihm hinunter und drückte in sein Kreuz, womit sie eine Hitzewelle in seine Lenden schickte.

»Dexy«, flüsterte sie gegen seine Lippen.

Sein Name klang wie ein Flehen, und er nahm sie in einem weiteren gierigen Kuss, bis er plötzlich nervös wurde. Er hatte immer, Tag und Nacht, an Ellie gedacht. Was, wenn sie nicht so gut zusammenpassten, wie er gehofft hatte? Was, wenn er sie nicht erfüllen konnte?

»Dexy?«

Ihre Stimme zerrte ihn aus seinen Sorgen und die Liebe und das Vertrauen in ihren Augen schoben seine trüben Gedanken beiseite. Er legte seine Hüften auf ihre und glitt in sie. Tief. Beide atmeten heftig ein, als sie den ersten Stoß ihrer Liebe spürten. Mit einem befriedigten Lächeln auf den Lippen fiel Ellies Kopf in den Nacken und er fühlte sein Herz aufgehen. Jedem seiner Stöße begegnete Ellie mit angehobener Hüfte und einer leichten Drehung, die ihn am ganzen Körper erschaudern ließ. Himmel, wie hatte er sich solche Sorgen machen können? Mit Ellie zusammen zu sein war tausend Mal besser, als er es sich erträumt hatte – und er hatte eine Menge geträumt. Ihre Beine gingen weiter auseinander, er konnte tiefer in sie eindringen, härter stoßen. Nie würde er mehr wollen, als sie so auszufüllen. Ein kleines, sexy Stöhnen entwich ihren Lippen, drängte ihn. Er spürte ihre inneren Muskeln, die nach ihm langten, sich zusammenzogen, um ihn zu halten. Sie schloss die Augen, die Lippen halb geöffnet. Wie schön sie war! Er legte seinen Mund auf ihren, zwang sich, langsamer zu werden, ihr Liebesspiel hinauszuzögern. Er spürte, dass sich die Muskeln in ihren Oberschenkeln anspannten, dass sie dem Höhepunkt nahe war. Sie krallte sich an ihn, drängte ihn so, tiefer und schneller zu werden, winselte bedürftig, aber er behielt das qualvoll langsame Tempo bei. Oft bekam er diese Ellie, mit der er jetzt gerade zusammen war, nicht zu Gesicht – diese ungeschützte Frau, deren Gesicht pure Lust ausstrahlte. Ihre harten Kanten und dicken Mauern waren fort, ersetzt durch eine weichere, fraulichere, verletzlichere Seite.

»Ellie«, flüsterte er.

Ihre Augenlider zuckten hoch.

»Sieh mich an, Ellie.« Er küsste sie noch einmal und ihre

Augen schlossen sich wieder. »Sieh mich an.« Er musste wissen, dass sie ihn sah, dass sie an ihn dachte und es sich nicht gestattete, sich an ihren Ort des Schweigens zurückzuziehen. Er wollte, dass sie genau hier blieb, mit dieser verschwommenen Lust im Blick, den in die Matratze gedrückten Füßen und den Fingern, die sich in seinen Rücken krallten.

»Mehr«, winselte sie.

Er spürte das Pulsieren ihrer inneren Muskeln, kurz bevor sie ihre Augen schloss und sein Name ihren Lippen entwich, während sie sich an ihn klammerte und kurze, stockende Atemzüge von sich gab.

»Ja, ja«, hauchte sie.

Dex folgte ihr auf den Gipfel, sein Körper bebte gegen ihren. Jahre der Liebe trugen seine süße Erleichterung immer weiter. Schweiß glitzerte auf ihren Körpern, während sie beide nach Luft schnappten, zufrieden, verausgabt und zusammen.

Endlich zusammen.

Fünfzehn

Das Sonnenlicht strömte durch die Vorhänge und streichelte Ellies Körper, als sie auf der Seite an Dex gekuschelt lag. Er wusste, dass die vergangene Nacht ein Geschenk gewesen war, etwas, das er zu schätzen wusste, aber nicht als selbstverständlich ansah. Mitten in der Nacht hatte er das Klingeln seines Telefons gehört, doch er hatte sich nicht von Ellie entfernen wollen. Was immer es war, es würde ihn nur verärgern, und er wollte für diese eine Nacht einzig und allein ihr gehören. Dem Gaming-Geschäft konnte er noch sein ganzes Leben widmen. Aber er hatte keine Ahnung, wie viel Zeit ihm mit Ellie blieb.

Ellies Wecker klingelte um halb acht. Sie streckte die Arme über den Kopf und schob den Hintern raus. Dabei berührte sie Dex' Oberschenkel. Sie erstarrte und er auch. Sie drehte den Kopf herum, und Dex spürte das Lächeln, das langsam auf seine Lippen trat. Er hatte erwartet, dass sie zusammenschreckte.

Immerhin war sie Ellie.

»Hey«, sagte sie mir einer rauen, sexy Stimme, die einen Blitz in seine Lenden jagte.

»Hey.«

»Hast du geschlafen?«, fragte sie.

»Etwas.« Er fuhr mit dem Finger über ihre Wange und ging

davon aus, dass er etwa sechzig Sekunden hatte, bevor sie aus dem Bett sprang. Die ganze Nacht hatte er sich auf ihren schnellen Rückzug vorbereitet. Er akzeptierte, dass er sie nicht von dem abhalten konnte, was sie tun musste. Auch wenn das bedeutete, dass sie ihn verließ. Auch wenn es ihn umbringen würde, sie gehen zu lassen. Als sie ihren Kopf auf seinen Bauch legte, zog er verwirrt die Augenbrauen zusammen. Sie küsste seinen Bauch und ließ die Hände über seinen Oberkörper gleiten. *Meine Güte!* Er machte sich keine Illusionen darüber, sein Begehren verbergen zu können.

Er hatte so lang darauf gewartet, sie lieben zu können, sie zu berühren und von ihr geliebt zu werden. In der vergangenen Nacht war er der glücklichste Mann auf Erden gewesen, und als er aufgewacht war und sie noch immer neben ihm lag, hatte er sich einen kurzen Tagtraum gestattet, bevor er sich ermahnt hatte, sich nicht auf sie zu verlassen. Jetzt kämpfte er mit sich. Denn er *wollte* sich auf sie verlassen.

Suchend betrachtete er ihr Gesicht. Er beobachtete, wartete, sagte sich, er sollte nicht enttäuscht oder verletzt sein. Leichter gesagt, als getan. Sie senkte ihre Lippen wieder auf seine Brust und er musste mit den Händen durch ihre Haare fahren. Himmel, wie er das Gefühl liebte, ihre vollen Haare zwischen seinen Fingern zu spüren, wie sie an den Enden wirr herumsprangen, wie Spiralen, die zu müde waren, um ihre Windungen aufrechtzuhalten. Er liebte es, wie sie ihr Gesicht umrahmten, wenn sie über ihm war – wie in der vergangenen Nacht. Herr im Himmel! Allein bei dem Gedanken daran wurde er wieder hart.

Er musste aufhören, Dinge an ihr zu bemerken. *Gefährliches Terrain.*

Sie schob sich nach oben und legte ihre weichen, perfekt

geschwungenen Lippen auf seine. Er schloss die Augen, atmete jetzt heftiger und versuchte, seinem Begehren nicht nachzugeben. Ellie war wie ein verängstigtes Reh. Vielleicht dachte sie, sie wollte den Bären herausfordern, aber wenn der sich dann aufbäumte, würde sie vielleicht in den Wald davonrennen und sich nie mehr umdrehen.

»Mach die Augen auf«, flüsterte sie.

Er tat es und ihre blauen Augen waren nur einen Atemzug entfernt.

»Ich laufe nicht weg«, sagte sie. Sie hielt seinem Blick stand. Ihre Stimme war ernst, stark. Aber Dex wusste, dass er sich ihr nicht ganz und sofort hingeben durfte. Das hatte er zuvor getan und er hatte sich verbrannt. Dieses Mal musste er versuchen, seine Rüstung unversehrt zu lassen.

Sie steckte die Hand unter die Decke und legte ihre Finger um seinen Schaft. »Mhmmm.«

Seine Rüstung hatte kaum eine Chance. Wieder lagen ihre Lippen auf seinem Bauch, sie fuhr mit der Zunge an seinem Körper entlang, saugte sich dann weiter abwärts. Dex schloss wieder die Augen, fühlte den Druck ihrer Hände auf seinen Oberschenkeln.

»Mach die Augen auf«, flüsterte sie. Sie sah ihm in die Augen, war jetzt über ihm. »Ich habe nicht vor wegzulaufen, Dexy.«

Das war mehr, als sie ihm in der Vergangenheit gegeben hatte, und er klammerte sich daran fest wie an eine Schmusedecke.

Als sie ihn in den Mund nahm, stöhnte er auf. Er würde es nicht lange aushalten – mit dem Versprechen zu bleiben auf ihren Lippen und ihrem heißen, nassen Mund auf ihm. Sie wanderte noch weiter nach unten und leckte seine Hoden, entlockte seinen Lungen ein tiefes Knurren. Mit dem nächsten Atemzug saß sie auf ihm und glitt auf ihn herunter.

»Allmächtiger, Ellie.« Er riss die Augen auf. »Mist. Kondom.« Er streckte die Hand nach der Schachtel in der Schublade aus, doch in der Zeit bewegte sie sich schon gekonnt auf und ab und drängte ihn immer weiter dem Höhepunkt entgegen. Er umfasste ihre Hüfte und hielt sie fest. »Nicht bewegen.«

Sie lächelte und wehrte sich gegen seinen festen Griff.

»Ellie, du spielst mit dem Feuer.«

»Ich nehme die Pille.« Sie drückte gegen seine Hände.

»Warum hast du mir das nicht gestern erzählt?« Er hielt ihre Hüften fest, fürchtete jede Bewegung. Er war zu nahe dran.

Sie zuckte mit den Schultern. »War wohl einfach nur vorsichtig. Ich wollte nicht, dass du denkst, dass ich irgendein Flittchen bin, weil ich die Pille nehme.«

»Das würde ich niemals von dir denken.«

»Ich bin nur mit zwei Männern zusammen gewesen und wir haben immer Kondome benutzt. Die Pille war mein Back-up. Ich wollte kein Risiko eingehen.«

»Ich habe immer Kondome benutzt. Keine Krankheiten. Ich bin sauber. Aber das konntest du nicht wissen. Warum gehst du das Risiko bei mir ein?«

»Ich vertraue dir. Du würdest mich nie in Gefahr bringen.« Sie beugte sich vor und küsste ihn, doch er hielt sie weiter fest.

»Du darfst dich wirklich nicht bewegen. Ich kann mich nicht halten.«

Sie kniff die Augen lustvoll zu. Sie liebkoste seinen Hals, dann seinen Brustkorb. Ihre weichen Brüste drückten gegen ihn, und sie kreiste langsam mit der Zunge auf seinem Schlüsselbein, um dann an der empfindlichen Haut zu saugen.

»Ellie«, flüsterte er.

Sie genoss es eindeutig, die Kontrolle zu haben, und lächelte verschmitzt, während sie mit der Hüfte kreiste, so wie er es letzte Nacht getan hatte. Dann eroberte sie ihn weiter mit einem hungrigen, tiefen Kuss. Sie setzte sich auf und ritt ihn schnell und wild, riss seine Hände von ihren Hüften los und legte sie auf ihre Brüste. Dex biss die Zähne aufeinander, kämpfte gegen den drohenden Höhepunkt an. Er richtete sich auf, legte ihre Beine hinter sich und rieb mit dem Daumen über ihre Brustwarzen, bevor er den perfekten Hügel in den Mund nahm. Er fasste an ihren Hintern, unterstützte ihre Bewegungen.

»Dex«, flüsterte sie. Ihre Augenlider zitterten, der Kopf fiel in den Nacken, und sie krallte sich in seine Schultern, gab einen nicht wahrnehmbaren Schrei der Lust von sich, als sie sich um ihn zusammenzog und ihm seine Erleichterung entlockte. Brust an Brust verharrten sie, während Ellies Körper vor lauter Nachbeben zitterte und Dex' Körper sie in sich aufsaugte. Außer Atem ließen sie sich auf die Matratze sinken und klammerten sich aneinander, als hätten sie Angst, einander zu verlieren.

»Wer bist du und was hast du mit meiner Ellie getan?« Er streichelte ihr übers Haar, immer noch nicht fähig, die Sorge abzulegen, dass sie gehen könnte.

»Ich glaube, sie arbeitet daran, zu bleiben.«

Später an diesem Nachmittag war Ellie nach ihrem zweiten Bewerbungsgespräch noch pessimistischer gestimmt, was ihre Jobsuche anging, aber gleichzeitig war sie dankbar. Ihre

Kreditkarte war sicher angekommen und der Dieb hatte sich nicht an ihrem Konto zu schaffen gemacht. Sie musste also nur den Verlust ihrer billigen Handtasche, des Portemonnaies und von vierzig Dollar in bar verkraften. Nicht, dass sie das Bargeld nicht bräuchte, aber sie wollte sich von nichts und niemandem die Euphorie des Abends und Morgens mit Dex nehmen lassen. Besser als jeder andere wusste sie, dass sie die Vergangenheit nicht ändern konnte. Sie konnte sich nur auf die Zukunft konzentrieren. Und genau in diesem Augenblick versuchte sie alles, um sich davon zu überzeugen, dass Dex Teil ihrer Zukunft sein konnte.

Sie hatte schon immer gewusst, dass sie ihn liebte, aber als sie sich vereinten, in dieser ersten Sekunde ihrer Intimität, hatte sie das Gefühl gehabt, ihre ganze Welt würde eins. Sie hatte den Sex mit den Männern, mit denen sie zusammen gewesen war, nie besonders genossen, und da die Mädels am College immer darüber geredet hatten, wie toll Sex war, hatte sie gedacht, es läge an ihr. Dass sie unfähig war, Intimitäten zu genießen. Aber mit Dex kam alles von allein. Die Gefühle, die sie für ihn hegte, waren so real wie der Boden unter ihr. Und wenn es ihr auch Angst machte, so machte es ihr doch genauso Hoffnung.

Sie schrieb Dex eine Nachricht – um sich zu beweisen, dass sie nach vorne schauen konnte, aber auch, um ihm ein Lächeln ins Gesicht zu zaubern.

Wie liefen deine Interviews? Er hatte zwei Podcast-Interviews gehabt, um die Vorbestellungen für den bevorstehenden Release anzukurbeln, und sie wusste, er würde es hervorragend gemeistert haben. Dex schaffte immer alles. Wenn er sich etwas in den Kopf gesetzt hatte, erreichte er es auch. Er war ein starker, ehrlicher, ehrgeiziger und guter Mann. Jetzt wusste sie, wie *gut* er wirklich war. Ihr Telefon vibrierte.

Großartig. Und dein Gespräch?

Sie schrieb schnell, bevor sie sich ein Taxi heranwinkte. *Ganz okay, aber das Gleiche wie beim letzten Mal. Die Kinder sind wohl nicht die Priorität. Finanzielle Mittel haben Priorität.* Ihr gefiel der negative Ton nicht, deshalb löschte sie es und schrieb stattdessen *Okay, ich habe am Donnerstag noch eines.*

Als er zurückschrieb, starrte sie die Nachricht lange an. *Ich treffe Siena und meine Mutter zum Mittagessen. Bist du sicher, dass du nicht dazukommen kannst?*

Ellie wollte sich für Dex einen Ruck geben, aber sie war nicht sicher, ob sie bereit war, seiner Familie gegenüberzutreten. In seiner Familie standen sich alle sehr nah. Das gefiel ihr zwar sehr. Aber sie wussten sicher alle, welche Schmerzen sie ihm in der Vergangenheit zugefügt hatte. Wie konnten sie ihr in Bezug auf Dex je vertrauen? Wie konnte Dex ihr je von Herzen vertrauen? Konnte sie selbst sich je vertrauen, wenn es um ihn ging? Panik kribbelte in ihren Gliedern. Sie atmete tief durch und umklammerte das Handy. Wenn sie mit Dex je nach vorne schauen wollte, dann musste sie einen Schritt machen.

Morgen. Ich mache diesen Schritt morgen. Zunächst einmal musste sie an sich selbst arbeiten. Vielleicht war sie an der Reihe, eine bedeutende Rolle im Leben eines anderen zu spielen. Vielleicht hatte Dex recht damit, an sie zu glauben.

Sie schrieb ihm noch einmal, bevor sie sich in die Stadt aufmachte. *Will noch Möglichkeiten für Zuschüsse bei der Schulbehörde abchecken. Sehen uns nachher?*

Wenige Minuten später antwortete er. *Heute Abend zu Hause?*

Zu Hause. Und so schnell war sie wieder in seinen sicheren Hafen eingelaufen.

Sechzehn

Dex betrat das Café und ließ den Blick über die Tische wandern. Joanie Remington stand auf und breitete die Arme aus. Die weiten Ärmel ihrer bunten Hippiebluse umwehten sie und ihr Rock reichte fast bis zum Boden.

»Bitte sag nicht, dass du nur zwanzig Minuten Zeit hast.« Trotz ihrer strengen Worte verriet ihr Lächeln, dass sie ihren Sohn vermisst hatte. Das graue Haar fiel in dicken Naturwellen über ihren Rücken. Mit ihren eins zweiundsiebzig stand sie fast Schulter an Schulter mit Siena, die ebenfalls aufgestanden war, um Dex zu begrüßen.

»Hallo, Mom. Tut mir leid, dass ich in letzter Zeit so viel zu tun hatte. Du weißt ja, wie das bei so einem Release ist.«

»Das weiß ich. Das ist wie eine Geburt. Schmerzvoll und beglückend«, sagte seine Mutter.

Er umarmte Siena und zupfte zum Spaß an ihren langen braunen Haaren. Er würde sich nie daran gewöhnen, wie Männer seine Schwester beäugten, und mit ihrer Bootcut-Jeans, der weißen Bluse und den bunten Halsketten zog sie die Blicke von mindestens vier männlichen Augenpaaren auf sich.

»Setz dich, bevor die gaffenden Ehemänner Probleme bekommen«, scherzte er.

Siena verdrehte die Augen. »Warum siehst du so glücklich aus?«

»Was?« Dex rückte sich einen Stuhl zurecht und nahm Platz. Sie saßen in einer ruhigen Ecke des Restaurants. Er konnte sich immer darauf verlassen, dass seine Mutter den perfekten Ort zum Reden auswählte. Das war ihr Ding. Das Reden. Sie behauptete, sie könnte ihren Kindern in die Augen schauen und direkt hineinsehen in ihr … Ach, er wusste nicht, in was sie hineinsehen konnte, aber sie wusste immer, ob sie die Wahrheit sagten oder nicht.

»Keine Ahnung. Normalerweise hast du diesen hektischen *Ich-würde-lieber-am-Computer-sitzen*-Blick drauf, aber heute siehst du glücklich aus.« Siena war zwei Minuten jünger als Dex, und mit ihren eins fünfundsiebzig, ihrer gertenschlanken Figur und den vollen Brüsten – eine ebenso seltene wie schöne Kombination – hatte sie die Modelwelt schon in sehr jungen Jahren erobert und war mittlerweile eines der begehrtesten Models in New York.

Für ein Gespräch über sein Privatleben – das ihn zurzeit höllisch verwirrte – war er auf keinen Fall zu haben. Er ignorierte Sienas Kommentar.

»Dex, erzähl mir, wie es dir geht.« Seine Mutter beugte sich vor. »Immer wenn ich anrufe, habe ich den Anrufbeantworter dran oder du bist in einer Besprechung. Was ist mit dieser anderen Firma? Ich habe gehört, ihr veröffentlicht am selben Tag? Ist das schlau? Hast du mir nicht mal erzählt, dass das nicht unbedingt der beste Weg ist?«

»Du hörst tatsächlich zu, wenn wir dir etwas erzählen«, scherzte er.

»Ich bin deine Mutter. Sollte ich das etwa nicht?« Sie hob eine Augenbraue.

»Wahrscheinlich schon. Ja, wir veröffentlichen am selben Tag. Ich will nicht mit den Erwartungen meiner Fans spielen. Sie warten auf das Game und ich will liefern. Wir haben drei Jahre lang daran gearbeitet. Verschieben wäre nur eine Taktik, und zwar keine, mit der ich mich wohlfühle.« Er fuhr sich durch die Haare und legte einen Arm auf die Stuhllehne, in Gedanken bei Ellie.

Sienas Handy vibrierte, sie nahm es in die Hand und las. »Oh ja!«

»Was?«, fragte ihre Mutter.

Siena schrieb und redete gleichzeitig. »Erinnerst du dich noch an meine Freundin Jordan? Sie ist Make-up-Artist. Sie hat gerade geschrieben, dass sie irgendwann in diesem Jahr an dem Artikel über Sage weiterarbeiten. Aber sie weiß noch nicht wann.«

»Warum macht ein Make-up-Artist ein Interview mit Sage?«, wollte Dex wissen.

»Nein.« Siena wedelte mit der Hand in der Luft herum und schrieb ihre Nachricht zu Ende. »Es gibt eine Galerie, die eine Ausstellung mit ihm und Mom macht, und Jordan hat mit einer der Zeitschriften geredet, für die sie Make-up-Sachen macht, damit die ein Interview machen. Ich weiß nicht alle Einzelheiten, aber es klingt gut.«

»Mom?«, fragte Dex. »Du machst eine Ausstellung mit Sage?«

»Anscheinend. Ich weiß nicht genau, warum die das von mir wollen, aber das ist so ein Familienthema mit verschiedenen Künstlern.« Seine Mutter winkte die Kellnerin herbei. »Das wird bestimmt witzig. Zumindest kann ich so etwas Zeit mit Sage verbringen, und dein Vater bekommt die Gelegenheit, seinen Sonntagsanzug herauszuholen und stolz auf uns zu sein.

Du weißt, wie ihm das gefällt.«

Sie bestellten ihr Essen und Dex schrieb Ellie eine Nachricht unter dem Tisch.

Denke an dich. D. Er legte das Handy auf den Tisch.

»Wem schreibst du denn da?«, fragte Siena.

»Mitch«, log er.

»Ich liebe Mitch«, sagte sie mit verträumtem Gesichtsausdruck. »Er ist so … ganz anders als alle anderen.«

»Er hat seit Ewigkeiten kein Date mehr gehabt. Vielleicht solltest du etwas mit ihm anfangen.« Dex zwinkerte ihr zu.

»So meine ich das nicht«, sagte Siena. »Außerdem glaube ich, dass Regina was für ihn übrig hat.«

»Vielleicht in Mitchs Fantasie. Du kennst die beiden wirklich nicht gut.« Er lachte.

Sein Telefon vibrierte, und Siena schnappte es sich, bevor er reagieren konnte. Sie las die Nachricht und hielt sich das Telefon an die Brust, die Augen dabei weit aufgerissen und ein Lächeln auf den Lippen. »Hört, hört, hört. Wem hattest du geschrieben? Sieht sicher nicht aus wie Mitch.«

»Siena.« Er streckte die Hand aus, aber sie lehnte sich mit seinem Handy zurück.

Ihre Mutter sah sie beide an und schüttelte den Kopf. »Siena, gib deinem Bruder sein Telefon.«

»Wer ist Ellie?«, wollte sie wissen.

Seine Mutter sah ihn an. »Ellie?«

»Ellie«, wiederholte Siena. »Dexy hat geschrieben: *Ich denke an dich,* und Ellie antwortet: *Ich auch an dich.*«

»Ellie.« Seine Mutter hob die Augenbrauen. »Den Namen habe ich seit Jahren nicht gehört.«

Dex langte über den Tisch und riss Siena das Handy aus der Hand. Er schrieb zurück *Wir schreiben uns nach dem Essen. Xox.*

Dann steckte er das Telefon in die Tasche und lehnte sich in seinem weiß-blau gestreiften Button-down-Hemd mit den hochgekrempelten Ärmeln wieder zurück. An Sienas verärgertem Gesichtsausdruck konnte er ablesen, dass er zu entspannt wirkte, als dass sie ihre Sticheleien genießen konnte.

Die Kellnerin brachte das Essen, Dex biss herzhaft in sein Puten-Sandwich und hoffte, sie würden das Thema wechseln.

»Dex, Ellie?« Seine Mutter faltete die Hände vor sich auf dem Tisch und sah ihm beim Kauen zu.

Als er fertig war, atmete er langsam aus, fuhr sich wieder durch die Haare und sagte: »Ellie Parker.«

»Ellie Parker. Ellie Parker.« Siena tippte sich gegen das Kinn. »Oh Mann, Ellie Parker? Das Pflegekind?«

»Sie ist nicht *das Pflegekind*. Es ist ziemlich beschissen, so was zu sagen.« Dex' Nackenmuskeln spannten sich an.

»Okay, Entschuldigung.« Siena stocherte in ihrem Salat herum.

»Dex, ist sie nicht das Mädchen, das dir das Herz gebrochen hat?«, fragte seine Mutter.

Ich bringe Sage um. »Ganz genau«, gab er zu. Er versuchte nicht einmal, Entschuldigungen für Ellie zu finden oder seine Mutter anzulügen. Ellie hatte ihm wehgetan und würde ihm vielleicht wieder wehtun, aber er war bereit, dieses Risiko einzugehen. Er respektierte die Meinung seiner Mutter, und wenn Sage der Ansicht war, sie müsste wissen, was einige Jahre zuvor passiert war, dann würde er seine Gründe dafür gehabt haben – auch wenn das Dex' Verärgerung darüber nicht schmälerte, dass Sage es ihm nicht gesagt hatte. Und Siena? Sie würde immer seine kleine Schwester bleiben – auch wenn sie nur zwei Minuten jünger war –, und damit ging die angeborene Fähigkeit einher, ihre Ansichten zu ignorieren.

»Augenblick mal. Dex, deshalb hast du dieses Leuchten in deinen Augen!« Siena sah ihre Mutter an, den Mund zu einem perfekten O geformt. »Ist sie hier? Bist du mit ihr zusammen?«

»Siena, lass ihn mal reden.« Seine Mutter sah ihn an und neigte den Kopf zur Seite.

»Echt jetzt? Seit wann muss ich euch beiden über mein Liebesleben Bericht erstatten?« Er biss wieder in sein Sandwich.

»Na ja, da du normalerweise kaum Dates hast, fände ich es nur fair, wenn du uns die schmutzigen Einzelheiten mal anvertraust«, sagte Siena und steckte sich eine Cocktailtomate in den Mund.

»Dexy, soweit ich mich erinnere, warst du von ihr sehr lange angetan.« Seine Mutter legte die Hand auf seine. »Du bist ein kluger Mann mit einem riesigen Herzen. Sei vorsichtig, Schatz, okay?«

»Von ihr angetan? Nur weil sie als Kinder befreundet waren?«, fragte Siena.

Seine Mutter senkte den Blick, und in dem Moment wurde Dex klar, dass seine Mutter mehr wusste, als sie preisgab, und er fragte sich, was das wohl sein konnte.

»Okay, und was ist jetzt? Seht ihr euch? Treibt ihr es miteinander?«, wollte Siena wissen.

»Siena«, ermahnte ihre Mutter sie.

Er atmete langsam aus.

Seine Mutter sah ihm in die Augen. Sie tätschelte ihm wieder die Hand. »Hör einfach auf dein Herz. Sie war immer ein nettes Mädchen. Es hat mir nicht gefallen, wie verletzt du warst, aber sie hatte keine leichte Kindheit.«

»Siehste? Sie war *das Pflegekind*«, sagte Siena.

»Verdammt, Siena. Das war die Situation, in der sie aufgewachsen ist. Aber das war nicht sie, und es bestimmt nicht, wer oder was sie heute ist.«

»Reg dich ab, Dex. So hab ich das ja nicht gemeint. Es war nur eine Beschreibung, so als wenn ich sagen würde, du bist ein Gamer. Mensch, tut mir leid, okay?«

Er schob den Teller von sich und sah auf die Uhr. »Ich muss in fünf Minuten los.«

Seine Mutter warf Siena einen wütenden Blick zu.

»Was? Ist doch nicht meine Schuld.« Siena legte ihre Serviette auf den Tisch. »Ich mochte sie sogar sehr gern. Sie war ruhig und lieb und außerdem hat sie sich geduldig mit dir und deiner langweiligen Frickelei abgegeben. Ich hatte nie ein Problem mit ihr, und es tut mir leid, dass ich sie ›das Pflegekind‹ genannt habe. Kommt nicht wieder vor, Dex. Wirklich, es tut mir leid.« Ihr Handy vibrierte erneut, sie las die Nachricht und fing sofort darauf an, ihre Tasche und Jacke zusammenzusammeln. »Oh Mist, tut mir leid, Leute, aber mein Agent braucht mich in seinem Büro.« Sie gab ihrer Mutter einen Kuss auf die Wange und umarmte dann den immer noch widerwilligen Dex, wobei sie ihre Hand ein paar Sekunden länger auf seiner Schulter ließ. »Es tut mir leid, Dex. Ruf mich an und wir treffen uns alle mal, okay?«

Er nickte.

»Das Leben mit meinen Kindern gleicht immer einem Glücksspiel«, sagte ihre Mutter. »Siena, ruf mich an, und wir gehen shoppen oder so, wenn du Zeit hast.«

»Tolle Idee. Danke, Mom. Hab euch lieb.«

Seine Mutter sah Siena nach, und dann warf sie Dex den gleichen Blick zu wie damals, als er ein Teenager war und sie ihm nicht abnahm, was er ihr erzählt hatte. Der Blick sagte: *Ich bin deine Mutter und ich habe sogar im Hinterkopf Augen.*

»Willst du darüber reden?«, fragte sie.

»Eigentlich nicht.«

Sie nickte. »Weißt du, ich erinnere mich noch, dass sie immer zu uns kam. Sie war eine Beobachterin. Sie beobachtete dich und Siena, und man konnte sehen, wie sie abschätzte, wann es sicher war zu reden, zu sitzen oder sich zu bewegen. Sie war ein süßes kleines Ding und sie verstand dich, Dex. Sie kannte dich besser als die meisten von uns.«

Warum hatte er plötzlich das Verlangen, auf den Schoß seiner Mutter zu klettern und sich von ihr umarmen zu lassen? »Ach ja?«, brachte er nur heraus.

Sie nickte. »Es gab Momente, in denen dein Vater etwas Schroffes zu dir sagte, und du hast es dann immer in dich hineingefressen. Bis zum Schlafengehen. Und ich habe mir immer Sorgen um dich gemacht. Oh, was hab ich mir für Sorgen gemacht. Du warst ein so sensibler Junge, und du hast dir alles, was dein Vater sagte, sehr zu Herzen genommen. Das tust du immer noch.« Sie schüttelte den Kopf.

Sein Vater wusste, wie er ihn tief treffen konnte, aber Dex wusste, dass er keinem von ihnen je wehtun wollte. Als Vier-Sterne-General war er dazu ausgebildet worden, streng zu sein. Ihr Vater hatte ihnen Rückgrat und Muskeln gegeben, ihre Mutter hatte ihre Herzen gerettet.

»Ich habe mir immer Sorgen gemacht, dass irgendetwas zwischen euch passieren würde. Etwas, das man nicht rückgängig machen könnte.« Sie sah ihn urteilsfrei an. Ihr Ton war gütig und mütterlich, nicht bevormundend.

»So war das nicht zwischen uns«, gab Dex zu.

»Nein, das wurde mir nach einiger Zeit auch klar. Sie war die ganze Zeit bei dir, Dex, und das überrascht mich nicht. Ihr wart euch so ähnlich. Beide voller Schmerz, aus unterschiedlichen Gründen. Glaub mir, wenn ich sie aus diesem

Haus hätte herausholen und als mein eigenes Kind hätte großziehen können, hätte ich es getan.«

Dex lehnte sich über den Tisch. »Du wusstest, was in ihrem Haus vor sich ging?«

»Ach, Dex. Jeder, der etwas mit meinen Kindern zu tun hatte, musste die volle mütterliche Untersuchung über sich ergehen lassen. Ich habe ihre Pflegeeltern besucht. Mich mit ihnen bekannt gemacht, so gut ich konnte. Sie waren eine Katastrophe. In eine andere Familie vermittelt zu werden, war das Beste, was ihr passieren konnte. Auch wenn es das Schlimmste für dich war. Und das war es wirklich, das konnte ich sehen. Die Trennung hat dich niedergeschmettert. Ich glaube, ich bin nie für eines meiner Kinder so traurig gewesen. Außer als Linda starb natürlich. Himmel, das war schrecklich für Jack. Einfach nur schrecklich, und die folgenden zwei Jahre …« Sie schüttelte den Kopf, sah mit ernstem Blick ins Leere. »Gott sei Dank hat er Savannah gefunden.«

Die erste Frau von Dex' ältestem Bruder Jack war bei einem Autounfall ums Leben gekommen und Jack hatte sich die Schuld dafür gegeben. Für fast zwei Jahre war er aus dem Leben der anderen verschwunden. Dann hatte er Savannah kennengelernt und den Weg zurück zu ihnen gefunden.

»Wie geht es Ellie denn? Ich habe mich oft gefragt, was aus ihr geworden ist.«

»Es geht ihr gut, Mom. Sie hat einen Master in Pädagogik gemacht, ist Lehrerin geworden und hat großartige Ideen, wie man Kindern aus einkommensschwachen Familien helfen kann.« Er rieb sich übers Gesicht. Das Geständnis lag ihm auf der Zunge. *Ich liebe sie, Mom. Ich liebe sie wirklich.*

»Sie war immer klug. Das konnte man erkennen, wenn man ihr in die Augen sah. Dex, wie geht es ihr sonst? Manchen

Kindern, die das System der Pflegeunterbringung durchlaufen, fällt es sehr schwer, Nähe zu anderen aufzubauen, jemanden an sich heranzulassen.« Sie stocherte in ihrem Salat, während Dex sich eine Antwort zusammenbastelte.

»Weißt du, mit mir ist sie immer … Ich weiß nicht genau, wie ich sie beschreiben soll. Sie …«

»Klettert sie noch bei dir zum Fenster herein?«, fragte sie mit einem liebevollen Lächeln.

Dex zog die Augenbrauen zusammen. »Das wusstest du? Warum hast du nie etwas gesagt?«

»Dexy, du brauchtest sie so sehr, wie sie dich brauchte, und es war ja nicht so, dass ihr zwei hormongesteuerte Teenager wart, die übereinander hergefallen sind. Du hast sie wie wertvolles Porzellan behandelt. Und sie …« Sie schaute nachdenklich aus dem Fenster, mit sanftem Blick und einem Lächeln auf den Lippen. »Sie liebte es, einfach nur in deiner Nähe zu sein. Du warst ihr Held.«

Held? Ellie war eher ein Held als er. Sie hatte in ihrem Leben so viel überstanden. »Ich bin für niemanden ein Held, Mom, und wir haben damals nie etwas miteinander gehabt, aber ich bin kein Heiliger. Ich wollte schon, aber ich hätte sie nie in diese Lage gebracht.«

»Ich weiß. Ihr brauchtet nur das Nötigste, und ihr beide habt euch das gegeben, was der andere brauchte. Du brauchtest den Sex mit Ellie nicht. Ihr brauchtet die Sicherheit des anderen.« Sie tippte sich an die Schläfe. »Ich habe meine Augen offen gehalten. Ich habe mir Sorgen gemacht, als du älter wurdest und sie schöner wurde, aber ich habe dich nie für einen Jungen gehalten, der sich von Lüsternheit leiten lässt. Du hast dich immer von deinem Herzen leiten lassen.«

»Okay, das hier wird jetzt zu unangenehm.« Dex nahm

einen Schluck von seinem Wasser.

»Ihr Jungs seid ja solche Machos, aber wenn es um Intimes geht, werdet ihr total kindisch. Ich würde sie gern sehen, wenn es mit euch etwas wird, und wenn nicht, dann bin ich einfach nur froh, dass ihr euch wiedergefunden habt. Es war einfach herzzerreißend, wie sie beim letzten Mal gegangen ist, und ich möchte nicht, dass du für immer auf die Liebe verzichten musst, weil du und Ellie nie zusammengekommen seid oder weil du nicht über sie hinwegkommen kannst.«

So wie sie *beim letzten Mal* sagte, bestätigte, dass Sage sie bezüglich Ellies Besuch vor vier Jahren eingeweiht hatte. Dex' Handy vibrierte, es war eine Nachricht von Ellie. Seine Brust zog sich zusammen. Ein Teil von ihm wartete auf den *Lieber-Dex*-Text, in dem sie ihm mitteilte, sie hätte einen Fehler gemacht. Er konnte das Gefühl nicht loswerden, dass sie jeden Moment abhauen könnte, auch wenn sie nicht die Absicht hatte. Er las die Nachricht. *Hab mit jemandem in der Schulbehörde gesprochen. Geh jetzt zum Bewerbungsgespräch. Wünsch mir Glück!*

Erleichtert atmete er auf und schrieb zurück: *Du machst das! Xox.*

»Ellie?«, fragte seine Mutter.

»Ja.«

»Dex, ich will nicht neugierig sein, aber du hattest gerade diesen Blick. Du hast Angst, dass sie wieder fortgeht, oder?« Sie berührte seine Hand.

Dex antwortete nicht. Er konnte nicht. Mit Ellie eine Nacht oder eine Woche oder einen Tag zusammen zu sein, war besser, als gar nicht mit ihr zusammen zu sein, und darüber zu reden, würde die Tatsache, dass sie vielleicht wieder verschwinden könnte, nur noch realer machen. Sein Adamsapfel glitt langsam aufwärts, als er die Sorge hinunterschluckte.

»Vielleicht wird sie das. Aber an einem gewissen Punkt musst du vertrauen, Dex. Ich weiß, dass sie diejenige ist, die es für dich all die Jahre so schwer gemacht hat zu vertrauen, aber kurioserweise ist sie eben diejenige, der du wahrscheinlich im Moment am meisten vertrauen musst.«

Dex nickte und sinnierte über die erschreckende Wahrheit ihrer Äußerung. Ellie war der Grund dafür, dass er sein Herz so bewacht hatte. Aber sie war auch die einzige Frau, die ihm jemals das Gefühl gegeben hatte, dass er eines hatte.

Siebzehn

Die Maple Elementary School war ganz anders als die Schulen für einkommensschwache Familien, bei denen Ellie bisher Bewerbungsgespräche gehabt hatte. In der Maple Elementary trugen die Lehrer bequeme Kleidung – ob Jeans und T-Shirt oder Rock und Bluse –, in der sie sich wohlfühlten. Als sie in der Schulbehörde mit einem der Zuständigen über das Vorgehen bei den Anträgen für Zuschüsse geredet hatte, hatte er ihr von der Maple Elementary erzählt, einer privat finanzierten Grundschule mit alternativen Bildungsmethoden. Eine Stunde später saß sie im Büro der Schulleiterin Blythe Wagner und erläuterte ihre Ideen.

Blythe war eine kleine Frau mit einem freundlichen Lächeln und vollem hellbraunem Haar, das sie mit einer Lederspange im Nacken zusammenhielt. Sie trug eine Bootcut-Levi's und ein weites, cremefarbenes, kurzärmeliges Sweatshirt. Sie war auf natürliche Weise hübsch, hatte blaue Augen und eine helle Haut. Bis auf einen dezenten Eyeliner trug sie kein Make-up. Sie und Ellie verstanden sich auf Anhieb.

»Mir gefallen Ihre Ideen, Ellie. Sie sind frisch und sicher auch durchführbar, wenn sich die richtigen Finanzierungsmöglichkeiten ergeben.« Gemeinsam mit Ellie saß sie auf einer bequemen Couch im Büro der Schule und nun stützte sie die Ellbogen auf den Knien ab. »Wären Sie bereit, zu unterrichten und das Antragsverfahren in Ihrer Freizeit durchzupauken? Wir haben keine Gelder für Überstunden. Es ist eine Menge Arbeit. Man kommt nicht so leicht an Zuschüsse heran und die Kinder stehen an erster Stelle. Ihr Lernen darf nicht in den Hintergrund treten für ein Projekt, das vielleicht oder vielleicht auch nicht realisierbar ist, auch wenn das Projekt ihnen langfristig helfen würde.«

Ellie spürte, dass sie die Augen weit aufgerissen hatte, und versuchte, ihre Gefühle unter Kontrolle zu bekommen. Blythe redete schon so, als hätten sie eine reale Chance darauf, einen Bildungszuschuss zu bekommen, und als wäre die Entwicklung von Lernsoftware eine ebenso reale Möglichkeit. *Ein Projekt.* Ellie würde alles dafür geben, die Idee für die Software in die Tat umzusetzen. Und sie würde mit Freude unbezahlte Überstunden machen, wenn das bedeutete, mit einem fachlich kompetenten Team zusammenarbeiten zu können, das die Software entwickelte. Sie hätte sich keine hilfreichere Schulleiterin erhoffen können, aber sie musste sicher sein, dass sie sich nicht über Wert verkaufte.

Sie räusperte sich. »Ich … äh … ich habe keine Erfahrung im Verfassen von technischen Dokumentationen, sondern nur als Lehrerin.«

»Ja.« Blythe nickte. »Das ist mir vollkommen bewusst.«

»Und ich habe keine Ahnung davon, wie man Förderanträge formuliert. Ich habe Kurse im Erstellen von technischen Dokumentationen belegt, aber das alles ist bisher nur eine Idee, kein fertiges Konzept. Ich will damit sagen, dass meine Kompetenz in der Arbeit mit Kindern liegt, nicht im Entwickeln der eigentlichen Programme.« Ihr Herz raste. Sie konnte es nicht fassen, dass alles so schnell ging, und wäre Blythe am liebsten um den Hals gefallen, allein weil sie ihr diese Möglichkeit angeboten hatte. Vor allem aber wollte sie sicher sein, dass Blythe genau wusste, wo ihre Fähigkeiten lagen. Sie konnte es nicht gebrauchen, in ihrem ersten Job in New York zu scheitern.

»Sehen Sie das so: Wenn wir erfolgreich sind, sind Sie das Hirn hinter einem Programm, das die Art und Weise, wie Kinder unterrichtet werden, verändern kann.« Blythe lehnte sich zurück und lächelte. »Wir müssen ein technisches Team finden, mit dem wir zusammenarbeiten können. Eines, das wir bezahlen können.«

Ich frage mich, ob Dex wohl helfen könnte.

Blythe fuhr fort: »Wir bräuchten Ihren Input, um das Programm zu verwirklichen. Sie können es in groben Zügen entwerfen, die Entwicklung in die richtige Richtung treiben und sicherstellen, dass die Kinder bekommen, was sie brauchen, ohne sich um die technischen Aspekte kümmern zu müssen. Aber es gibt noch einen wichtigeren Punkt, über den wir reden müssen. Ihre letzte Stelle haben Sie zwei Jahre lang gehabt, was schon recht gut ist, aber für unsere Kinder erhoffen wir uns mehr. In ihrem Leben gibt es schon genügend Instabilität. Es gibt ihnen Sicherheit, wenn sie wissen, dass die Lehrer, denen sie vertrauen und auf die sie bauen, in den kommenden Jahren da sind. Niemand kann versprechen, dass er in einem Job bleibt, das ist uns bewusst, aber wir möchten sicher sein, dass unsere Angestellten sich für die nächsten drei bis fünf Jahren hier bei uns sehen.«

Ellie atmete tief durch und fragte sich, ob sie unbemerkt durch eine Wiese mit vierblättrigem Klee gelaufen war. Nachdem sie mit Dex zusammengekommen war und nun auch noch ihren Traumjob in Aussicht hatte, fühlte sie sich wie die glücklichste Frau auf Erden.

Sie hatte schon erklärt, dass sie in Pflegefamilien aufgewachsen war, und Blythe hatte das als Vorteil gesehen. *Sie können verstehen, was einige unserer Schüler durchgemacht haben, und damit sind sie in der Lage, sich mit Ihnen zu identifizieren.* Sie könnte genauso gut alle Karten offen auf den Tisch legen. *Fast alle.*

»Ich habe Maryland verlassen, weil ich herausgefunden habe, dass mein Freund verheiratet war.«

Eine tiefe Furche tauchte zwischen Blythes Augenbrauen auf. »Oh.« Sie nickte, als würde sie sie gut verstehen, aber Ellie wusste, dass das unmöglich war.

»Ich bin keine, die sich mit verheirateten Männern einlässt. Wenn Sie die Wahrheit wissen wollen: Eigentlich lasse ich mich überhaupt nicht mit Männern ein. Ich habe mich auf meine Ausbildung konzentriert, dann auf meinen Beruf, und als ich ihn kennengelernt habe, erzählte er mir, er sei Spieleragent, der viel unterwegs ist. Ich wollte eigentlich nicht mit ihm zusammen sein, aber dann hat er mich über einen Monat hinweg vier oder fünf Mal ausgeführt. Mir fällt es sehr schwer, anderen zu vertrauen. Aber ja … Ich weiß, ich müsste Ihnen das alles nicht erzählen, aber ich möchte, dass Sie es wissen. Wir waren ein paar Wochen zusammen, ich fing allmählich an, mich zu öffnen und ihm zu vertrauen, und dann fand ich heraus, dass er verheiratet war.«

»Das klingt sehr schmerzhaft«, sagte Blythe mitfühlend.

»Das war es. Vor allem, weil mir klarwurde, dass da draußen irgendwo eine Ehefrau war, die keine Ahnung hatte, was er tat.« Ellie schwieg kurz, denn sie fürchtete, zu offen gewesen zu sein, aber Blythe lehnte sich vor, nickte, als würde sie alles verstehen, und so erzählte Ellie weiter. »Ich bin aus Maryland weggegangen, weil ich nichts mit dieser Situation zu tun haben wollte. Es war ein böses Erwachen für mich, und mir war bis vor Kurzem nicht klar, warum ich nach New York zurückgekommen bin, aber mein bester Freund lebt hier und ich brauchte einen Neuanfang.« *Ich brauchte Dex.* »Ich bin sehr engagiert und plane langfristig, auch wenn das mit meiner kurzen Anstellung in Maryland nicht so aussieht.« *Und mit meiner Angewohnheit, immer abzuhauen.* »Aber ich kann Ihnen versichern: Mehr als alles andere möchte ich etwas für benachteiligte Kinder bewirken. Ich möchte ihnen den Glauben anerziehen, dass sie alles schaffen können, was sie sich vornehmen. Ich möchte ihnen dabei helfen zu erkennen, dass sie nicht zwangsläufig ein Produkt ihrer Umgebung werden müssen. Ich möchte ihnen helfen, mehr zu sein. Viel mehr.«

Ein Lächeln trat in Blythes Gesicht, doch sie schüttelte den Kopf.

Oh nein. Ich war zu ehrlich.

»Ellie, wo waren Sie nur all die Jahre?«

Die Straßen von New York fühlten sich vollkommen anders an als an dem Tag ihrer Ankunft. Das halsbrecherische Tempo der Menschen und die verstopften Straßen waren nun gleichbedeutend mit positiver Energie, nicht mit Ärger. Sie hatten eine Aura von Hoffnung und Zukunft um sich und standen nicht mehr wie eine Art Hindernis zwischen Ellie und ihrer Bestimmung. Sie wollte gerade Dex eine Nachricht schreiben, als ihr ein Gedanke kam. Sie war noch nie in seinem Büro gewesen, und obwohl sie wusste, dass er wahrscheinlich viel zu tun hatte, war sie sicher, dass es ihm viel bedeuten würde, wenn sie öffentlich zu ihrer Beziehung stand. Dort aufzutauchen und ihm persönlich die gute Nachricht zu überbringen, empfand sie als einen sehr bedeutenden Schritt, und ihr Herz machte Freudensprünge. Mit niemandem sonst auf der Welt würde sie ihre Begeisterung eher teilen wollen als mit Dex.

Kurz gegoogelt und schon hatte sie seine Büroadresse, vierzig Minuten später trat sie durch die Tür von Thrive Entertainment. Vom Vintage-Blechschild mit der Aufschrift LIVE, PLAY, THRIVE! bis hin zum bunt zusammengewürfelten Mobiliar wirkte das Büro sehr Dex-mäßig. Die breiten Dielen waren ziemlich verkratzt, und das malte ein Lächeln auf ihre Lippen, denn nur Dex würde dafür bezahlen, dass mitten in Manhattan verkratzte Bodendielen verlegt wurden.

Sie zitterte vor Aufregung, als sie sich dem Empfang näherte, und fühlte sich in ihrem Rock, der Bluse und mit ihren hochhackigen Schuhen ziemlich overdressed. Viel lieber hätte sie ihre Lieblingsboots angehabt, um besseren Bodenkontakt zu haben. Unangekündigt hier aufzutauchen war ihr wie eine tolle Idee erschienen, aber jetzt kam es ihr etwas anmaßend vor. So sehr er wollte, dass sie blieb, und so sehr Dex sie vielleicht liebte – deshalb wollte er doch noch nicht unbedingt, dass seine ganze Firma über sie Bescheid wusste. Der junge Mann hinter dem Empfangstresen trug ein schwarzes T-Shirt mit THRIVE!-Aufdruck auf seiner schmalen Brust und eine schwarze Jeans. Am Handgelenk hatte er ein dickes schwarzes Nietenarmband und seine kurzen dunklen Haare standen in dicken, gegelten Stacheln ab.

»Hallo.« Kaum lauter als ein Flüstern kam das heraus. Sie räusperte sich und zwang sich, lauter zu sprechen. »Ich möchte zu Dex.« *Puh. Okay, ich hab's geschafft.*

»Klar.« Er schaute auf seinen Computer. »Und du bist?«

»Ellie Parker.« *Schlechte Idee. Ganz schlechte Idee.* Sie sollte einfach kehrtmachen und wieder gehen. *Sag ihm, es sei nicht mehr wichtig.*

»Ich werde ihn mal anklingeln. Ich sehe dich nicht in seinem Kalender.«

»Bin ich auch nicht. Äh … ist schon gut. Ich kann auch später mit ihm reden.« Sie wollte gehen, doch die Stimme des jungen Manns hielt sie zurück.

»Warte mal kurz.«

Sie schloss die Augen und setzte ein Lächeln auf, bevor sie sich umdrehte.

»Ich hab schon 'ne Nachricht durchs System geschickt. Wenn du 'ne Sekunde wartest … Ich bin sicher, er antwortet gleich.«

»Es ist wirklich in Ordnung. Ich brauche nicht –«

»Ellie.«

Sie drehte sich zu Dex' Stimme um und sah ihn auf sich zukommen, die Arme ausgebreitet und einfach umwerfend in seiner Jeans und dem Button-down-Hemd. Sein Blick versank in ihrem und schickte ihren Magen auf eine spontane Achterbahnfahrt. Dann war sie umgeben von seiner Wärme, seine Lippen waren für den Bruchteil einer Sekunde auf ihren und er gab ihr einen sehr angemessenen, schnellen Kuss, der dennoch besitzergreifend war. Sie spürte die Röte in ihr Gesicht steigen, als sie sich voneinander lösten und er ihre Hand umklammerte.

»Sam, das ist meine Freundin Ellie Parker.«

Meine Freundin? Freundin. Sie ließ das auf sich wirken … Es gefiel ihr. »Hallo, Sam.«

»Freut mich, Ellie. Ich schreib deinen Namen gleich auf die

Jederzeit-reinlassen-Liste.« Sam zwinkerte Dex zu.

»Ganz genau. Danke, Sam.« Dex führte sie durch das Büro, ein offener Raum wie ein riesiges Loft mit einer Reihe von Arbeitsplätzen. Es gab keine Zwischenwände, keine Arbeitsnischen und mehr Computer, als sie zählen konnte. Alle Angestellten waren zwanglos gekleidet, man sah jede Menge Jeans, Leder und Tattoos. Am anderen Ende des Raumes stand eine orangefarbene Couch neben drei überdimensionalen Sesseln vor drei riesigen Fernsehern. Zumindest sahen sie aus wie Fernseher, aber sie waren anscheinend mit Computern verbunden.

Dex' Blick wanderte an Ellies Körper hinunter, als sie durch das Büro gingen. »Wow, du siehst heiß aus. Was für eine Überraschung, dich zu sehen.« Er drückte ihre Hand.

»Tue ich das?«

»Wahnsinnig.«

Sie verstaute das Kompliment in dem geheimen Dex-Fach in ihrem Herzen, gleich neben der Erinnerung an seine Stimme, die ihr sagte, dass er sie liebte. Dass er sie immer lieben würde. »Tut mir leid, dass ich hier einfach so auftauche. Ich wollte dir meine Neuigkeiten persönlich überbringen.«

Er blieb abrupt stehen. Sein Blick verfinsterte sich. »Bitte sag nicht, dass du gekommen bist, um mir mitzuteilen, dass du gehst, denn es ist falsch, was man über Schlussmachen in der Öffentlichkeit sagt. Ich würde hier ein Riesentheater veranstalten.«

Sie wusste, dass er nur zum Teil scherzte. »Nein, es sind großartige Neuigkeiten.« Sie sah Regina vom anderen Ende des Raumes auf sie zukommen.

Er atmete erleichtert auf. »Gut.«

»Dex.« Regina berührte ihn am Arm. »Kleines Problem.«

Der tätowierte Kopf der Viper, die über ihr Schlüsselbein kroch, lugte unter ihrem Tanktop hervor. Ihr Hoodie hing im Rücken tief hinunter, von der Kapuze hinuntergezogen, und Ellie erspähte noch eine Menge bunter Tattoos, die ihr den Nacken hochkrochen. Regina lächelte Ellie an. »Hallo, Ellie. Schön, dich zu sehen.«

»Hallo.« Sie wusste nicht, was sie von Regina halten sollte. Das viele Make-up und die Tattoos, dann die strengen Blicke, mit denen sie Ellie an dem Abend in der Bar bedacht hatte, das stand alles in krassem Gegensatz zu der freundlicheren Frau, die ihr Frühstück gemacht hatte und ihr nun mit einem aufrichtigen Lächeln begegnete. Ob sie langfristig mit ihrem Leben besser zurechtgekommen wäre, wenn sie sichtbarere Mauern gewählt und ihr Misstrauen offener gezeigt hätte? Regina schien sich in ihrer eigenen tätowierten Haut wohlzufühlen, während Ellie nach fünfundzwanzig Jahren gerade erst damit anfing.

Jeder hat Mauern, hinter denen er sich versteckt, und geheime Unsicherheiten. Manche verbergen sie einfach nur besser als andere. Sie schaute zu Dex, dessen Kiefermuskeln zuckten, während er sie an der Hand hielt, und sie wusste, dass sein Herz von ihr ebenso gequält wurde, wie es sie liebte.

Regina wandte sich wieder Dex zu. Ellie bemerkte, dass sie die Hand immer noch auf seinem Arm hatte, und sie verspürte einen Anflug von Eifersucht, den sie schnell beiseiteschob.

»Die von KI haben ihren Termin um eine Woche nach hinten verschoben. Haben es gerade angekündigt. Sie kommen nach uns raus.« Regina legte die Hand nun fester um Dex' Arm, während er seine Hand zur Faust ballte.

»Mist. Okay, in fünf Minuten im Konferenzraum.« Er zog Ellie in sein Büro. »Tut mir leid, Ellie, aber das ist wichtig.

Können wir es kurz machen?« Er schloss die Tür hinter sich und nahm sie in die Arme, dann küsste er sie intensiv und schaltete ihre Hirnzellen aus. Ihre Hände fanden seine Hüfte, sie drängte sich an ihn und ihr Körper antwortete unmittelbar mit einem heftigen Schmerz der Lust in ihren Lenden. Die Bereiche, die er in der letzten Nacht zum Leben erweckt hatte, meldeten sich. *Hör auf, hör auf, hör auf.*

Als sie voneinander abließen, blinzelte sie mehrere Male und versuchte, ihre Atmung unter Kontrolle zu bringen. Verdammt, er wusste, wie er ihr die Sorgen raubte – und sie durch pure und köstliche Lust ersetzte.

»Was hast du für Neuigkeiten?«

»Wie soll ich …?« Sie atmete tief ein und langsam aus. »Wie schaffst du das? Meine Güte, Dex. Deine Küsse sind wie ein Liebestrank.«

Er drückte seine Lippen wieder auf ihre. »Ach ja?«

»Jaaa«, hauchte sie verträumt. *Mist. Konzentrier dich.* Sie trat einen Schritt zurück. »Bleib da stehen«, scherzte sie und hielt die Hand abwehrend hoch. »Ich habe eine Stelle. Eine richtig tolle Stelle.«

Er breitete wieder die Arme aus. »Das ist großartig, El. Welche Schule?«

Sie hielt ihn auf Abstand. »Fass mich nicht an, bis ich es dir erzählt habe, denn du lässt mich lallen wie einen liebestrunkenen Narr.«

Er zuckte neckisch mit den Augenbrauen. »So, tue ich das …?«

Sie lachte leise und erzählte dann weiter. »Maple Elementary. Das ist eine privat finanzierte alternativ-pädagogische Schule.«

»Klar, die kenne ich. Meine Mom war da mal eine Zeit

lang, hat Kunst unterrichtet, glaube ich.«

»Wirklich? Oh, Dex, die Frau, mit der ich das Gespräch hatte, Blythe Wagner, ist toll, und die Vision dieser Schule ist meiner so ähnlich. Sie würde es sogar gut finden, wenn ich an einem Antrag für Fördergelder für die Lernsoftware arbeite, von der ich dir erzählt habe. Ich würde unbezahlte Überstunden machen, aber ich weiß, dass ich das kann.«

»Das sind großartige Neuigkeiten. Ich wusste, du würdest es irgendwie schaffen. Du bist zu klug und zu leidenschaftlich bei allem, was Bildung und Kinder angeht, um nicht einen Ort zu finden, an dem du etwas bewirken kannst. Siehst du, das Schicksal spielt in unseren Leben wirklich eine Rolle.«

Schicksal? Das Wort tauchte in letzter Zeit oft auf, und Ellie fing an, etwas ernsthafter darüber nachzudenken.

Achtzehn

Dex ging mit einem von Liebe erfüllten Herzen zum Konferenzraum. Er wusste, wie viel Mut Ellie aufgebracht hatte, um zu ihm ins Büro zu kommen. Es zeigte ihm, dass sie es mit ihrer Beziehung wirklich versuchen wollte, und dieser Gedanke schubste ein wenig die Angst beiseite, die in den letzten zwölf Stunden in seinem Kopf herumgegeistert war. Fast erwartete er, dass sie aus seinem Leben eilte, aber die Worte seiner Mutter hatten wirklich ins Schwarze getroffen. *Sie ist diejenige, der du wahrscheinlich im Moment am meisten vertrauen musst.* Vielleicht hatte seine Mutter recht. Er musste an Ellie glauben, anstatt das Schlimmste zu erwarten.

Der volle Konferenzraum, die angespannten Gesichter und die Stille, die sich über seine Mitarbeiter legte, als er den Raum betrat, verdrängten seine Gedanken an Ellie und brachten die Probleme wegen ihres Release-Termins in den Vordergrund.

Mitchs Stimme durchbrach das Schweigen. »Wir sollten mit dem Release warten.« Dex stand in der Tür und dachte über die Folgen einer verschobenen Veröffentlichung nach. *Wütende Fans. Schlechte Presse.*

»Die machen die *Unser-Spiel-ist-das-nächste-große-Ding*-Nummer. Da können wir nicht gewinnen. Ich habe doch gewusst, dass wir später hätten veröffentlichen sollen. Eine Woche nach ihnen. Das habe ich vor zwei Wochen schon vorgeschlagen«, sagte Mike Talen, einer ihrer Programmierer.

»Was gewinnen wir damit?«, fragte Dex.

Mike sah sich im Raum um, als ob jemand anderes die Antwort geben würde. Dex verschränkte die Arme und wartete.

»*Wir* wären das *nächste große Ding*«, sagte Mike.

»Wie wär's, wenn wir einen Monat später und nicht eine Woche später rauskommen? Wir können abwarten, was sie haben, und dann unser Programm optimieren, um besser zu sein?«, schlug Regina vor.

Dex ging im Raum umher und spürte die Blicke seiner Mitarbeiter auf sich. Er hatte über Ellies Projekt – und Thrive – nachgedacht, seit sie das erste Mal davon gesprochen hatte, dass sie einen Förderantrag für die Entwicklung einer Lernsoftware stellen wollte. Er hatte sogar schon kurz mit Mitch darüber gesprochen und der war von dieser Möglichkeit begeistert gewesen. Die Idee hatte nicht nur Dex' Interesse an der intellektuellen Herausforderung entflammt. Ein solches Programm bot eine Möglichkeit, seine Bedenken hinsichtlich der Game-Branche zu lindern. Mit seinen und Mitchs Fähigkeiten in Software-Design und -Entwicklung und mit der Unterstützung von ein paar Mitarbeitern wären sie definitiv in der Lage, eine wirklich tolle Lernsoftware zu erstellen, die sich eher wie ein Spiel anfühlte als wie eine Unterrichtsmethode.

Während er den Blick über seine Mitarbeiter gleiten ließ, sah er ein Team von loyalen, engagierten, hart arbeitenden, intelligenten Leuten. Ein kluges und wertvolles Team, das er persönlich zusammengestellt hatte. Die Entscheidungen, die Dex heute traf, würden jeden in diesem Raum betreffen, dazu noch diejenigen, die für Thrive arbeiteten, aber nicht anwesend waren. Dex nahm diese Verantwortung nicht auf die leichte Schulter, aber egal wie entspannt er nach außen hin wirkte, er nahm nie – in keiner Situation – etwas auf die leichte Schulter. Die Software-Entwicklung auf neue Gebiete auszuweiten, würde seinen Angestellten möglicherweise eine zusätzliche Sicherheit bieten, wenn diese Expansion nicht auf Kosten der Game-Entwicklung ging. Die Problemstellung war knifflig, aber die Durchführbarkeit in einem kleinen Umfang zu testen war motivierend. Auch wenn es bedeutete, dass er sein eigenes Kapital in die anfängliche Entwicklung und die Prototypen stecken müsste, gemeinsam konnten sie – sein Team und Ellie – womöglich der Bildung für Kinder aus einkommensschwachen Familien eine ganz neue Ausrichtung geben. Diese Vorstellung frischte seine Begeisterung auf und stärkte seine Zuversicht.

»Wer von euch glaubt an unser Produkt?« Dex hob die Hand. »Per Handzeichen.«

Jeder im Raum hob die Hand.

»Wunderbar. Ihr könnt die Hände wieder runternehmen.« Er umrundete ein Ende des Konferenztisches. »Wer von euch glaubt, dass unser Produkt besser ist als das von KI?«

Wieder hoben sich alle Hände.

»Wie groß ist das Risiko eines Softwarefehlers zum Zeitpunkt der Veröffentlichung?« Er sah seine Programmierer an. »Statistisch gesprochen? In Prozenten?« Dex wusste, dass es gegen Null ging, aber er wollte etwas deutlich machen.

»Du bist kein Indie-Entwickler mehr, Dex. Mit unserem Team liegt das Risiko bei zwei Prozent oder weniger«, sagte Mike.

»Er hat recht. Ich habe mir die Betatests angesehen. Wir haben ein erstklassiges Spiel produziert.« Regina kaute nickend auf dem Ende ihres Stiftes herum.

»Und was verlieren wir, wenn wir verschieben?« Dex hatte mittlerweile eine Runde im Raum zurückgelegt und stand wieder vorne.

»Wenn das Game von KI der Knaller ist und wir nach deren Release nicht genug Zeit verstreichen lassen, dann könnten die User eventuell nicht so schnell bereit sein, abzuspringen und unser Spiel auszuprobieren. Damit würden wir einen riesigen Marktanteil verlieren«, sagte Mitch.

Nach einer Minute durchbrach Dex das Schweigen und fragte: »Und was ist mit unseren Fans? Machen wir diese Games nicht für unsere Fans? Ist das nicht der einzige verdammte Grund, weshalb wir in dieser Branche sind? Um den Fans Games anzubieten, die sie die ganze Nacht durch spielen?« *Und damit ihre Mütter, Freundinnen, Ehefrauen und Lehrer verärgern? Und sie so Verantwortung meiden und ihre Muskeln verkümmern lassen?*

»Die kommen drüber hinweg. Terminverschiebungen sind doch üblich«, meinte Mike abwinkend.

Dex stützte sich mit den Händen auf dem Tisch ab, kniff die Augen zusammen und ließ den Blick langsam über jeden einzelnen im Raum gleiten. »Sie kommen drüber hinweg.« Er ließ die Worte sacken, stieß sich dann vom Tisch ab, verschränkte die Arme und wurde lauter. »Sie kommen drüber hinweg.« Er sah Mike an. »Sie kommen verdammt noch mal drüber hinweg?« Dex ging langsam zu Mikes Seite des Tisches. »Ich frag dich mal was, Mike. Wenn du drei Jahre darauf gewartet hättest, etwas zu kaufen, das du haben möchtest, und dann erfahren würdest, dass die Herstellung einen Monat länger dauert, wie würdest du da reagieren?«

Mike zuckte mit den Schultern.

»Wirklich?« Dex hob die Augenbrauen und spürte die

Blicke im Raum, die sich in ihn bohrten. »Denn wenn ich einen Monat länger auf etwas warten müsste, wäre ich sauer. Und als Teenager hätte ich die Firma in so vielen Foren wie nur irgend möglich heruntergemacht. Selbst wenn ich einen Monat später in genau diesen Foren meine Posts zurückgenommen hätte, wären diese Einträge immer noch da. Unser Ruf wäre angekratzt, und zu Recht.«

Er atmete tief ein und energisch wieder aus. »Unser Produkt ist fertig. Es geht gerade an die Kritiker, und wir haben Käufer, die auf der Matte stehen. Meine Absicht ist es nie gewesen, Leute zu enttäuschen. Meine Absicht ist es, so verdammt gute Games zu schaffen, wie ich nur irgendwie kann, ohne die dämlichen Entschuldigungen, die ich als Teenie gehasst habe. Und für einen Teenager ist jeder Grund für eine Verschiebung des Releases eine dämliche Entschuldigung. Allein darum geht es bei Thrive Entertainment. Unsere Fans glücklich zu machen. *Live. Play. Thrive.* Sie können nicht spielen, wenn wir den Release nur wegen Marketingstrategien verzögern.«

»Aber, Dex, es hat sich gezeigt, dass das Game, das als zweites veröffentlicht wird, ein Riesengeschäft werden kann«, warf Lisa, zuständig für Finanzen und Marketing, ein.

»Wie nah sind wir mit den Vorbestellungen an der Kostendeckung?«, fragte Dex.

Lisa schüttelte den Kopf. »Mehr als zwei Millionen Vorbestellungen. Wir sind schon lange im grünen Bereich. Scheitern können wir nur, wenn unser Spiel völlig in die Hose geht.«

Dex nickte. Er hielt die Arme ausgestreckt, Handflächen nach oben, und bewegte sie wie zwei Waagschalen. »Also, wir glauben an unser Produkt. Wir haben es bis zum Gehtnichtmehr getestet. Wir können die Fans glücklich machen.« Er senkte die rechte Hand. »Oder … wir können auf Angsthasen machen und die Fans verärgern, vielleicht mehr verkaufen, vielleicht auch nicht.« Seine rechte Hand ging noch weiter nach unten. »Für mich ist das eindeutig.«

»Dex.« Regina verschränkte die Arme und lehnte sich auf ihrem Stuhl zurück. »Das ist ein Risiko.«

»Ein kalkuliertes Risiko, und eines, das wir eingehen. Wenn wir uns vor dem Quatsch von KI wegducken, heißt das, wir glauben nicht an unser Produkt. Ich glaube an unser Produkt.«

Und ich glaube an Ellie.

Dex schaute sich noch einmal im Raum um und sagte: »Das ist also der Plan. Lasst uns da rausgehen und ihn Wirklichkeit werden lassen. Regina, ich bin weg.« Dex hatte seine Welt geschaffen. Es war jetzt an der Zeit, mehr daraus zu machen. Er konnte diese Welt, die er geschaffen hatte, für den Spaß oder für etwas Gutes nutzen. *Ich entscheide mich für beides.*

»Warte. Wir haben den Podcast um sechs und ein Marketingmeeting um acht.« Regina sah Mitch an.

»Ja, ich weiß. Ich muss mich um etwas kümmern. Mitch, du übernimmst den Podcast. Reg, du hast das Meeting im Griff.«

Dex ging zur Tür hinaus – seiner Zukunft entgegen.

Neunzehn

In der Wohnung war es still, als Dex hineinging. Zu still. Er rief Ellie. Sie war nicht ans Telefon gegangen und die Stille jetzt ließ bei ihm ein ungutes Gefühl aufkommen. Auf dem Tisch an der Wohnungstür lagen der leere Umschlag von ihrer Kreditkarte und ihr Handy. Ihre schwarzen Stiefel standen auf dem Läufer neben dem Tisch. *Sie würde niemals ohne ihre Stiefel weggehen. Warum denke ich das überhaupt?* Hätte ihm der heutige Tag nicht beweisen müssen, dass sie nirgends hinging? Zumindest im Moment nicht.

»El?« Er ging durch das leere Wohnzimmer und das Esszimmer. Ihr Handy vibrierte, und er nahm es mit, als er zurück zum Schlafzimmer ging. *Arschloch* leuchtete auf dem Bildschirm auf. *Arschloch?* Er schmunzelte. Das sah Ellie so ähnlich. Er musste nicht lange überlegen, wer *Arschloch* sein konnte. Ellie könnte den Begriff für jeden Typen benutzen, der sie ärgerte. Ein Chef. *Ein Liebhaber.* Bei dem Gedanken zuckte er innerlich zusammen. Er unterdrückte das Verlangen, die Nachricht zu lesen, als er durch die halb offene Tür zum Badezimmer Ellie entdeckte, die gerade in ihrer schwarzen Spitzenunterwäsche und einem T-Shirt vor sich hin tanzte. Er warf das Handy auf das Bett und trat näher heran. Ihr Summen ließ ihn aufhorchen.

Er beobachtete sie durch den Türspalt. Ihre Hüften und ihre Schultern bewegten sich in einem verführerisch langsamen Tanz hin und her. Verdammt, war sie heiß. Der Haartrockner lag neben dem Waschbecken und der Duft von ihrem süßen Parfum erfüllte seine Sinne. Sein Körper geriet in Wallung, und als sie die Hände über ihren Kopf in die Höhe streckte und einen kleinen sexy Shimmy tanzte, konnte er fast nicht an sich halten. Allmächtiger, sie war sein wahrgewordener nächtlicher Traum.

Auch wenn sein Leben davon abgehangen hätte, auf keinen Fall hätte er umkehren können. Er betrat das Badezimmer und Ellie schreckte zusammen, ein kleiner Aufschrei entwich ihrem Mund. Er schloss sie in die Arme und fing den Schrecken – ihren hektischen Atem – in seinem Mund auf. Sie roch frisch und feminin, und ihre Haut war so verdammt weich, als er seine Hände unter ihr T-Shirt gleiten ließ. Als er auf die nackte Haut ihrer Brüste traf, entwich ein tiefes Knurren seiner Lunge.

Sie war vollkommen im Einklang mit ihm, erwiderte seine Hingabe mit ihrem hungrigen Kuss. Sie nahm die Ohrstöpsel heraus, und er hob sie auf die Ablage, schob das T-Shirt hoch bis zu ihren Schultern und drängte sich zwischen ihre Beine. Er konnte sich kaum zurückhalten. Er wollte Ellie. Ganz und gar. Sie vergrub die Hände in seinen Haaren und zog seinen Mund zu ihrem Busen. Dankbar gehorchte er und streichelte ihre Brustwarzen mit seiner Zunge, bis sie sich gegen ihn drückte. *Fuck, sie ist so heiß.* Sie dirigierte seine Lippen wieder zu ihrem Mund und küsste ihn heftig und tief, und als sie sich zurückzog, leckte sie seine Unterlippe, nahm sie dann in den Mund, saugte daran und ließ sie langsam durch ihre Zähne gleiten. Dex stöhnte und war nicht in der Lage, einen zusammenhängenden Gedanken zu fassen. Er umfasste ihren Hintern, zog sie an den

Rand der Ablage und rieb sie dann durch ihren feuchten Slip hindurch. Sie legte die Zähne auf die zarte Haut seines Halses, während ihre Zunge langsam über die ohnehin schon heiße Haut glitt, dann drückte sie seine Hand fest zwischen ihre Beine.

»Ellie«, flüsterte er. Er zog an ihrem Slip, und sie hob sich an, damit er ihn herunterziehen konnte. Dann liebte er sie mit seinem Mund, bis ihr Körper mit winzigen Zuckungen der Lust erbebte.

»Dex. Bitte. Bitte«, bettelte sie.

Er riss seine Jeans auf, die hinunter auf seine Knöchel rutschte. Ihre Blicke versanken in einander, als er sich ganz von der Hose befreite, und sie beugte sich vor und küsste ihn wieder. Zu wissen, dass sie sich selbst auf seinen Lippen schmeckte, ließ ihn fast explodieren. Er umfasste ihre Hüfte und stieß in sie. Sie atmete an seinen Lippen tief ein, konnte ihre Hand nicht von seinem Nacken lösen und küsste ihn dann erneut. Sie war so nass, so heiß, er würde nicht lange aushalten können. Mist, er wollte sie stundenlang lieben. Er wollte sie ewig in seinen Armen halten, Luft in ihre Lunge atmen und ihr Herz mit Glück füllen, damit sie nie einen Grund hätte, sich traurig oder einsam zu fühlen – oder ihn wieder zu verlassen. Er hatte so lang darauf gewartet, mit ihr zusammen zu sein, und jetzt zitterte sein Körper mit einer Mischung aus Begehren, Erwartung und Sorge, die er nicht akzeptieren wollte. Er brauchte mehr von ihr, um die Angst fortzuscheuchen. Weit, weit weg. Mit einer schnellen Bewegung hob er sie von der Ablage. Ihre Beine umschlangen seine Taille, ihre Brüste waren gegen sein T-Shirt gedrückt, ihre Lippen gegen seinen Mund. Sie hielt sich an seinen starken Armen fest und glitt ihm mit jedem Stoß entgegen.

Er trug sie zum Bett, noch immer tief in ihr versunken, und gemeinsam ließen sie sich fallen. Sie lächelte zu ihm auf und es traf ihn mitten ins Herz. Er schob ihr die Haare aus dem Gesicht. »Wie ich dich liebe!«

Ellie umfasste seine Hüfte und flüsterte: »Dexy, mach langsam.«

Er gehorchte, und sie machte wieder diese unglaublich sexy Sache mit ihrer Hüfte, diese kleine Bewegung, die ihn – und sie – an diesem Punkt streichelte, der sie beide dem Höhepunkt entgegenschießen ließ, und als sie die zittrigen Augenlider schloss, flüsterte sie: »Jetzt.« Er ließ sich gehen, drang tiefer ein. Sie krallte sich in seinen Rücken, ihre inneren Muskeln massierten jeden Zentimeter von ihm in erotischen Zuckungen und sogen den Saft aus ihm heraus. Er vergrub sein Gesicht an ihrem Hals, biss die Zähne aufeinander und genoss knurrend seine eigene einem Beben gleichende Erleichterung.

Zwanzig

Sie lagen auf dem Rücken, nur mit T-Shirt und zufriedenem Lächeln. Ein dumpfes Vibrieren machte sich unter Ellie bemerkbar. Mit einem Arm zog Dex Ellie gegen sich und holte das Handy unter ihr hervor.

»Tut mir leid. Ich hab dein Handy dahin geworfen. Es vibrierte, als ich heimgekommen bin, doch dann sah ich dich und …« Er leckte sich die Lippen.

Sie stöhnte auf. »Du bringst mich um.« Ellie küsste seinen Brustkorb und machte keinerlei Anstalten, auf ihr Handy zu schauen. Der heutige Tag war zu perfekt gewesen. Sie wollte nicht das Risiko eingehen und noch eine Nachricht von Bruce sehen, die ihr Glücksgefühl dämpfen würde. Sie kuschelte sich an Dex. »Heute hat sich für mich etwas geändert. Zum ersten Mal seit Ewigkeiten habe ich das Gefühl, dass viele gute Dinge auf einmal passieren.«

Er gab ihr einen Kuss auf die Stirn. »Dein Leben wird nur noch aus guten Dingen bestehen, El. Wir mussten einfach nur wieder zueinanderfinden.«

Sie stützte sich auf einen Ellbogen und sah ihm in die Augen, während sie sich an das erste Mal erinnerte, dass sie sich aus dem Haus geschlichen hatte. Es war nicht nur Dex'

Freundlichkeit, die sie in jener Nacht angezogen hatte. Sie hatte etwas in seinen grübelnden, dunklen Augen gesehen. Eine versteckte Traurigkeit, die sie rührte. Sie hatte der Dunkelheit getrotzt, war auf dem Gehweg bis zur nächsten Straße und dann um die Ecke bis zum Haus der Remingtons gegangen. Sie konnte sich nicht daran erinnern, was sie zwei Wochen zuvor dazu veranlasst hatte, die Adresse herauszufinden, aber sie hatte einfach das Bedürfnis verspürt. In jener Nacht hatte sie vor seinem Haus gestanden und überlegt, welches wohl sein Fenster sein konnte. Sie hatte in die drei Schlafzimmerfenster gespäht, die sie erreichen konnte. Das erste und das zweite waren dunkel, aber hinter dem dritten hatte sie ihn gefunden. Sie hatte keine Ahnung, wie lang sie ihn beobachtet hatte. Fünfzehn Minuten? Eine Stunde? Sie war fasziniert davon gewesen, wie lang er so regungslos daliegen konnte. Vertieft in was auch immer er da las. Ihre Gedanken rasten immer in zehn unterschiedliche Richtungen, versuchten ständig, einen Ausweg aus der Hölle zu finden, die ihr Leben geworden war. Wenn sie nicht liebenswert genug war, dass ihre eigene Mutter nüchtern wurde und sie zurück nach Hause holte, wie konnte sie das jemals von jemand anderem erwarten? Als sie in die Pflegefamilie in der Carlisle Street kam, war sie bereits abgestumpft. Sie hatte gewusst, dass die Pflegefamilien immer nur etwas zeitlich Begrenztes waren, Dex aber schien etwas Permanentes an sich zu haben. Schon damals.

In jener Nacht beobachtete sie Dex im schummerigen Licht durch das Fenster. Er lag auf dem Bett, das unter seiner schlaksigen Gestalt zu klein wirkte, und trug nur eine Boxershorts. Sie war zwölf Jahre alt gewesen, als sie das erste Mal vor seinem Fenster stand. Er war dreizehn. Sie kannten sich seit fast zwei Jahren. Schon in ihrem jungen Alter hatte sie mehr

in Dex gesehen als nur einen heranwachsenden Jungen. Seine
Beine waren dünn und lang, seine Muskeln noch undefiniert.
Er legte das Buch weg und drückte ein paar Tasten auf der
Tastatur neben seinem Bett. Der Bildschirm flackerte auf und
erhellte sein schönes Gesicht. Damals waren seine Wangen glatt,
noch zu jung für Flaum. Der Kiefer und die Nase trugen noch
die letzten Züge kindlicher Zartheit, waren nicht so kantig, und
seine Augen – diese durchdringenden mitternachtsblauen
Augen – zogen sie damals schon in ihren Bann. Auf
Zehenspitzen hatte sie in Jeans und zu großem Sweatshirt vor
seinem Fenster gestanden. Es war Oktober und das Laub war
von einem leichten Nieselregen am Abend noch feucht. Die
Spitzen ihrer Sneakers waren unter ihr weggerutscht, und als sie
sich am Fensterbrett festhalten wollte, um nicht hinzufallen, war
sie mit den Fingerknöcheln gegen die Scheibe gekommen. Sie
erinnerte sich an das metallene Geräusch, als das Fenster nach
oben geschoben wurde, und an den Blick in Dex' Augen, als er
sie erblickte, wie sie sich da ans Fensterbrett klammerte.

»Hallo«, hatte er gesagt.

»Hallo.« *Schluck.*

Kein weiteres Wort war über seine Lippen gekommen. Er
hatte die Hände ausgestreckt, damit sie sich festhalten konnte,
und als ihre Hände seine berührten, hatte sie nicht nachgedacht.
Sie kletterte die Mauer hoch, indem sie sich an seinen Händen
festhielt und mit den Füßen an den Backsteinen hochlief. Als er
nach ihr griff, legte sie die Arme um seinen Hals, dann half er
ihr in seinem Zimmer vom Fensterbrett herunter und nahm sie
bei der Hand, um sie zum Bett zu führen. Dort kniete er sich
hin und zog ihr ohne ein Wort die Schuhe aus. Sie erinnerte
sich, dass er sich um sie herum bewegte, als hätte er sein ganzes
Leben lang auf sie gewartet. Er hatte sie angesehen und sie mit

der rechten Seite seines Mundes angelächelt. Und dann hatte er sich wieder auf das Bett gesetzt, gegen das Kopfteil gelehnt – in genau der Position, in der er vorher gesessen hatte – und hatte den Arm gehoben. Sie war neben ihn gekrochen, eine Hand auf seinem nackten Bauch, die andere an seine Seite gedrückt – was ihre übliche nächtliche Position werden sollte –, und hatte die Augen geschlossen. Das war die erste Nacht in all den Jahren, an die sie sich erinnern konnte, in der sie sich wirklich gestattet hatte, die Welt zu vergessen und in einen tiefen Schlaf zu fallen.

Dex' Hand auf ihrer Wange riss sie aus ihren Erinnerungen.

»Hey, alles in Ordnung?«, fragte er.

Sie legte ihren Kopf auf seine Brust. »Mehr als das.«

»Woran hast du gerade gedacht?« Er fuhr mit den Fingern durch ihre Haare.

»An dich.« Zum ersten Mal in ihrem Leben fragte Ellie sich, ob sie in ihre alte Nachbarschaft zurückkehren und sich dem stellen sollte, was sie all die Jahre dazu getrieben hatte, sich aus dem Haus zu schleichen. Einen Abschluss finden.

»Das ist gut, oder?« Er zeigte ihr dieses schiefe Lächeln, das sie so liebte.

Sie verscheuchte den Gedanken aus ihrem Kopf, da sie im Moment nicht in der Lage war, sich mit etwas so Belastendem zu beschäftigen. Sie wollte sich darauf konzentrieren, was sie jetzt hatte, und auf die in ihr keimende Hoffnung auf eine Zukunft ... mit Dex. »Ja«, flüsterte sie. »Dexy?«

»Ja?«

»Ich habe nachgedacht. Du hast doch Bedenken wegen der Auswirkungen, die PC-Spiele auf Jugendliche haben, und ich weiß, dass es dennoch deine Leidenschaft ist, Spiele zu entwickeln, aber wie wäre es, wenn du diese Bedenken ausgleichst, indem du Kindern auf eine andere Art hilfst? Würdest du es vielleicht in Betracht ziehen, uns dabei zu helfen, diese Lernsoftware für Kinder zu entwickeln? Also … ich weiß ja, dass das nicht dein Gebiet ist, aber –«

Er hob ihr Kinn an, sodass sie ihm in die Augen sehen konnte. »Ich habe darüber nachgedacht, seit du es erwähnt hast. Ich habe sogar mit Mitch darüber gesprochen. Ja, ich würde gerne dabei mitmachen.«

Sie setzte sich auf und zog die Decke bis zu ihrem Bauch. »Wirklich?« Freudige Aufregung erfasste ihren ganzen Körper.

»Ja. Ich habe mir was überlegt: Die meisten Lernprogramme kommen ja auch so rüber wie Lernprogramme. Aber so, wie du mir erklärt hast, was du dir vorstellst, dachte ich eher an eine Multiplayer-Plattform. Also habe ich diesen Gedanken etwas weitergesponnen. Wir könnten eine Lernsoftware entwickeln, die wie ein Spiel rüberkommt. Natürlich kann das nicht so sein wie *World of Thieves*, darf keine Waffen oder solche Elemente haben, aber wir können die gleiche Grundlage nehmen, das Programm in einer fiktionalen Welt mit coolen Figuren ansiedeln und Leseaufgaben oder Zuordnungsaufgaben einbauen, oder was immer du für Lehrelemente brauchst. Was das angeht, musst du uns anleiten, aber es ist durchaus machbar.«

»Du hast dir wirklich Gedanken gemacht.«

»Ich werde immer Games entwickeln, aber ich mache mir Sorgen, was in zehn Jahren sein wird. Wenn die Jungs und Mädchen heute die ganze Zeit zocken, werden ihre Kinder später auch damit aufwachsen. Und wenn man das weiterdenkt, wird bald keiner mehr Sport machen oder in Museen gehen und vielleicht nicht mal mehr das Haus verlassen.«

Ellie runzelte die Stirn. »Etwas zu dramatisch drauf heute?«

»Vielleicht. Etwas *zu* alles heute. Aber ich möchte mich für etwas engagieren, das den Kids hilft. Also, ja, was immer du auch brauchst, ich bin dabei.«

Sie seufzte und ließ sich wieder neben ihn fallen.

»Du traust dem Ganzen noch immer nicht so richtig, oder?« Dex berührte ihren Kopf.

»Sieht man mir das an?«

»Ich sehe es dir immer an.« Er beugte sich über sie und hob ihr T-Shirt an. Mit dem Zeigefinger zeichnete er ein Herz auf ihren Bauch. »Vertrau mir. Du kannst es schaffen.«

Ihr Telefon vibrierte erneut und sie stöhnte auf.

»Geh einfach ran.«

»Will ich nicht.«

Er blickte auf das Handy und ein Schuldgefühl bohrte sich in ihr Herz.

»Wer ist *Arschloch*?« Dex' Tonfall wurde ernst. Er sah ihr in die Augen, und als sie versuchte wegzuschauen, schüttelte er den Kopf. »Ellie, wir schulden einander Ehrlichkeit. Ich werde dich nie anlügen, und ich würde es wahrscheinlich nicht aushalten, wenn du mich anlügst. Nicht nach all diesen Jahren und allem, was wir durchgemacht haben.«

Einen Atemzug lang schloss sie die Augen. *Erzähl es ihm. Mach nicht alles kaputt.* Sie bedeckte ihre Augen mit dem Arm. »Wenn ich es dir erzähle, darfst du mich nicht verurteilen, denn es ist nicht meine Schuld. Und du darfst mich auch nicht anschauen.«

»Ellie.«

Sie schüttelte den Kopf und ihr Arm diente als Schutzschild zwischen dem Schmerz, der seine Augen mit Sicherheit erfüllen würde, und der Scham, die sie erfüllen würde. Und wenn sie es wagte, ihm die ganze Wahrheit zu erzählen, würde er durchdrehen. So gut kannte sie ihn. Er würde bis ans Ende der

Welt gehen, um sie zu beschützen. Aber er konnte die Dämonen, die ihr Herz verfolgten, nicht erschlagen, wenn er sie nicht kannte. Er würde sich nicht von dem süßen, liebevollen Dexy zu einem Mann mit Mission verwandeln, wenn sie ihm keinen Grund dazu gab, und im Moment brauchte sie den süßen, liebevollen Dexy. *Nur noch dieses eine letzte Mal.* Es war ja auch eigentlich keine richtige Lüge. Sie würde ihm die Wahrheit erzählen und nur ein winziges Detail auslassen. *Winzig, von wegen.* Okay. Einen verdammt riesigen Brocken von Detail, den erneut zu durchleben sie nicht bereit war.

»Okay, also gut«, gab sie nach. »Ich bin nach New York gekommen, weil ich herausgefunden habe, dass der Typ, mit dem ich zusammen war, verheiratet war.« Sie hielt den Atem an und drückte den Arm fest auf ihre Augen.

»Und?«

Sie ließ den Arm fallen und setzte sich auf. »*Und?* Im Ernst? Verheiratet, Dex. Weißt du, was das heißt? Weißt du, was das aus mir macht?« *Mann, muss ich dir das buchstabieren? F-l-i-t-t-c-h-e-n.*

Er lachte. »Sind wir gerade etwas streitlustig?«

Sie stupste ihn an die Brust. »Ich bin keine, die Ehen zerstört. Ich hatte keine Ahnung, dass er verheiratet war, und ich bin zutiefst und überaus beschämt, dass ich Teil dieses ganzen Mists war.«

Dex nahm ihre Hand. »Es tut mir leid. Das ist echt mies.«

»Ist es.«

»Deswegen bist du also aus Maryland weggegangen? Kanntest du seine Frau?«

Ellie schüttelte den Kopf und das Gefühl von Schuld ließ sie zu Boden schauen. Dex nicht die Wahrheit zu sagen, war dieses Mal schwerer, als sie geahnt hatte. Sie hatte Vertrauen in seinem

Blick gesehen, und als sie ihn nun kurz anschaute, entdeckte sie ein Mitgefühl, das sie nicht verdiente. Sie hatte gerade angefangen, ein gutes Verhältnis zu ihren Schülern und zu ihren Mitbewohnern aufzubauen, und dann ... dann wurde ihr von diesem Arschloch der verdammte Boden unter den Füßen weggerissen. Das reichte als Tritt in den Arsch. Ihr Leben fing gerade erst wieder an, sich zu beruhigen. Sie und Dex hatten es endlich geschafft, gute Fortschritte zu machen. Sie konnte jetzt nicht noch einen Tritt in den Arsch verkraften, nicht jetzt.

»Nein. Er ist viel gereist und ich habe nie eins und eins zusammengezählt.«

»Wie hast du es herausgefunden?« Er rückte näher an sie heran und hielt sie fest.

Ellie wusste, dass er nicht zulassen würde, dass sie sie jetzt wieder zurückzog. »Er war unter der Dusche, und als sein Handy klingelte, bin ich rangegangen.« Tränen stiegen ihr in die Augen. *Verdammt. Nicht weinen.*

»Ach, Ellie.« Er zog sie noch näher an sich heran und streichelte ihr über den Rücken, womit er dieses verdammte Schuldgefühl weiter anstachelte.

»Sie war so verletzt, Dex. Ich meine ... ich konnte den Schmerz dieser Frau durch das Telefon spüren, und das war einer dieser Momente, in dem man nichts sagen muss. Ich wusste es in der Sekunde, in der ich rangegangen bin und am anderen Ende der Leitung eine Frau nach Luft schnappen hörte. Sie sagte irgendetwas wie: Ist er bei Ihnen? Und ich habe nur gestammelt, mich dann entschuldigt. Ohne Ende. Mann, ich hatte keine Ahnung.« *Und dann hat er mir wehgetan.*

»Ich weiß, dass sich das schrecklich anfühlt, aber du kannst dir doch eigentlich keine Schuld geben, wenn du es nicht wusstest.«

Sie schloss die Augen, bis die Tränen versiegten. Jede Träne stach schmerzhaft in ihr Herz, da sie den Rest der Wahrheit verbarg. »Das habe ich mir Hunderte Male gesagt, aber dann habe ich mit einer meiner Mitbewohnerinnen gesprochen. Sie hatte gerade ihren Abschluss in Psychologie gemacht, das war also quasi eine kostenlose Therapiesitzung. Sie fragte mich, ob ich ihn vielleicht ausgewählt hätte, weil er eine gewisse Sicherheit bedeutete. Sie meinte, ich hätte ihm nie wirklich nahekommen müssen, weil ein Teil von mir wusste, dass er verheiratet war.« Sie griff nach Dex' Hand. »Dex, ich schwöre dir, ich hatte keine Ahnung. Ich weiß, ich bin verkorkst, aber das würde ich niemals tun. Auf keinen Fall. Du kennst mich.« Sie blickte fragend in seine Augen und sah, dass er sie kannte, wahrscheinlich besser als sie selbst. Und er vertraute ihr – auch wenn sie sich in genau diesem Moment wünschte, er würde es nicht tun.

»Ich kann mir ehrlich nicht vorstellen, dass du irgendjemandem wirklich nahekommst, egal ob verheiratet oder nicht.« Er führte ihre Hand an seine Lippen und küsste sie. »Oder vielleicht will ich auch einfach nicht darüber nachdenken. Kontaktiert er dich immer noch?«

Sie nickte.

»Weiß er, wo du bist?« Das Sanfte wich aus seinem Gesicht und ließ die strengeren Züge hervortreten, die Muskeln in seinem Kiefer, den beschützenden Dex.

»Keine Ahnung. Ich nehme an, er hat mitgekriegt, dass ich nach New York gegangen bin, aber er kann nicht wissen, wo ich bin.« *Oder doch?* Nein. Er würde sie auf keinen Fall aufspüren können.

»Ellie, wenn er in New York ist, würde ich mich gern mit ihm unterhalten.«

Er ließ ihre Hände los und Ellie sah seine Armmuskeln unter seinen Tattoos zucken. Seine Augen waren zu Schlitzen verengt und sahen gefährlich aus.

»Nein, Dex. Ich will diesen Widerling nicht noch Futter liefern für seinen … was immer das auch ist. Wahrscheinlich ist er es einfach nicht gewohnt, abgewiesen zu werden. Seine Frau hat schon genug gelitten. Ich möchte das alles einfach nur vergessen und nach vorne schauen.« Ihr Telefon vibrierte schon wieder und sie streckte die Hand danach aus.

Er schnappte es sich und hielt es hoch. »Darf ich?«

»Lesen? Ja. Antworten? Nein.« Sie beobachtete ihn, während er sich durch die Nachrichten scrollte. Sein Brustkorb weitete sich, als er las, die Schultern waren zurückgezogen, die Muskeln angespannt. Seine Lippen waren zu einem wütenden Strich zusammengepresst. Als er ihren Blick schließlich erwiderte, war er alles andere als liebevoll. »Er weiß, dass du in New York bist.«

»Okay …« *Mist.*

»Er will dich sehen.« Er zuckte mit keiner Wimper.

Ihr kam in den Sinn, dass Dex ihre Reaktion ebenso beobachtete wie sie seine. »Okay.«

»Okay?« Er starrte sie zornig an.

»Nicht *okay* im Sinne von *Ich treffe mich mit ihm. Okay* im Sinne von *Egal. Auf keinen Fall.*« Sie zog die Decke bis unters Kinn.

»Ellie, muss ich mir Sorgen machen, dass er dir wehtun könnte? Ist das so eine Art von Kerl?« Er legte die Hand auf ihr Bein, und sie hasste sich dafür, dass sie unter seiner Berührung zusammenzuckte. »Hey«, sagte er sanft. »Ich bin auf deiner Seite, El.«

Oh Mann. Oh Mann. Oh Mann. Sie bekam keine Luft. Sie musste raus. Sie stand auf und Dex hielt sie an der Hand fest.

»Nicht.«

»Ich brauche frische Luft.«

»Bitte, nur dieses eine Mal. Versuch, bei mir zu bleiben. Rede mit mir darüber.«

Ihr Bein wippte. Dex hatte wieder diesen verdammten Blick in den Augen, als risse sie ihm das Herz aus der Brust. Sie wollte bei ihm bleiben, mehr als alles andere auf der Welt wollte sie es. Sie setzte sich wieder auf das Bett. Jetzt vibrierte die ganze Matratze wegen ihres nervösen Beins. Sie knabberte an ihrer Unterlippe.

»Du musst mir nicht sagen, wer er ist, und ich werde nicht versuchen, es herauszufinden. Aber ich möchte, dass du mir versprichst, es mir zu erzählen, wenn er irgendetwas unternimmt, was dir Sorgen bereitet. Ich muss dir in der Hinsicht vertrauen können, Ellie.«

Ich kann mir selbst nicht vertrauen. Wie sollst du mir da vertrauen?

Dex kannte Ellie länger als jeder andere in ihrem Leben. Er war ziemlich schnell von Begriff, und sie wusste, dass es ihn umbrachte, wenn sie ihn nicht um Hilfe bat. Dex war jemand, der umarmen wollte. Sie war jemand, die wegrennen wollte. Als sie ihn ansah, wollte sie mehr als alles andere auch umarmen. Ihn umarmen. Einige Momente lang war sie in der Lage gewesen, in diese Welt hineinzuschlüpfen, so wie sie es im Badezimmer getan hatten und in dem Schweigen, als sie sich vor so vielen Jahren aneinandergekuschelt hatten. Aber in Augenblicken wie diesem jetzt, wenn das Unbehagen ihre Nerven schreien ließ, sie mit dem Rücken an der Wand stand und ihre verwundbarsten Punkte offenbaren musste, war es höllisch schwer, gegen das instinktive Bedürfnis zu fliehen anzukämpfen.

»Du hast mir gesagt, dass ich mir deiner immer sicher sein kann, Dexy, und ich versuche so sehr, dieser Mensch auch für dich zu sein.« Das war es. Direkt. Einfach. Ehrlich. *Fast.*

Einundzwanzig

Gegen Mitternacht saßen sie Pizza essend auf dem Boden des Wohnzimmers und besprachen ihre Ideen für die Lernsoftware. Ellie beobachtete Dex, der konzentriert ihre Notizen betrachtete. Er sah am zufriedensten aus, wenn er kreativ war oder plante. Sie hätte gern gedacht, dass er am zufriedensten aussah, wenn sie in seinen Armen lag, aber sie wusste, dass er in solch intimen Momenten zwar glücklich war, sich aber gleichzeitig Sorgen machte, sie könnte wieder fortgehen. Sie arbeitete daran. Sie dachte gerade daran, wie er am Nachmittag nach Hause gekommen war und sie geliebt hatte, als er den Blick vom Schreibblock hob und sie anlächelte.

»Du hattest heute Abend doch eine Besprechung, oder? Als du mir geschrieben hast, sagtest du, du hättest abends noch ein Meeting.« Sie erinnerte sich genau daran.

Er zuckte mit den Schultern. »Ich wollte dich sehen.«

»Du hast dein Meeting sausen lassen, um mich zu sehen? Aber ich war doch kurz vorher schon bei dir im Büro.«

Dex fuhr sich durch die Haare und seufzte.

»Dachtest du, ich wäre nicht mehr hier?«

»Nein. Ich kann dich nicht zum Bleiben zwingen, El. Das weiß ich. Ich kann nur hoffen, dass du bleiben willst.«

»Das will ich.«

»Und das glaube ich dir. Das Meeting habe ich aus einem anderen Grund sausen lassen. Als wir heute über den Release-Termin gesprochen haben, ist mir klargeworden, dass das, was du machst, wichtig ist. Es ist viel wichtiger als das Gaming-Imperium, das ich geschaffen habe, und –«

»Das ist nicht wahr.«

»Lass mich ausreden. Ich bin stolz auf das, was ich erreicht habe und was ich tue, aber wie ich schon sagte, bin ich in letzter Zeit auch ziemlich hin- und hergerissen. Heute Nachmittag hatte ich das Bedürfnis, etwas dagegen zu tun. Du hast mir dieses Gefühl gegeben. Du bist bereit, Überstunden zu machen und dich da hineinzuknien, ohne Aussicht auf mehr Geld oder so, nur mit dem Wissen, dass du etwas Wertvolles für Kinder tun wirst.«

»Falls du es nicht bemerkt haben solltest, außer Zeit und Ideen habe ich nicht viel mehr zu geben.«

Er seufzte. »Ellie, als wir aufwuchsen, hast du mir alles gegeben, was ich brauchte, obwohl dein eigenes Herz blutete. Du hast mich damals inspiriert, und du inspirierst mich jetzt dazu, das anzugehen, was mich beunruhigt hat. Ich kann und werde mit meinen Spielen weitermachen, aber, Ellie, ich habe die technischen Fähigkeiten, die du brauchst, um deine Träume zu verwirklichen. Mit deinem Wissen, deiner Vision und meinen technischen Fähigkeiten können wir es schaffen.«

»Oh, Dexy.« Er hatte das großzügigste Herz von allen Menschen, die sie kannte, und es zog sie auf seinen Schoß. Sie fuhr mit den Fingern durch seine Haare und zwang sich, das zu sagen, was sie so intensiv fühlte, dass es schmerzte. »Ich liebe dich so sehr.«

Er lehnte seine Stirn gegen ihre. »Danke«, flüsterte er.

Lange verharrte er in dieser Position. Es war eindeutig, wie viel es ihm bedeutete, dass sie ihm seine Liebe in einem Moment gestand, in dem sie nicht in Leidenschaft verbunden waren. Als er den Kopf hob, sagte er: »Wow. Mehr als eine Tirade über Hilfe für Kinder ist also nicht nötig? Das muss ich mir merken.«

Ellie wusste, dass er die Stimmung aufheitern wollte, denn dieser Augenblick war so bedeutungsvoll, dass er drohte, sie beide in Tränen ausbrechen zu lassen.

»Wir machen das hier gemeinsam, Ellie. Halte nur einfach dein Versprechen bezüglich dieses Arschlochs, okay?«

»Ja, das werde ich.« Schuldgefühle machten sich wieder breit, und sie musste sie loswerden, wenn auch nur ein bisschen. »Dexy, ich muss dir noch etwas sagen.« Bevor er reagieren konnte, sagte sie: »Er war nicht sehr nett zu mir. Ich möchte nicht darüber reden, aber ich wollte, dass du es weißt.«

Er nickte. »Du willst nicht darüber reden?«

Sie schüttelte den Kopf und betete insgeheim, dass er ihr den Raum geben würde, den sie brauchte.

»Ich habe heute meine Mom und Siena zum Mittagessen getroffen.«

Sie sah etwas so schnell über sein Gesicht huschen, dass sie es nicht lesen konnte. Erleichtert darüber, dass er sie nicht drängte, ging sie darauf ein. »Du … Ja. Wie war es?«

»War dir klar, dass meine Mom immer wusste, dass du in mein Schlafzimmer geschlichen bist?«

Ellie schlug die Hände vor das Gesicht. »Du meine Güte! Sie muss mich hassen.«

»Das ist nicht dein Ernst, oder? Dich könnte niemand hassen. Sie mochte dich. Sie hat gesagt, wir brauchten einander. Und … sie hat gesagt, ich muss dir vertrauen.«

Sie lehnte sich neben ihm gegen die Couch, vollkommen umgehauen von dem, was er gerade gesagt hatte. Sie hatte gesagt, *er* müsste *ihr* vertrauen? Das war es, was sie in seinem Blick gesehen hatte. Nachdenklichkeit. Verwirrt, aber nicht bereit, diesen speziellen Staub aufzuwirbeln, umschiffte sie das Problem. »Leben deine Eltern noch in derselben Straße?«

»Ja.«

»Vielleicht sollten wir eines Tages mal dorthin gehen. Nur, damit ich eine Art Schlussstrich unter die Zeit ziehen kann, die ich dort verbracht habe.« Sie hatte seit einer Weile viel über diese Gegend nachgedacht. Ellie war sich ihrer Probleme in Sachen Vertrauen durchaus bewusst, und sie wusste, worauf sie zurückzuführen waren, auch wenn sie nicht sicher war, ob sie ihren Ursprung nicht noch viel früher hatten als in den Episoden, an die sie sich erinnerte.

»Jederzeit.«

Dex' Handy vibrierte. »Regina.« Er las die Nachricht laut vor. »Der Podcast war großartig. Mitch hat sich toll geschlagen. Geht es dir gut?« Er berührte Ellies Bein und sprach beim Tippen. »Besser als gut. Danke, dass ihr heute Abend übernommen habt.«

»Du hast mir noch gar nicht erzählt, was ihr wegen des Releases beschlossen habt. Veröffentlicht ihr wie geplant?«

»Ja, und auch das ist dir zu verdanken.« Dex erklärte es nicht weiter. Er beugte sich herüber und gab Ellie wieder einen dieser aufwühlenden Küsse.

»Du musst damit aufhören, sonst kommen wir überhaupt nicht voran.« Sie atmete tief durch.

»Kann ich nicht. Tut mir leid.« Sein Handy vibrierte wieder. »Das ist Reg noch mal. Sie lässt dich grüßen.« Er berührte ihre Hand. »Scheint so, als hättest du eine Freundin gefunden.«

»Freunde kann ich mit Sicherheit gerade gut gebrauchen. Morgen werde ich Unterlagen ausfüllen und die Kollegen von der Maple Elementary kennenlernen. Und am Montag fange ich an zu unterrichten. Ich hoffe, dass ich da auch ein paar Freunde finden werde. Das wird toll, mit Leuten zu arbeiten, die die Probleme von einkommensschwachen Familien verstehen und die Kinder über die Statistiken stellen. Das ist eine ganz andere Welt.«

»Ich weiß.« So wie er sie ansah, erkannte sie, dass er es wirklich verstand. Klar, er verstand alles, was Ellie anging. Er gab ihr den Schreibblock. »Hier, hattest du es dir so vorgestellt?«

Ellie warf einen Blick auf die technischen Angaben und sah Dex skeptisch an. »Geht das auch in meiner Sprache, bitte? Und rede langsam, denn ich schwebe immer noch in den Sphären des Knutschens.«

Er lachte. »Also: Du willst im Grunde eine Konsole, die von den Kindern gemeinsam genutzt werden kann, und du willst, dass sie mindestens vierzig Prozent billiger pro Kind ist, als Computer wären. Das hieße, wenn das Budget einer Schule nur ausreicht, um der Hälfte ihrer Schüler einen Laptop zu kaufen, dann könnte mit einer Multiuser-Plattform für fast die gleichen Kosten trotzdem jedes Kind teilnehmen. Stell dir so was wie die Xbox vor, auf der die Software dann läuft, und die Kinder nutzen sie zu mehreren. Ergibt das einen Sinn?«

»Ja, so etwas in der Richtung.« Es war so herrlich, ernst genommen zu werden. Die ersten beiden Bewerbungsgespräche hatten ihr das Gefühl vermittelt, sie strebe nach dem Unmöglichen. Aber Blythe hatte ihr Selbstvertrauen wieder gestärkt, und Dex hatte das Wissen und das Können, um das alles umzusetzen. Er gab ihr Hoffnung.

»Und ich würde noch einen Schritt weitergehen und mehrere Nutzer auf einer Konsole Multiuser-Programme benutzen lassen. Damit könnten sie dann in verschiedenen Level der Lernspiele miteinander wetteifern. Oder wir machen das mit geteilten Bildschirmen, sodass jeder Nutzer allein in seinem eigenen Tempo arbeiten kann.«

Ellie setzte sich auf die Knie. »Ja, das wäre ideal. Dann würden sich die Kinder, die mehr Schwierigkeiten haben, nicht abgehängt fühlen, und sie hätten gleichzeitig die Möglichkeit, von den anderen zu lernen, wenn sie die Programme gemeinsam nutzen.« Sie fasste ihre Haare zusammen und legte sie über die Schulter. »Das ist so aufregend, Dex.«

»Das ist nur das Gerüst, El. Wir müssen die Einzelheiten zu der Software ausarbeiten, die du haben willst, und uns genaue Ziele, Lernstrategien und alles Mögliche überlegen.«

»Es gibt schon Unmengen von Lernsoftware für Kids auf dem Markt. Ich hoffe wirklich, dass dies hier etwas ganz anderes sein kann. Nicht so was Pädagogisches, wo die Kids das Gefühl haben, dass sie belehrt werden, auch wenn sie natürlich lernen müssen. Aber es sollte auf Probleme und Situationen aus dem echten Leben abgestimmt sein. Das echte Leben von einkommensschwachen Familien, das vollkommen anders ist als das Leben von Familien mit mittlerem oder hohem Einkommen. Kinder aus solchen Familien haben wahrscheinlich sowieso allen möglichen elektronischen Schnickschnack, sodass sie vielleicht gar kein Interesse an dieser Art von Lernen haben. Aber wenn Kinder, die nicht so privilegiert sind, mit einem System lernen können, das auf sie ausgerichtet ist und bei dem sie sich sicher fühlen, könnte es einfach funktionieren. Ich muss wahrscheinlich noch mehr recherchieren und natürlich mit den Kollegen reden, und auch mit einigen der Eltern, damit wir sicher sind, dass wir ins Schwarze treffen.« Sie merkte, dass Dex sie wortlos anstarrte.

»Was?« Die Röte stieg ihr in die Wangen.

Er schüttelte den Kopf. »Du. Alles. Du hast mir gefehlt, Ellie. Es war verdammt noch mal viel zu lang. Beste Freunde sollten nie so lang getrennt sein.«

Beste Freunde. Das klang schön in ihren Ohren. Fast so schön wie als seine *Freundin* bezeichnet zu werden.

Eine Stunde später hatten Ellie und Dex geduscht und sich ins Bett gelegt. Dex in Boxershorts und Ellie mit einem von Dex' T-Shirts. Ein kühler Windhauch streichelte über Ellies Haut.

»Ich bin hier bei dir.« Ellie kuschelte sich an ihn und deutete mit dem Kinn auf das geöffnete Fenster. »Ich denke, du kannst es schließen.«

»Dass ich dich in mein Herz gelassen habe, heißt noch lange nicht, dass du die Kontrolle über mein Fenster hast«, scherzte er. »Es erinnert mich an dich. Ich bin nicht mal sicher, ob ich überhaupt noch bei geschlossenem Fenster schlafen kann.«

Dex hielt ihre Notizen in der rechten Hand, legte seinen linken Arm um Ellie und zog sie nah an sich heran. Eine kleine Leselampe warf einen gelben Schein auf den Schreibblock, den Dex noch einmal studierte. Ellie beobachtete ihn einen Moment lang und wurde dann von dem Rhythmus seines Herzschlags an ihrem Ohr und seiner regelmäßigen Atmung eingelullt. Sie schloss die Augen, und der letzte Gedanke, den sie hatte, bevor sie in den glückseligsten Schlaf wegsackte, den sie in den vergangenen vier Jahren gehabt hatte, war: *Ich bin mir deiner sicher. Und du kannst dir meiner auch sicher sein.*

Dex' Handy vibrierte um zwei Uhr morgens. Er schreckte auf und griff sofort nach dem Telefon, in der Hoffnung, es würde Ellie nicht aufwecken. *Siena?* Warum schrieb sie so spät?

Tut mir leid wegen heute. Dex verdrehte die Augen. Das war um zwei Uhr morgens so wichtig?

Er schrieb zurück. *Schon okay, aber sag das nie wieder. Du weißt, dass es zwei Uhr ist, oder?* Eine Minute später folgte ihre Antwort.

Witzbold! Du arbeitest doch immer von Mitternacht bis zum Morgen.

Er lächelte, als er ihr zurückschrieb, denn er wusste, Siena würde aufkreischen. *Nicht, wenn Ellie hier ist.*

Er stellte sein Telefon auf lautlos, denn er wusste, sie könnte die ganze Nacht durch schreiben, und eine Sekunde später kam auch schon wieder eine Nachricht. *Yippie! Freu mich für euch. Wenn ich euch das nächste Mal sehe, hab ich meine Kamera dabei. Haha.*

Er musste lächeln, legte dann das Handy weg und schlang seinen Körper um Ellie. Er schloss insgeheim einen Pakt mit Gott, dem Teufel und wer immer ihm gerade zuhören mochte, dass er alles tun würde, um Ellie in seinem Leben zu halten. Dann schloss er die Augen und hielt sie ganz fest.

Zweiundzwanzig

Ellie verbrachte die nächsten Vormittage an der Maple Elementary, lernte ihre Kollegen kennen und bereitete sich auf ihren ersten Tag mit den Schülern vor. Dex hatte mit dem Release alle Hände voll zu tun, und abends trafen sie sich in der Wohnung, als hätten sie schon immer zusammengewohnt. Sie arbeiteten bis in die Nacht, tauschten ihre Gedanken für die Lernsoftware und die Konsole aus und entwickelten daraus einen strukturierten Förderantrag mit technischen und pädagogischen Ausführungen.

Am späten Samstagmorgen saß Ellie an den Glastüren zum Balkon und ließ sich von der Sonne die Beine wärmen. Sie rieb mit der Hand über die warme Haut ihres Oberschenkels. Dex, so hörte sie, unterhielt sich im anderen Raum über Skype und spielte gleichzeitig ein Spiel auf seinem Computer. Als sie zu ihm hinsah, hätte sie schwören können, dass sie spürte, wie das Blut Leben in ihr Herz pumpte. Es war herrlich zu wissen, dass er gleich nebenan saß, und ihr wurde bewusst – als sie ihn lachen und dann über sein Spiel fluchen hörte –, dass sie wieder fühlte, Emotionen, die sie seit Ewigkeiten verborgen hatte, und sie fragte sich, wie sie so lange ohne ihn zurechtgekommen war.

Ein Klopfen an der Tür holte sie aus ihren Gedanken. Noch

bevor Ellie den Flur erreichte, kamen Regina und Mitch mit vier Kaffeebechern und einer Tüte voller Backwaren hereinspaziert.

»Hallo, Ellie.« Mitch gab ihr einen Becher Kaffee. Er zuckte etwas zusammen und sah Regina an. »Oh, Reg, wir sollten nicht mehr einfach so reinkommen. Sorry, Ellie. Wir sind es nicht gewohnt, dass der Boss Besuch hat.«

»Sie ist kein Besuch. Sie wohnt hier«, korrigierte Regina ihn streng.

Ellie erstarrte. Regina war an dem Morgen neulich so nett gewesen, dass ihre Bemerkung sie jetzt überraschte.

Regina stupste sie mit dem Ellbogen an. »Entspann dich. Nur so kann man ihm klarmachen, dass ihr zwei zusammen seid.« Sie deutete auf Mitch. »Holzkopf, weißt du …«

Ellie atmete erleichtert auf.

Mitch brummelte etwas vor sich hin und zwinkerte ihr dann zu.

Regina verdrehte die Augen. Sie gab Ellie ein Plunderstück. »Ist er im Arbeitszimmer?«

»Ja. Kommt mit durch.«

Sie gingen zu Dex ins Büro, wo er nicht mehr skypte, sondern vor drei leuchtenden Bildschirmen saß. Auf dem einen spielte er *World of Thieves II* und auf einem anderen sah er sich einen Podcast an. Der dritte Bildschirm zeigte eine Website mit Game-Kritiken. Als sie hereinkamen, drehte er sich nicht um.

»Bin grad beim Aufleveln. Eine Sekunde«, sagte Dex.

Aufleveln. Wie viele Jahre hatte sie ihn das sagen hören, als sie jünger waren? Ellie hatte Stunden neben ihm gesessen, während er Video- und PC-Games spielte. Hätte sie aufgepasst, hätte sie sie auswendig lernen können, aber die Spiele konnten sie nie begeistern. Die Intensität, mit der Dex spielte, faszinierte sie. Er spielte die Games nicht einfach, er schien sie zu leben. Sie hatte es immer geliebt, wie seine Muskeln sich anspannten und die Augen aufleuchteten, wenn er spielte. Ihm zuzuhören, wenn er beim Spielen erzählte, die Handlung erklärte, und sein Gejohle und Gebrüll, wenn er in dem Game etwas Tolles schaffte, hatte sie immer beruhigt, ihr das Gefühl gegeben, sie wäre Teil seiner Welt.

An diesem Morgen, als sie sich geliebt hatten, hatte Dex ihr gesagt, dass er Millionen Leben mit ihr leben wollte. So kitschig es auch war, es hatte ihrem Herzen Flügel verliehen, denn in Dex' Gamer-Persönlichkeit konnte es nichts Besseres geben. Ein kleiner Schauer rann ihr bei der Erinnerung über den Rücken.

Mitch zog sein Sweatshirt aus und warf es auf einen Stuhl. »Ellie, macht es dir nichts aus, dass er zockt?«

Sie zuckte mit den Schultern. »Er spielt, seit wir Kinder waren. Warum sollte es mir etwas ausmachen?«

Regina stupste Mitch in den Rücken. »Siehste, nicht allen Frauen macht es etwas aus.«

Mitch ließ sich in einen Sessel vor einem anderen Computer fallen. »Klar. Dann hab ich eben noch nicht die getroffen, denen es egal ist. Ein oder zwei Tage macht es ihnen nichts aus, aber dann heißt es ständig: Du kümmerst dich überhaupt nicht um mich.«

Regina zog eine Packung Lakritzstangen aus ihrer Gesäßtasche und steckte sich eine in den Mund. Sie trug ein langärmeliges T-Shirt, das eng an ihren Rippen anlag, und eine löchrige Jeans, die mit einem dicken Ledergürtel auf ihrer Hüfte saß.

»Woher willst du das wissen? Du hast ja nicht mal Dates.« Regina schaltete ihren Computer an.

»Wie? Und ob ich Dates habe«, erwiderte Mitch wenig

überzeugend.

»Klar. Dann schaust du dich eben nicht gut genug um«, sagte Regina.

»Ellie ist tabu«, fügte Dex hinzu, bevor er über sein Spiel fluchte.

Ellie stand hinter ihm mit der Hand auf seinem Stuhl und sah den Figuren auf dem Bildschirm zu, wie sie sich ein heimtückisch steiles Kliff hinaufkämpften. Blitze zuckten im dunklen Himmel um sie herum auf, und während sie auf den höchsten Punkt des steinigen Bergkamms kletterten, schlug seine Figur zweimal kräftig mit seinem Schwert um sich, und nach einem endgültigen Stoß durch die Brust seines Gegners stolperte dieser rückwärts und das Blut spritzte aus dem muskulösen Oberkörper. Die zwei schweren Ketten, die sich über seiner langen Lederjacke kreuzten, waren blutüberströmt und rasselten, als er auf den zerklüfteten Grat zu stolperte. Mit den Armen ruderte er rückwärts, während er am Rande der endgültigen Niederlage taumelte. Dex' Figur machte drei entschlossene Schritte vorwärts, platzierte einen heftigen Sidekick auf die Brust des Mannes und ließ ihn in den dunklen Abgrund stürzen.

Dex riss die Arme mit einem Aufschrei in die Höhe. »Ja! Und wieder gewinnt der Meister!« Er zog Ellie auf seinen Schoß. »Sieh dir das an.« Er umschlang ihre Taille, während der Bildschirm mit einem Gewitter von grellen Farben explodierte, dann vollkommen schwarz wurde und schließlich seine Figur zeigte, die durch ein kunstvoll gearbeitetes Eisentor ging. Seine kräftigen Beine trugen ihn durch die massiven Holztüren einer Burg. Die Worte FESTE DES SCHWEIGENS waren über dem gewölbten Eingang ins Holz geschnitzt.

Ellie stockte der Atem. Sie griff nach Dex' Hand, als seine

Worte durch ihren Kopf hallten. *Geh nicht an deinen Ort des Schweigens. Zieh dich nicht von mir zurück.* Er drückte ihre Hand an seine Wange und küsste sie dann mit einem Zwinkern und Nicken. Sie sah, dass seine Figur zwei Stufen auf einmal nehmend hinauf zu einem dunklen Raum ging. Mitten in der Dunkelheit war eine Frau, die Arme um die Knie geschlungen, den Kopf gesenkt. Er trat an sie heran, sie hob den Kopf und offenbarte ihre schönen blauen Augen und das volle dunkle Haar. Die Figuren starrten sich an, unendlich lange Minuten, so kam es ihr vor. Der Klang von zwei Herzschlägen vereinte sich über die Lautsprecher zu einem. Der Mann streckte die Hände nach der Frau aus, während die Herzschläge im Hintergrund zu einem leisen Puls wurden. Eine Träne lief über die Wange der Frau, als sie aufstand und in die muskulösen Arme ihres Retters fiel. »Du kannst dir meiner immer sicher sein«, sagte er.

Der Bildschirm wurde von den Rändern her langsam schwarz, bis nur noch ein kleiner Kreis den Rücken des Helden zeigte und die im Einklang schlagenden Herzen zu hören waren.

Ellie versteifte sich. Ihr Herz schlug langsamer.

»Das ist der dämlichste Spruch überhaupt«, meinte Mitch lachend.

»Ich finde es irgendwie romantisch«, sagte Regina.

Ellie sah in die warmen blauen Augen von Dex. *Oh Dexy. Und du kannst dir meiner immer sicher sein.* Er lächelte zur gleichen Zeit wie sie und die geheimen Worte ihrer Liebe hingen lautlos zwischen ihnen. Er zog sie an sich und kuschelte sich an ihren Hals. »Immer«, flüsterte er.

Sie konnte kaum atmen, so schwer saß der Kloß in ihrem Hals. Er hatte ihrer Liebe ein Denkmal gesetzt. Der Liebe, die sie fast weggeworfen hätte. Himmel, vielleicht gab es so etwas wie das Schicksal wirklich. Sie atmete ein paarmal tief durch, stellte sich auf ihre zittrigen Beine, bevor sie noch anfing, loszuheulen wie ein Baby.

»Okay …« Sie räusperte sich. »In diesem Sinne … Ich geh mal los und kaufe mir eine neue Tasche.« Ellie berührte Dex' Schulter und er zog sie zu einem tiefen, leidenschaftlichen Kuss an sich. Ein Kuss, der den Kloß aus ihrem Hals verdrängte und sie stattdessen mit Geborgenheit erfüllte – und mit Verlegenheit. »Dex«, flüsterte sie, als ihr die Röte ins Gesicht stieg.

»Was denn?« Er zeigte ihr sein schiefes Grinsen, das eindeutig sagte: *Ich kann doch nichts dafür, wenn ich dich dauernd will.*

Überrascht stellte sie fest, dass Regina und Mitch auf einen der Bildschirme konzentriert waren und etwas lasen, als hätten sie den Kuss überhaupt nicht bemerkt, der ihr Herz ins Taumeln gebracht hatte.

»In den Foren sieht's gut aus. Der ewig gleiche Mist von KI, die ihren Kram für dynamischer und schneller halten und unser Game zerreißen, aber die Fans kommen uns zu Hilfe.« Regina steckte sich noch eine Lakritzstange in den Mund.

»Ich geh dann mal.« Ellie fragte sich, ob die anderen das lustvolle und verlegene Zittern in ihrer Stimme ebenso hören konnten, wie sie es fühlte.

»Hey, El?«, rief Regina ihr hinterher.

»Ja?«

»Wir haben kein Problem damit. Mach dir keinen Kopf, okay?«

Sie wurde wieder rot und nickte. »Danke. Ich bin es nicht gewohnt –«

»In der Öffentlichkeit zu knutschen. Ja, verstehen wir, aber wirklich, wir freuen uns für euch. Ich fing schon an, mir Sorgen zu machen, dass Dex einer von diesen dreißigjährigen Typen wird, die allein leben und rund um die Uhr vorm Computer sitzen.« Sie warf Mitch einen vielsagenden Blick zu.

Er langte über seinen Arbeitsplatz und verpasste ihr einen Klaps.

Die frische Luft stach in Ellies Wangen, als sie die Straße entlangging. Eine gewisse Ruhe hatte sich in den letzten Tagen in ihr ausgebreitet und sie spürte auch Stolz in sich aufkeimen. Sie war nicht nur bei Dex geblieben, auch der Drang zur Flucht wirbelte nicht mehr in ihr herum wie ein Tasmanischer Teufel. Sie war vielleicht Expertin darin, sich einzureden, dass alles in Ordnung käme, aber sie war keine Expertin darin, sich des sorgenvollen Sturms zu entledigen, der ihren Gedanken immer wie ein Schatten folgte. Heute war dieser Schatten fast verschwunden, während sie ein Fuß vor den anderen setzte und Dex in jedem Teil ihres Lebens spürte, wollte und brauchte.

Sie nahm die U-Bahn nach Greenwich Village. Im Internet hatte sie etwas über einen Secondhandladen gelesen, der so aussah, als hätte er ein paar Taschen, die ihr nicht nur gefielen, sondern die sie sich auch leisten konnte. Die andere Möglichkeit wäre ein Straßenhändler, und das wäre auch in Ordnung, aber solange sie noch keinen Gehaltsscheck in Händen hielt, wäre *günstig* das Beste.

Als Teenager waren sie und Dex gelegentlich in die Stadt gefahren. Eine ihre Lieblingserinnerungen waren die nachmittäglichen Spaziergänge durch Greenwich Village. Dex hatte immer ein ruhiges Selbstvertrauen ausgestrahlt, und sie erinnerte sich daran, dass sie sich sicher mit ihm gefühlt hatte, wenn sie in diesen Stadtteil kamen. So wie sie sich nun sicher fühlte, wenn sie mit ihm zusammenlebte. *Mit ihm zusammenleben.* Wie zum Teufel war es dazu gekommen? Das Wort *Schicksal* huschte ihr durch den Kopf und brachte ein Lächeln auf ihre Lippen. Sie dachte daran, wie sie in Dex' Wohnung aufgetaucht war. Dina hatte sich nicht mehr bei ihr gemeldet, was wahrscheinlich auch gut so war. Ihr wurde klar, dass Dina vielleicht in der Hinsicht eher eine typische Fünfundzwanzig-jährige war als sie, aber das war Ellie egal. Typisch sein zu wollen, hatte sie vor langer Zeit aufgegeben. Jeder hatte seine Komfortzone, und sie hatte immer versucht, die Kontrolle über die ihre zu behalten. Dex zwang sie, sich bis ganz an den Rand vorzuwagen, aber wenn er es tat, war es irgendwie nicht so schwer, damit zurechtzukommen.

Sie stand vor dem Schaufenster des Secondhandladens und dachte an Dex und die Schlussszene des Games, das er bald in die Welt hinausschicken würde. *Feste des Schweigens.* Er hatte sie nicht vergessen, nachdem sie fortgegangen war. *Womit habe ich ihn verdient?* Eine vertraute Stimme unterbrach ihre Gedanken, schlängelte sich in ihr Bewusstsein und traf ihre Nerven wie eine heiße Kugel. Sie erstarrte, ihr Puls raste. *Scheiße.* Sie drehte sich abrupt herum, hielt Ausschau und entdeckte Bruce zwei Geschäfte weiter mit dem Arm um eine große, blonde Frau gelegt. Ellie hastete in den Secondhandladen hinein und dachte an die nervigen Nachrichten, in denen er ihr in der vergangenen Woche mitgeteilt hatte, dass sie ihm fehlte und sie noch nicht »fertig« miteinander waren. Keine seiner Nachrichten hatte sie beantwortet, und als sie jetzt sah, dass er hier in New York war, wünschte sie sich fast, sie wäre in Maryland geblieben. Nein, natürlich nicht. Sie würde ihr Zusammensein mit Dex gegen nichts tauschen. Sie versteckte sich hinter einem Regal und sah zum Fenster hinaus, bis er vorbeigegangen war. Was zum Teufel tat er in New York? War das seine Frau? *Mist.* Jetzt reichte es aber! Wut brannte in ihren Adern. Sie beobachtete sein gut aussehendes Profil, das sich langsam am Schaufenster vorbeischob. Kurze braune Haare, breiter Kiefer, durchdringender Blick – den sie aus ihrer Perspektive nicht sehen, sich aber verdammt gut vorstellen konnte. Warum sahen alle Arschlöcher so umwerfend gut aus? Mistkerl. Sie ballte die Fäuste, Schweißperlen bildeten sich trotz der kühlen Luft auf ihrer Augenbraue.

»Kann ich Ihnen behilflich sein?«

Ellie fuhr zusammen. »Oh. Äh … Nein danke. Ich … schau mich nur um.« *Und verstecke mich.* Sie ging Richtung Tür und wollte so schnell wie möglich zurück zu Dex' Wohnung abhauen, aber als sie den Ausgang erreichte, hielt sie inne. Sie war schon mal weggerannt. Sie hatte ihren Job zurückgelassen, den sie wirklich gemocht hatte, und Kinder, die ihr wichtig gewesen waren. Sie straffte die Schultern und weigerte sich, wieder zu der Person gemacht zu werden, die sie früher gewesen war. Zur Hölle mit ihm. Sie war hier, um eine Tasche zu finden, und die würde sie jetzt suchen. *Ich wusste nicht, dass er verheiratet war. Er ist das Arschloch, nicht ich.* Sie biss sich auf die Unterlippe, während sie alles gab, um sich selber zu überzeugen und Mut aus ihrem inneren Motivationsgespräch zu ziehen. *Er kann mir nicht mehr wehtun.* Mit einem tiefen Atemzug drehte sie sich um – wenn auch zitternd wie Espenlaub – und ging zu den Taschen.

Sie stöberte einen Haufen Taschen durch, konnte sich aber nicht konzentrieren. Ihre olivgrüne Jacke, die beim Verlassen der Wohnung angenehm gewesen war, war nun zu warm und zu voluminös. Sie zog sie aus und klemmte sie sich unter den

Arm. Ihr schwarzer Pullover fühlte sich steif und kratzig an. Die Taschen waren alle hässlich. Verdammt. Er hatte ihr den ganzen Tag versaut. Sie überlegte, ob sie Dex anrufen sollte, aber was sollte sie ihm sagen? Ich hab das Arschloch mit irgendeiner Frau gesehen? Er hat sich ihr nicht genähert, schien sie nicht mal gesehen zu haben. Sie musste sich zusammenreißen. Und sie musste zum Teufel noch mal aus diesem Stadtteil herauskommen, bevor er sie tatsächlich noch sah. Mit gesenktem Kopf verließ Ellie den Laden und eilte zur U-Bahn.

Dreiundzwanzig

Um drei Uhr begann Dex sich zu fragen, wann Ellie wohl zurückkommen würde. Er, Regina und Mitch arbeiteten am Wochenende oft an den Nachmittagen bis in die Morgenstunden des nächsten Tages, aber nun, da Ellie wieder in seinem Leben war, wollte er so viel Zeit wie möglich mit ihr verbringen. Es war schließlich Samstag und heute Abend wollte er Ellie zu einem richtigen Rendezvous ausführen. Er holte sein Handy hervor und schrieb ihr.

Du fehlst mir. Bald zurück?

Er wandte sich wieder dem Programm zu, an dem er gerade arbeitete. »Hey, wohin könnte ich Ellie ausführen?«

»Wann?« Mitch wandte den Blick keine Sekunde von seinem Bildschirm ab.

»Heute Abend.«

»Warum ausgehen? Ihr könntet auch hier verrückten animalischen Sex genießen«, neckte Regina.

»Nur weil du dauernd an Sex denkst, heißt das nicht, dass Dex das auch tut«, sagte Mitch.

»Ja, genau, wann hast du mich denn das letzte Mal bei einem Date gesehen? Sex ist das Letzte, an das ich denke.« Regina senkte das Kinn und starrte Mitch an.

»Ich weiß ja nicht, was du in deiner Freizeit machst«, erwiderte Mitch, ohne sie anzusehen.

»Ihr beide seid meine Freizeit.« Sie seufzte. »Das ist süß, Dex. Du magst sie wirklich, oder?«

Dex stand auf und dehnte sich. »Das kann man wohl sagen.« Er wollte gerade aus dem Raum gehen, hielt aber in der Tür noch einmal inne. »Ich hole mir etwas zu trinken. Wollt ihr irgendwas?«

»Pizza?«, fragte Mitch.

»Veggieburger«, sagte Regina.

»Warum ruft ihr nicht Jay's an und lasst euch etwas bringen. Ich will nichts.« Er ging aus dem Raum und holte sein Handy hervor. Sein Anruf bei Ellie landete direkt auf dem Anrufbeantworter. Er versuchte, die panikartige Stimme in seinem Kopf zu beruhigen, die sofort meldete, sie hätte die Stadt verlassen. Er wollte diesen Gedanken gar nicht erst aufkommen lassen, aber das war höllisch schwer.

Wenige Minuten später ging die Tür auf und Ellie kam herein. Ihr Blick huschte in dieser alten unruhigen Art hin und her, die er in den letzten paar Tagen nicht gesehen hatte.

»Hey.« Der schmale Grat zwischen lieben und ersticken war wie ein Tanz auf dem Drahtseil, und Dex fühlte sich wie ein Hundert-Kilo-Pitbull, der am liebsten gefragt hätte, warum sie so ruhelos wirkte und das Telefon ausgeschaltet hatte. Stattdessen blieb er bei dem weniger heiklen Thema. »Hast du eine Tasche gefunden?«

Er schloss sie in die Arme und hielt sie fest, denn er las ihre Körpersprache ganz genau. Er war ein Meister darin geworden, ihre lautlosen Signale zu lesen. Wenn sie verängstigt war, zitterte sie am ganzen Körper. Unsicherheit ließ sie die Muskeln anspannen. Wenn ihr Fluchtreflex einsetzte, wippte ihr Bein, und ein huschender Blick sagte, dass sie inmitten von all dem feststeckte. Sie legte die Arme um ihn und drückte die Wange gegen seine Brust. Er hatte erwartet, dass sie angespannt war, dass sie sich die Zeit nahm, die sie normalerweise brauchte, um seinen Trost anzunehmen. Warum machte ihm dieses ruhige Bedürfnis nach Wärme noch mehr Angst? Er lockerte seinen Griff um sie, aber sie hielt ihn weiter fest. Irgendetwas war geschehen. Seine Muskeln spannten sich an.

»Hey, alles in Ordnung?« Er streichelte ihr über den Rücken.

Sie nickte, verstärkte aber ihren Griff.

Dex' Gedanken rasten in zehn verschiedene Richtungen, von denen keine Gutes besagte. Entweder war etwas passiert, während sie unterwegs war, oder sie kämpfte gegen irgendeinen inneren Dämon an, der seine hässliche Visage gezeigt hatte. Das eine würde ihn verärgern, das andere sein Herz brechen. Er schwieg weiter und ließ ihr alles an Trost zukommen, was sie brauchte. Als sie sich schließlich von ihm löste, spürte er die Kälte an den Stellen, wo sie gerade noch gewesen war.

Sie sah ihn an und lächelte, auch wenn das Lächeln nicht einmal in die Nähe ihrer schönen, unruhigen Augen kam. »Puh, das brauchte ich jetzt.«

»Immer wieder gern.« *Sag mir, was los ist.*

»Arbeitet ihr noch?«

Da sah er es. Sie hatte einen Schalter umgelegt wie schon Millionen Male zuvor. Was immer ihr auch zu schaffen machte, sie würde es jetzt nicht erzählen. Verdammt, sie war wirklich frustrierend.

»Ja, aber ich bin fertig. Ich wollte dich heute Abend ausführen.«

Ein Lächeln trat in ihr Gesicht – dieses Mal ein richtiges

Lächeln. »So wie ein Date?«

»Ja, wie ein Date.«

»Was machen Leute in New York bei Dates? Du weißt bereits, dass du mich erobert hast, und du weißt, dass ich nichts vertrage, also …«, scherzte sie.

»Kommt darauf an, in welcher Stimmung du bist.« Er suchte in ihren Augen und sah etwas, das er nicht lesen konnte.

»Möchtest du die Antwort hören, die ich jedem anderen geben würde, oder die Antwort, die ich nur dir geben würde?« Sie verschränkte die Arme und lehnte sich gegen die Wand. Und errichtete damit eindeutig ihre eigene Schutzmauer.

»Was denkst du?« Zumindest schloss sie ihn nicht völlig aus. Er sah, wie sie die Worte abwog, bevor sie antwortete. Sie hielt seinem Blick stand und presste die Kiefer aufeinander. Ihre Arme spannten sich an. Sie atmete tief ein, und Dex kämpfte gegen das Verlangen an, sie wieder an sich zu ziehen. Er wartete und hoffte, sie würde diesen Schritt schaffen.

»Ich hätte große Lust, einfach jemanden abzuschießen.«

Mist. Nicht die Antwort, die er erwartet hatte. Dex' Atmung beschleunigte sich. »Was ist passiert?«

Sie schüttelte den Kopf.

»Ellie, du hast mir etwas versprochen.« Verdammt. Wenn ihr irgendein Arschloch wehgetan hatte, würde er ihn umbringen.

»Das habe ich, und es gibt nichts weiter zu berichten als ein paar nervige Nachrichten. Ich habe mein Handy ausgeschaltet.« Sie sah weg, und er wusste, dass da mehr war.

»Und?« Als sie nicht antwortete, drängte er weiter. »Ellie, hat er etwas gesagt, dass mir Sorgen machen sollte? Wenn du mir sagen würdest, wer er ist, könnte ich das Ganze beenden.«

»Nein, ich hab das im Griff. Ich bin kein Kind mehr, und

auch wenn ich dir dankbar bin, dass du dich für mich einsetzen willst, du brauchst das nicht für mich zu klären. Das ist mein Chaos und ich komme damit zurecht.«

»Du bist die frustrierendste Frau, die ich kenne. Frustrierend und …«

»Und?« Die Arme noch immer verschränkt, sah sie ihm tief in die Augen.

»Weiß nicht. Ich würde sagen, du hast keine Ahnung, was du tust, aber das ist nicht der Fall. Du weißt genau, was du tust, und das macht es alles so frustrierend.« Seine Nerven waren angespannt wie Gitarrensaiten, die Muskeln in seinen Armen zuckten. Er verabscheute es, wenn sie recht hatte. Ellie dachte, sie war stark – und das war sie auch –, aber er wusste auch, dass sie süß war und verletzlich und weiblich, und verdammt noch mal, er wollte diesen Mist in Ordnung bringen, *jetzt* in Ordnung bringen. Sein Vater würde sich nie zurücklehnen und zulassen, dass jemandem, den er liebte, etwas zustieß. Aber sein Vater hätte auch nie seine Mutter um Rat gefragt, wie er etwas in den Griff kriegen sollte. Er sah Ellies unnachgiebiges Gesicht, und das Bedürfnis, stark zu sein, war an der Anspannung ihrer Wangen und Augen abzulesen. Weder konnte er sie von dieser Stärke abbringen, noch konnte er sie behandeln, wie sein Vater ihn so oft behandelt hatte. Die Liebe seines Vaters hatte scharfe Kanten. Dex' Liebe war von seiner Mutter geformt, sie war nachgiebig und voller Empathie.

»Gut. Egal. Frustrierend gestehe ich dir zu.« Ihre Unterlippe zitterte in einem unerwarteten Eingeständnis von Verletzlichkeit. Ein Riss in ihrem Panzer.

Er nahm ihre Hand. »Laser Tag.«

»Laser Tag?«

»Ja. Du hast gesagt, du möchtest jemanden abschießen.

Dann machen wir das doch.«

»Hat da jemand was von Laser Tag gesagt?«, rief Mitch, als er durch den Flur auf sie zukam.

»Laser Tag? Das soll dein großes Date werden?« Regina war zwei Schritte hinter Mitch.

»Wir müssen etwas aufgestaute Energie abbauen.« Dex schaute Ellie an und hoffte, dass er das Richtige tat, wenn er sie nicht drängte, all die miesen Einzelheiten dieser Textnachrichten auszubreiten.

»Was dagegen, wenn wir mitkommen?«, fragte Mitch. »Ich könnte auch 'ne kleine Schießerei vertragen.«

»Mensch, du Neandertaler. Das ist ein Date, keine Geburtstagsparty.« Regina schüttelte den Kopf.

»Kommt doch mit. Das wird witzig.« Ellie lächelte Dex an. »Ist das in Ordnung für dich?«

So sehr er sich auf einen romantischen Abend mit Ellie gefreut hatte, diese Idee hatte sich in der Minute verflüchtigt, in der sie sich an ihn geklammert hatte, als müsste sie ihren Überlebenswillen neu auftanken.

»Vollkommen in Ordnung.«

»Auf geht's!«, sagte Mitch. »Ich werde dich so was von wegpusten.« Er warf Dex einen fiesen Blick zu.

Dex lachte, als sie sich alle ihre Jacken schnappten und die Wohnung verließen. »Träum weiter.«

»Hör sie dir an. Als wären wir gar nicht da. Wir machen euch Schlappschwänze fertig«, sagte Regina.

»Ich hab noch nie Laser Tag gespielt«, gab Ellie zu. »Ihr habt Erfahrung mit diesen Ballerspielen. Ich wusste, ich hätte all die Jahre besser aufpassen sollen.«

Dex hatte das Gefühl, Ellie würde sich als Naturtalent im Wegpusten anderer Leute erweisen. Wenn sie so gut schießen konnte, wie sie weglaufen konnte, wäre sie unschlagbar.

Vierundzwanzig

Laser Tag war ganz anders, als Ellie es sich vorgestellt hatte. Sie hatte angenommen, sie würde sich blöd dabei vorkommen, mit einer Spielzeugpistole im Dunkeln herumzurennen und auf ihre Freunde zu schießen. Sie dachte, sie würde sich schuldig fühlen, wenn sie jemanden erledigte, aber wie sich zeigte, hatte sie stattdessen das erste Mal in ihrem Leben das Gefühl von Macht. Zu wissen, dass sie nicht wirklich jemanden tötete, befreite sie, und sie stellte sich vor, dass jeder der anderen Spieler Bruce war. Mit dem Finger am Abzug und zusammengekniffenen Augen lauschte sie nach Schritten, nach heftigem Atmen und dem speziellen Rascheln von Plastikwaffen an Kleidung. Ellie hatte ihr ganzes Leben im Hintergrund verbracht, Menschen und Situationen beobachtet, Strategien entwickelt und immer den besten Zeitpunkt abgewartet. Sie hatte sich quasi ihr ganzes Leben auf Laser Tag vorbereitet. Wer hätte das gedacht?

Sie schloss die Augen und lauschte. Hier drinnen hatte Dex einen bestimmten Gang, ein geducktes Pirschen, das ihr sofort aufgefallen war, sobald er die schwere Weste angezogen hatte. Er beugte die Knie und bewegte sich entschlossen, aber schleichend. Sie hörte ihn jetzt, die Waffe, die gegen seine Muskeln schlug, sein schnelles und schweres Atmen. Sie hielt den Atem an, und als sie seine Gegenwart spürte, öffnete sie die Augen und drückte den Abzug.

»Verdammt.« Dex sah, dass die Leuchten an seiner Weste schwarz wurden.

»Sorry«, flüsterte Ellie. Sie zog weiter, mit klopfendem Herzen und hellwachem Verstand. So viel Spaß hatte sie noch nie gehabt. In der dunklen Arena fühlte sie sich frei, auch wenn sie die Begegnung mit Bruce nicht vergessen konnte, ebenso wenig wie seine Nachrichten, in denen er behauptete, sie wären *noch nicht fertig miteinander.* Was sollte das überhaupt bedeuten? *Arschloch.* Warum hatte er die Macht, sie so wütend zu machen?

Sie schlich um eine Ecke und zielte auf Mitchs Weste. Genau in dem Moment, in dem sie ihn traf, traf Regina sie. »Ahh!«, brüllte sie, dann lachte sie ein herzliches, dröhnendes Lachen, das sie mit solcher Gewalt erfasste, dass sie gegen die Wand zurückfiel. Sie hielt sich den Mund zu, weil ihr bewusst wurde, dass sie das Spiel verlieren würde, wenn sie sich wie ein Trottel aufführte. Aber, verdammt, das Lachen fühlte sich gut an.

Sie spielten noch einen zweiten Durchgang und machten sich dann auf den Weg. Verschwitzt und lachend stiegen sie ins Taxi.

»NightCaps?«, schlug Mitch vor.

»El?«, fragte Dex.

Es gefiel ihr, dass er sie fragte. »Klar, aber kein Cola-Rum für mich.«

»Nicht trinkfest?«, fragte Regina. Sie gab Ellie eine Lakritzstange. »Powerfood.«

Ellie nahm die Lakritzstange, und als sie so zwischen Regina und Dex saß, fühlte sie sich … glücklich. Ausgesprochen glücklich. Sie fragte sich, ob die Euphorie, die sie gerade empfand, für normale Menschen ein alltägliches Gefühl war. Für Menschen, die nicht in vielen verschiedenen Familien aufgewachsen waren, die sich nicht immer wie ein Außenseiter gefühlt hatten, die nicht stets in Abwehrhaltung und fluchtbereit waren. *Das ist es. Bei ihnen fühle ich mich nicht wie eine Außenseiterin. Ich habe das Gefühl, Teil ihrer Gruppe zu sein. Teil ihrer Familie.* Die Vorstellung von einer Familie wärmte sie innerlich, auch wenn es keine Kernfamilie war. Eine Familie aus Freunden, auf die sie sich verlassen konnte, war ihr zigmal lieber als gar keine Familie.

Das NightCaps war brechend voll. Dex legte den Arm um ihre Schultern, als sie sich in den hinteren Teil der Bar durchkämpften, wo Regina eine Sitzecke ergatterte, die gerade frei wurde. Dex nahm Ellies Hand in seine und sagte: »Hier hat alles angefangen.«

Ellie schüttelte den Kopf. »Nein. In der Carlisle Street hat alles angefangen.« Obwohl auch das eigentlich nicht richtig war. Es hatte alles an dem Tag angefangen, an dem sie von ihrer Mutter weggeholt und in die Pflegeunterbringung gesteckt worden war – im Alter von gerade mal fünf Jahren.

»Was trinken wir?«, fragte Regina.

»Ich bin nicht ganz zurechnungsfähig, wenn ich trinke, also was immer ihr auch bestellt, sorgt dafür, dass ich nicht mehr als ein Glas bekomme.« Ellie schob die Hand auf Dex' Bein. Er legte seine darauf und zog sie an sich heran.

»Ich pass auf, dass du nicht zu besoffen wirst«, versprach er.

»Ja, dem würde ich vertrauen«, meinte Regina mit ironischem Unterton. »Dex sagte, dass du eine Idee für eine Lernsoftware auf einer eigenen Konsole hast. Klingt richtig cool, und wenn ihr Hilfe braucht, wäre ich gern dabei.«

»Ich auch«, sagte Mitch.

»Und wer macht dann die Arbeit für Thrive?« Dex gab sich beleidigt, aber Ellie sah an seinem Lächeln, dass er nur scherzte.

»Deine anderen siebenundvierzig Mitarbeiter«, sagte Mitch. »Wir bieten an zu helfen, nicht, alles an uns zu reißen. Außerdem … Sieh dir mal unsere ganze Freizeit an. Was sollen wir denn sonst machen? Schlafen?«

»Ihr arbeitet wirklich mehr als alle anderen, die ich kenne«, gab Ellie zu.

»Du hättest Dex mal sehen sollen, bevor er Thrive gegründet hat. Er hat wirklich achtzehn Stunden am Tag gearbeitet. Von dem Moment an, in dem er aufgewacht ist, hat er ohne Pause gearbeitet.« Mitch deutete mit einem Kopfnicken auf Dex. »Als ich ihn kennengelernt hab, und das war kurz bevor er Thrive gegründet hat, hat er sich von Fast Food und Kaffee ernährt.«

»Wisst ihr noch, wie wir alle in Dex' Wohnzimmer gepennt haben?« Regina lachte. »Glaub mir, Ellie, im gleichen Raum aufzuwachen wie diese beiden Kerle nach zwei Tagen ohne Dusche, das ist nicht angenehm. Ich weiß nicht, warum das bei Männern so ist. Die essen, schlafen, arbeiten, aber duschen ist überhaupt kein Thema.«

»Och, für Dex schon«, sagte sie und erinnerte sich an den Morgen, als sie gemeinsam unter der Dusche gestanden hatten und er sie gewaschen hatte. Dann hatten sie sich geliebt, bis sie kaum noch ihren Namen wusste.

»Jetzt vielleicht, aber wenn er damals im Design-Modus war?« Sie wedelte mit der Hand unter ihrer Nase. »Puh!«

»Okay, es reicht jetzt.« Dex winkte die Kellnerin herbei und bestellte ihre Getränke. »Hast du heute schon was gegessen?«, fragte er Ellie.

»Ein bisschen.« Sie sah Regina an. »Sollen wir uns irgendwas teilen? Ich sollte auf leeren Magen wahrscheinlich nichts trinken.«

Sie bestellten Vorspeisen und Dex' Handy vibrierte. Er las die Nachricht.

»Hey, wir haben gerade den Rekord bei den Vorbestellungen gebrochen!« Er schrie triumphierend auf. »Zeit zum Feiern!«

»Mann, das läuft echt wie geschmiert. Du hattest recht damit, den Release-Termin einzuhalten, Dex. Mutiger Schachzug, aber gut. Wir brauchen vor KI nicht zu kuschen.« Mitch hielt seine Faust über den Tisch und Dex stieß mit seiner dagegen.

»Ist das nicht verrückt, Ellie, dass der Typ, den du in der Highschool kanntest, jetzt einer der erfolgreichsten Spieleentwickler in den USA ist?« Regina lehnte sich zurück und legte einen Arm auf die Rückenlehne der Bank.

Mitch sah sie an. »Bagger mich nicht an, Tattoo-Lady.«

Sie verpasste ihm einen kleinen Schlag.

In den vergangenen Tagen war Ellie so damit beschäftigt gewesen, einen Job zu finden, über Bruce hinwegzukommen und herauszubekommen, wie sie in einer Beziehung ein normaler Mensch sein konnte, dass Dex' beruflicher Erfolg gar kein Thema für sie gewesen war. Noch etwas, das sie von anderen Frauen unterschied.

»Wenn ich an Dex denke, dann sehe ich den staksigen Teenager mit den süßen Augen, der mir das erste Mal im Leben das Gefühl von Sicherheit gab. Er könnte Müllmann oder Präsident sein, ich würde es wahrscheinlich nicht einmal merken. Und es wäre mir definitiv egal.« Sie merkte, dass sie rot wurde und dass sie Dex' engsten Freunden gerade ihr Herz offenbart hatte. Außerdem hatte sie öffentlich etwas eingestanden, dass sie sich selbst erst noch eingestehen musste.

Dex küsste ihre Schläfe.

»Meine Güte, Dex. Wo hattest du sie die ganze Zeit über versteckt? Und bitte, Ellie, darf ich dich klonen?«, fragte Mitch.

»Glaub mir, das willst du nicht. Ich bin ein wandelndes Erdbeben. Wenn ich in der Nähe bin, weiß man, dass Chaos droht, aber man weiß nie wirklich, wann.«

»Ach, das stimmt nicht«, meinte Dex entschieden.

»Oh doch.« Ellie nickte.

»Warum?«, fragte Regina.

Die Kellnerin brachte ihre Getränke und die Vorspeisen, sodass Ellie erst einmal einen Schluck von dem Cola-Rum nehmen konnte, um sich eine kleine Pause zu verschaffen.

»Warum hast du das Gefühl, ein Erdbeben zu sein?« Regina ignorierte den strengen Blick, den Dex ihr zuwarf – und den er nicht vor Ellie zu verbergen suchte. »Du bist klug, du bist wirklich nett und Dex hat es dir offensichtlich richtig angetan. Warum hast du dieses Gefühl?«

Ellie seufzte. Niemand hatte sich jemals wirklich die Zeit genommen, mit ihr darüber zu reden, warum sie sich so fühlte, wie sie sich fühlte; die Leute hatten es einfach hingenommen. So wie sie. Oder sie hatten es einfach geleugnet, so wie Dex. »Wo ich auch hinkomme und was ich auch tue, immer geht etwas in die Binsen. Zum Beispiel, als ich nach New York kam. Ich bin kaum einen Tag hier und meine Freundin lässt mich hängen, ich wache auf und sehe das Gehänge von irgendeinem fremden Typen, und dann wird mir die Handtasche gestohlen. So etwas passiert niemandem, den ich kenne, außer mir. Ich bin Ellie, die dunkle Wolke.«

»Hör auf. Du bist überhaupt nicht so.« Dex drückte ihre

Hand.

Einfach geleugnet.

»Aber das ist alles nichts, was du getan hast. Deine Freundin war eine unzuverlässige Tusse. Der Typ war ... was? Betrunken? Bescheuert? Und deine Handtasche? Mensch, du bist in New York.« Regina knabberte an einem Mozzarella-Stick.

»Wann ist euch das letzte Mal all das passiert?«, wollte Ellie wissen.

Sie sahen sich an.

»Eben.« Ellies Bein fing unter dem Tisch an zu wippen. »Ich geh mal für kleine Mädchen. Bin gleich wieder da.« Sie legte ihre Jacke auf die Bank und ging zu der schmalen Treppe. Sie schloss sich in einer Toilettenkabine ein und atmete tief durch.

Die Tür zur Damentoilette ging auf.

»Ellie?«

Regina. »Bin gleich da.« Sie betätigte die Spülung, ohne die Toilette benutzt zu haben, und verließ die Kabine. Regina saß auf dem Waschbecken, eine Lakritzstange hing ihr wie eine Zigarette zwischen den Lippen.

»Hey«, sagte Regina. »Tut mir leid, wenn ich dich in Verlegenheit gebracht hab. Dex hat mir gerade quasi den Kopf abgerissen.«

»Das hast du nicht.« Sie wusch sich die Hände und konzentrierte sich darauf, ihr Bein ruhig zu halten.

»Ich wollte nur sagen, wenn du dich vielleicht nicht selbst als Chaos siehst, dann findet dich das Chaos auch nicht.« Regina sah sie fragend an.

»Glaubst du diesen Kram wirklich?« Ellie trocknete sich die Hände ab und lehnte sich gegen die Wand. »Es ist ja nicht so, dass ich will, dass mein Leben alle paar Wochen in die Binsen geht. Ich *will* ein normales Leben führen.«

»Tja, da liegt das erste Problem. Deine Erwartungen sind schräg. Es gibt nicht so etwas wie ein *normales* Leben. Das Leben ist so, wie es ist. Manchmal ist es mies, manchmal großartig, aber die meiste Zeit ist es eben einfach da.«

»Du weißt, was ich meine. Ich will morgens die Wohnung verlassen und nicht damit rechnen müssen, dass mir mein Ex Nachrichten schickt und mir Angstschauer über den Rücken laufen lässt. Ich will die Gewissheit haben, dass ich lieben und geliebt werden kann.« *Himmel, warum erzähle ich dir das?* »Ich will das, was ihr habt. Diese innere Ruhe, das Wissen, dass ihr immer füreinander da seid, ohne es je aussprechen zu müssen.« Ellie schlug die Hände vors Gesicht. »Das klingt idiotisch. Es tut mir leid.«

»Aber ich habe dich mit Dex gesehen, und ich habe gesehen, wie er in deiner Gegenwart ist. Ich denke, das hast du. Warum solltest du das in Frage stellen? Kannst du es nicht spüren?« Regina verschränkte die Arme und betrachtete Ellie eingehend.

»Weil Leute wie ich nicht das Glück haben, das andere haben.« *Leute wie ich.* Oh, wie sie es verabscheute, das zu sagen. Aber es entsprach der Wahrheit. Pflegekinder waren nach außen wie jedes andere Kind, aber tief in sich drin hatte sie immer das Gefühl gehabt, mehr in der Defensive zu sein, weniger Selbstsicherheit zu haben als Gleichaltrige. Außer wenn sie mit Dex zusammen war. Wenn sie beide allein waren, fühlte sie sich nicht anders.

»Leute wie du? Ellie, du kommst mir vor wie eine normale Frau mit wirklich tollen Ideen.«

»Tolle Ideen, vielleicht. Normal? Auf keinen Fall. Ich bin das sprichwörtliche Produkt der Pflegeunterbringung.«

»Warte mal! Du bist ein Pflegie?«

»Ein was?« Ellie trat einen Schritt zurück.

»Ein Pflegie. Ein Pflegekind. Niemand sonst nennt uns so, aber ich musste mir einen süßen Namen dafür ausdenken, um es erträglich zu machen. Ich bin selbst in Pflegefamilien groß geworden. Meine Mutter war völlig durchgeknallt und mein Vater war ein Dieb. Dauergast im Gefängnis. Also ...« Sie breitete winkend die Arme aus. »Ich hatte das Vergnügen, zu niemandem zu gehören.«

»Wirklich?« Ein Pflegekind zu sein, hatte ihr immer das Gefühl gegeben, die einzige Karte im Spiel ohne passendes Gegenstück zu sein. Mit Reginas Geständnis hatte sie vielleicht endlich eines gefunden.

»Ja, seit ich sieben war. Sechs Familien in elf Jahren.« Regina strich sich über den Arm. »Wir tragen unsere Vergangenheit wohl alle anders mit uns herum. Ich schleudere sie den Leuten ins Gesicht und du ... versteckst dich davor.«

Ellie schob sich auf das Waschbecken neben Regina. »Dann verstehst du also, wie es war.«

»Klar. Es gibt zigtausend Kinder, die durch das Pflegesystem durch mussten. Du stehst alles andere als allein da. Und diese Sache mit dem Geliebt-werden-Können? Das ist wohl das Problem, das die meisten von uns haben. Unsere Eltern haben es vermasselt, also denken wir, es ist unsere Schuld. Ich für meinen Teil hab genügend Therapien hinter mir, um zu verstehen, dass es nicht unsere Schuld ist. Unsere Eltern haben ihre Entscheidungen getroffen. Uns haben sie einfach mit auf die Fahrt genommen, und manchmal gab's auf dieser Fahrt 'nen Unfall und uns hat's auf 'ne andere Spur geschleudert.« Regina hüpfte vom Waschbecken hinunter, blickte in den Spiegel, sah dann zu Ellie und tätschelte ihr das Bein. »Wenn ich eines weiß, Ellie, dann, dass Dex nicht leichtfertig liebt. Seit ich ihn kenne, hat er sein Herz beschützt, als sei er verletzt worden und müsste es in einen Käfig wegsperren. Dann kamst du in sein Leben getanzt und der Käfig dieses Mannes hat sich in Luft aufgelöst.« Sie griff in ihre Gesäßtasche, zog eine Lakritzstange hervor und schlug damit auf Ellies Bein. »Mädel, dem Mann steht die Liebe ins Gesicht geschrieben. Du musst es einfach nur zulassen, geliebt zu werden.«

Das hatte Ellie tausendfach von Sozialarbeitern und Pflegeeltern gehört, doch nie hatte es so eine durchschlagende Wirkung auf sie gehabt wie jetzt aus dem Munde von Regina. Es von einer anderen Frau zu hören, die ähnlich aufgewachsen war, und dazu die Tatsache, dass Regina Dex gut kannte –, das machte es realer für sie.

»Danke, Regina. Das brauchte ich.«

»Ja, okay, aber bedanke dich noch nicht bei mir. Denn wenn du ihm wehtust, muss ich dich umbringen, und das wäre echt ein Jammer. Gefängnis und dieser ganze Kram? Was für eine Zeitverschwendung!« Sie schnappte sich Ellies Hand. »Jetzt komm! Dein Loverboy wartet.«

Fünfundzwanzig

In der Bar griff Regina nach Ellies Handgelenk. »Komm tanzen.«

Ellie stöhnte auf. »Ich bin echt eine miese Tänzerin.« Sie suchte Dex' Blick und flehte ihn stillschweigend an, sie zu retten. Er stand auf, und sie dachte schon, sie wäre erlöst, aber als er zu ihr kam, beugte er sich vor und flüsterte: »Ich kann es kaum abwarten, dich tanzen zu sehen.«

Mitch folgte Dex auf die Tanzfläche, und noch bevor Ellie entwischen konnte, kreiste Dex' Hüfte gefährlich nahe an ihrer. Seine Jeans lag an allen richtigen Stellen eng an, und sein gekonntes, verführerisches Dirty Dancing verursachte bei Ellie ein Prickeln von Kopf bis Fuß. Seine dunklen Augen hielten ihren Blick gefangen, und als er seinen Mund auf ihren presste, schloss sie die Augen und ließ ihren Körper tun, wonach ihm war. Sie spürte die Hände von Dex auf ihren Hüften, und der süße Rum zusammen mit der berauschenden, immer größer werdenden Liebe in ihrem Herzen bewegte ihren Körper in perfektem Einklang mit seinem.

»Verdammt, bist du sexy«, flüsterte er an ihrer Wange. Seine Hände glitten über ihren Rücken hinauf und er drückte seine Hüfte gegen ihre.

»Hey, das hier ist eine Tanzfläche, kein Schlafzimmer«, mahnte Regina mit erhobenem Zeigefinger. »Ich dachte, du kannst nicht tanzen?«, sagte sie zu Ellie.

»Dex bringt eine ganz neue Seite an mir hervor.« Insgeheim liebte Ellie es zu tanzen, aber in der Öffentlichkeit tat sie es so gut wie nie. Dex glitt mit der Hand unter ihre Haare und in ihren Nacken, was ihr einen Ganzkörperschauer verschaffte. Als das Lied zu Ende war, zog er sie zu einem tiefen Kuss an sich heran. Ihr Wunsch zu fliehen war vergessen, und so kuschelte sie sich in der Sitzecke an ihn.

»Wow, ihr beide seht toll miteinander aus. Nicht so wie dieser Trottel mit den zwei linken Füßen hier.«

Sie stieß Mitch mit der Schulter an.

»Mann, zumindest habe ich es versucht.«

Regina lächelte Mitch an. »Du bist irgendwie süß, wenn du versuchst, sexy zu sein.« Sie kippte ihr Getränk hinunter und winkte die Kellnerin herbei, die noch eine Runde brachte.

Ellies Handy vibrierte in ihrer Jackentasche. Sie kramte es heraus und seufzte.

»Es hat auch schon gesummt, als du auf der Toilette warst«, sagte Dex.

Sie las die Nachricht und bemerkte, dass die vorausgegangene Nachricht, auch von *Arschloch*, schon gelesen worden war. »Hast du es gelesen?« Sie war nicht sicher, was sie davon hielt. Sie hätte seine Nachrichten nie gelesen. *Ich bin an Bruce' Telefon gegangen.* Der Gedanke ließ sie in sich gehen. *Warum nehme ich Bruce' Telefonate an, lese aber Dex' Nachrichten nicht?* Die Antwort kam wie ein frischer Lufthauch. *Weil ich Dex vertraue.* Und dann traf sie die Erkenntnis. Wie ein Schlag. *Er vertraut mir nicht.*

Er hatte ihre Frage nicht beantwortet. Schweigen breitete

sich am Tisch aus. Ellie merkte, dass Regina und Mitch sich einen Blick zuwarfen, auch wenn sie nicht verfolgte, was er aussagen mochte.

»Dex?«

»Ja, hab ich. Ich dachte mir, es wäre dieser Typ, und ich hab mir Sorgen gemacht.«

Sie nickte und zog grübelnd einige Schlussfolgerungen. »Und was hast du herausgefunden?« Sie hatte die Nachricht gelesen. Sie wusste genau, was er herausgefunden hatte.

»Was du mir hättest erzählen sollen.«

Sie sahen sich an. Ellies Magen drehte sich um. Wieder hatte sie es geschafft, ihr Leben zu vermasseln. Sie wusste, sie hätte Dex von Bruce' Nachricht erzählen müssen, aber er hatte nur gefragt, ob sie es war, die er beim Secondhandladen gesehen hatte, und sie wollte Dex wegen etwas so Harmlosem nicht beunruhigen. *Verdammt.* Sie hätte Dex von Anfang an erzählen sollen, dass sie ihn gesehen hatte.

»Ich fand nicht, dass es so wichtig war. Ich wusste, du würdest darüber reden wollen, und dann wäre es eine große Sache geworden, dabei will ich einfach nur, dass das alles vorbei ist.« Sie griff nach seiner Hand, aber er zog sie weg. »Bist du sauer? Gerade eben hast du noch mit mir getanzt und alles war gut. Deine Reaktion kommt ziemlich verspätet.«

»Ich wollte abwarten, ob du es mir erzählst. Ich will dir vertrauen, Ellie, aber wenn du mir nicht mal genug vertraust, um mir zu erzählen, wenn so was passiert, wie soll ich dir dann vertrauen?«

»Äh, wir gehen gerade mal an die Bar. Beweg dich, Mitch.« Regina schubste Mitch aus der Sitzecke heraus.

»Ich wollte es dir erzählen, aber ich konnte nicht.«

»Ellie, was ist los? Willst du diesen Kerl sehen?«

»Nein«, sagte sie wütend. »Das ist es ganz und gar nicht und das weißt du auch.« Sie lehnte sich zurück, verschaffte der Wut Platz, die zwischen ihnen wuchs. Dieser hässlichen, unerwarteten, verdammten Wut, die sich in ihr Herz bohrte und diesen wundervollen Abend ruinierte.

Er beugte sich weiter zu ihr vor, der Blick absolut ruhig, die Stimme verlockend hoffnungsvoll. »Warum dann, Ellie? Alles, was ich will, ist Ehrlichkeit. Ist das so schwer? Oder steht Ehrlichkeit gleichauf mit der Schwierigkeit, an einem Ort zu bleiben?«

»Das ist einfach nur gemein.« *Und zu verdammt nah dran an der Wahrheit.*

»Nein, Schatz.« Er fuhr mit dem Finger über ihr Kinn, und sie wollte, dass darauf ein Kuss folgte, trotz des Schmerzes in seinen Augen und der Pein, die ihren ganzen Körper erfasste. »Die Wahrheit ist nicht gemein. Sie ist einfach nur da.« Er wandte den Blick nicht ab. Er wartete. So verdammt geduldig.

Ellies Herz raste aus einem ganz anderen Grund als zuvor. Sie dachte an das, was Regina gesagt hatte, und daran, wie sehr sie Dex liebte, und schließlich kam die Wahrheit laut und deutlich aus ihr heraus. »Ich will einfach nur, dass es aufhört. Wenn du irgendetwas dagegen unternimmst, wird es nie aufhören. Ich will einfach aufwachen und es los sein. Ich hasse es, mir Sorgen zu machen, wenn mein Telefon klingelt. Ich hasse es, dass ich bei jeder Nachricht die gleichen Sorgen in deinen Augen sehe. Ich wünschte, ich könnte die Zeit drei Monate zurückdrehen und mich nie auf die Verabredung mit ihm einlassen. Aber dann denke ich, nein, das wünsche ich mir überhaupt nicht, denn dann wäre ich jetzt nicht hier, bei dir.« Sie rückte näher an Dex heran, auch wenn er keine Anstalten machte zu akzeptieren, was sie sagte. Er setzte sich auf und lehnte sich gegen die Wand.

»Wie immer mein verpfuschtes Leben auch aussah und was immer dieses Arschloch mir und seiner Frau auch angetan hat, auch wenn es schlimm war, es hat mich hierhin gebracht. Genau hierhin, Dex. Zu dir. Kannst du nicht erkennen, dass ich es versuche? Ich will das, was wir haben, die Liebe, die Nähe, Tag und Nacht mit meinem besten Freund zusammen sein – aber ich bin nicht du. Mein verdammter moralischer Kompass zeigt mir nicht immer die richtige Richtung an. Manchmal sagt er, ich soll über die Hürden springen, die zu hoch oder zu angsteinflößend sind, und manchmal, dass ich sie ganz meiden soll. Aber du musst wissen, dass ich niemals mit jemand anderem zusammen sein will.«

Dex' stoischer Gesichtsausdruck brachte sie um. Ihr Atem wurde schneller, die Luft schien aus dem Raum zu weichen. Er konnte doch nicht wirklich denken, dass sie mit jemand anderem zusammen sein wollte. *Oder doch?*

»Dex?« Ihre Stimme war ganz dünn.

Er riss den Blick von ihr los, und es fühlte sich an, als kratzte er mit Schleifpapier über ihr Herz. Er fuhr sich durch die Haare.

»Ich glaube nicht, dass du mit jemand anderem zusammen sein möchtest, wirklich nicht. Aber als du heute Nachmittag nicht ans Telefon gegangen bist und dann nach Hause kamst und aussahst, als wäre etwas Schreckliches passiert, das du dann aber vor mir verheimlicht hast, was sollte ich denn da denken? Ich wusste nur noch, dass ich dieses elende Gefühl in der Magengegend hatte, als wenn ich ertrinken würde, genauso wie beim letzten Mal, als du gegangen bist.«

»Aber ich habe dir doch gesagt, dass ich nicht mehr fortlaufe.« Schon als sie es aussprach, wusste sie, dass es nicht überzeugend war. Sie war beim letzten Mal fortgelaufen, und sie wusste, wie schwer es für sie beide gewesen war, über diesen Schmerz hinwegzukommen. Sie sah es in seinen Augen, und wenn sie ehrlich zu sich selbst war, dann spürte sie die Sorge und das Misstrauen. Selbst, wenn er sie unter der Dusche liebte, im Bett, in jedem Moment des Zusammenseins. Es hing irgendwo hinter all diesen Emotionen. Lauerte. Wartete darauf, wie ein Geist aufzutauchen und sich wie eine Mauer zwischen sie zu schleichen und zu flüstern: *Ich wusste, du schaffst es nicht, zu bleiben.*

Er griff in seine Tasche und holte ein paar Scheine heraus, die er auf den Tisch warf. Dann nahm er ihre Hand und schob sie sanft aus der Sitzecke. »Komm.« Er ging durch die Bar zu Regina und Mitch. »Leute, ich hab gezahlt, wir gehen.«

Mitch nickte. »Alles in Ordnung bei euch?«

Er sah Ellie an, und ihre erste Eingebung war, wegzulaufen. Zur Tür hinauszurennen, so schnell sie konnte, und in einen Zug sonst wohin zu springen, nur um dem Schmerz darüber zu entkommen, dass ihr Leben – wieder einmal – in die Binsen ging. In der nächsten Sekunde umklammerte sie Dex' Hand noch fester und wusste, dass sie niemals loslassen wollte.

»Ja, alles gut.«

Ellie fragte sich, warum er log. Sie gingen zur Tür, doch Regina hielt Ellie am Arm fest, zog sie von Dex weg, und den Bruchteil einer Sekunde lang wollte Ellie sich nur noch in ihre Arme werfen und weinen.

Regina hielt sie so fest, dass Ellie Angst hatte, sie wäre wütend, weil sie Dex wehgetan hatte. Regina senkte den Kopf, sodass nur Ellie ihr Flüstern hören konnte.

»Du verdienst es, geliebt zu werden. Hast du mich verstanden?«

Ellie antwortete nicht. Durch den Kloß, der sich riesig und hartnäckig in ihrem Hals breitmachte, bekam sie nichts heraus.

Regina zog sie mit einem Ruck näher an sich. »Hast du mich verstanden, Ellie? Du bist nicht das Produkt dieses verdammten Systems. Du verdienst es, geliebt zu werden, und wenn du dafür kämpfen musst, dann tust du das. Kämpf dafür mit allem, was dir zur Verfügung steht.« Sie zog sie an ihren knöchrigen Oberkörper und umarmte sie.

Ellie spürte Reginas Herzschlag an ihrer Brust. In dem Spiegel hinter der Theke sah sie den bösen Blick, den Regina Dex zuwarf. Es war lange her, dass Ellie eine Verbündete gehabt hatte, und jetzt war der Kloß in ihrem Hals so schwer, dass sie sich kaum bewegen konnte, während Tränen der Dankbarkeit in ihre Augen schossen. Sie umklammerte Reginas dürre Taille und hoffte, dass ihr Blick das »Danke« offenbarte, der nicht an ihrem verdammten Kloß vorbeikam.

Ich verdiene es, geliebt zu werden. Ich verdiene Dex.

Dex griff nach ihrer Hand und zog sie von Regina weg. Er sah Regina wütend an und schob Ellie zur Tür hinaus.

Sechsundzwanzig

Frust waberte in Dex' Brustkorb und Magen. Er unterdrückte das Verlangen, diese jahrelang unterdrückte Frustration herauszulassen und Ellie zu sagen, wie heftig der Messerstich war, den sie ihm ins Herz rammte. Ellie klammerte sich an seine Hand wie an eine Rettungsleine, als er sie auf die Straße zog und ein Taxi herbeiwinkte. Sie stiegen ein und sie sah ihn mit ihren schönen blauen Augen an, in denen Traurigkeit und Sorge sich einen Wettstreit lieferten. Verdammt. Er brauchte einen Schild, der ihn vor seiner Liebe zu ihr schützte. Er wandte den Blick ab, spürte, dass seine Nasenflügel bebten und sich seine Brust zusammenzog. Er gab dem Fahrer die Adresse seiner Eltern.

»Warum fahren wir dahin?«, fragte Ellie.

»Darum. Dort hat alles angefangen und dort werden wir uns über einiges klarwerden müssen.« Er blickte starr geradeaus, während die Muskeln in seinem Hals vor dem Verlangen zuckten, sie anzusehen. Dex hatte immer alles in seinem Leben unter Kontrolle gehabt – nur die Gefühle für Ellie und ihre Beziehung nicht. In jedem anderen Bereich in seinem Leben kannte er sein Ziel und wusste, wie er es erreichte. Jetzt stand er vollkommen auf dem Schlauch. Er wusste, was er wollte, hatte aber nicht im Entferntesten unter Kontrolle, wie er dorthin kam oder was nötig wäre, um mit Ellie dort zu bleiben. Für immer mit Ellie dort zu bleiben.

Schweigend fuhren sie lange Zeit weiter. Vierzig Minuten, vielleicht fünfzig bei dem Verkehr, er wusste es nicht genau, aber es fühlte sich wie eine Ewigkeit an, die ihm jedoch Zeit zum Nachdenken gab. Immer waren Menschen in sein Leben getreten und wieder verschwunden. Freunde vom College, Kollegen in der Game-Branche, Freundinnen, Kumpel, aber nur wenige waren in seinen Gedanken präsent geblieben, so wie es bei Ellie immer der Fall gewesen war. Er fragte sich, ob sie stets in seinem Bewusstsein war, weil sie unerreichbar war. Dieses Haben-Wollen, was man nicht haben konnte. Aber dann hatte er die letzten Tage vor Augen. Ellie war hier. Anwesend. Bei ihm. *Sie versucht es.* Sie hatte sich einen Job gesucht und schlug Wurzeln. Mit ihm. Sie lief nicht davon. *Nein*, entschied er. Sie war nicht unerreichbar. Zumindest nicht mehr.

»Dex?«

Er schaute auf ihre Hände. Wie viele Nächte hatte er ihre Hand gehalten? Wie viele Nächte hatte er versucht, sich nicht zu bewegen, aus Angst, sie könnte aufwachen und würde zum Fenster hinausklettern? Dex liebte Ellies kleine, feminine Hände. Er liebte es, wie sich ihre Handfläche an seiner anfühlte, wie er ihre schlanken Finger – wenn sie die Hände verschränkt hatten – kaum zwischen seinen fühlte. Er liebte es, wenn sie seine Brust berührten und nach unten wanderten und ihn auf eine Weise liebten, die nur von ihrem Herzen kommen konnte.

»Ja?«, antwortete er.

»Wie sind wir an diesen Punkt gekommen? Wegen einer Nachricht? Ich verstehe nicht, was gerade passiert, und ich muss es verstehen.«

»Ich auch«, antwortete er ernst. Er konnte sie immer noch

nicht anschauen, obwohl er ihren Blick spürte, der sich in ihn bohrte, der seinen Gesichtsausdruck zu lesen versuchte, der aber hoffentlich nicht lesbar war. Er hatte sich immer als Meister darin gesehen, seine Gefühle wegzusperren, aber die Wahrheit war, dass Ellie ihn lesen konnte wie ein Buch. Sie wusste es, wenn er sie brauchte, und sie wusste es, wenn er sie liebte.

Fühlst du beides jetzt, Ellie?

Die Stimme des Fahrers durchbrach das Schweigen. »Wo soll ich Sie herauslassen?«

»An der Ecke Carlisle und Marlboro, bitte.« Die Anspannung brodelte in seinem Magen und erhitzte seine Gliedmaßen. Er wusste nicht, was ihn heute Abend hierher führte, aber er ging davon aus, dass er es herausfinden würde.

So handhabte Dex alles in seinem Leben. Er erkannte das Problem an, analysierte es und ging dann mögliche Lösungen durch. Wenn ein Hindernis auftauchte, suchte er nach dessen Schwächen und arbeitete sich daran vorbei. Ellies Schwächen waren sein Verderben: Ehrlichkeit und die Kraft zu bleiben – beziehungsweise der Mangel daran. Um sich an diesen Schwächen vorbeizuarbeiten, mussten sie sie anerkennen und verstehen, woher sie kamen. Mit nicht mehr als einer vagen Hoffnung in sich bezahlte Dex den Fahrer und stieg aus dem Taxi.

»Soll ich auf Sie warten?«, erkundigte sich der Fahrer.

Dex schaute kurz zu Ellie, die gerade ausstieg und angesichts der kühlen Nachtluft zitterte. »Nein danke. Alles gut.«

Er sah dem Taxi hinterher. Ellie schlang die Arme um sich.

»Warum sagst du immer wieder, alles ist gut, wenn offensichtlich nichts gut ist?«, fragte sie.

Er antwortete nicht. Als er ihre Hand nehmen wollte, glitt sie mit ihrer Hand unter sein T-Shirt und drückte sie gegen die warme Haut seines Rückens. Sein Herz schrie nach ihr. Er würde alles dafür geben, mit Ellie zurück nach Hause zu fahren, ins Bett zu gehen, jeden Zentimeter von ihr zu lieben und so zu tun, als hätte es den heutigen Abend nie gegeben. Einfach vergessen, dass sie etwas in Ordnung bringen mussten, und nur das Glück genießen, sie lieben zu dürfen. Aber Dex vergaß nie und er brauchte mehr. Er wollte mehr – von Ellie. Er wollte sie ganz. Für immer. Das bekäme er nie, wenn Ellies Vergangenheit nicht ihrer beider Vergangenheit wurde.

Sie gingen die Carlisle Street entlang und er zog sie an sich und schlang den Arm wärmend um sie. Sie liefen auf den höchsten Punkt des Hügels, bis Ellie drei Häuser vor dem Haus ihrer Pflegefamilie stehenblieb.

Dex wartete. Es war fast Mitternacht und die Häuser waren dunkel. Er schaute die Straße entlang und fragte sich, wie Ellie sich wohl gefühlt haben musste, wenn sie nachts allein zu seinem Schlafzimmerfenster ging. Komisch, damals hatte er überhaupt nicht darüber nachgedacht. Er war einfach nur froh gewesen, dass sie gekommen war. Jetzt fragte er sich, wie er sie nachts allein durch die Straßen hatte laufen lassen können, damit sie bei ihm sein konnte. Schon damals war sie mutig gewesen.

Sie war immer schon mutig gewesen.

Mutiger als er.

Sie brauchte Mut, um zu riskieren, was sie hatten, indem sie ihm die Begegnung mit ihrem Ex und die Nachricht von ihm verschwiegen hatte. Er wusste, dass sie ihn liebte. Das konnte er bis in seine Knochen spüren, aber da war etwas, das diese Liebe ankettete, sie gerade eben außer Reichweite hielt.

»Warum hast du mir nicht von der Nachricht erzählt?«, fragte er.

»Ich habe doch schon gesagt –«

»Das nehme ich dir nicht ab. Du hättest mir davon erzählen und mich bitten können, nichts zu unternehmen. Ich hätte auf dich gehört. Was ist es, Ellie? Was steckt dahinter? Was bringt dich dazu, Geheimnisse zu haben?« Er spürte, dass ihre Hand von seinem Rücken abfiel, und dann hörte er, wie sie sie in ihre Tasche steckte. *Mist.*

»Komm weiter.« Er ging auf ihr altes Haus zu. Ellie folgte ihm nicht. Er drehte sich um. »Komm, Ellie.«

Sie schüttelte den Kopf.

Ohne sich zu ärgern und mit ruhigem Schritt, kam er zu ihr zurück. Er kam immer zu ihr zurück. Er streckte die Hand aus. Sie sah ihn an, dann seine Hand. Er nickte und streckte sie ihr noch weiter entgegen. Sie hob den Arm, zögerte, sah die Straße entlang und ergriff dann seine Hand.

»Ich bin hier. Sei dir meiner sicher«, sagte er.

»Aber du machst mir Angst. Ich weiß nicht, ob ich mir deiner sicher sein soll oder nicht.« Ein kleiner Schatten von Zweifel schwang in ihrer Stimme mit und ihre Ehrlichkeit stach ihm ins Herz.

Dex fand nicht die richtigen Worte, um ihrer beider Schmerz zu lindern. Stattdessen zog er sie an seine Brust und hoffte, dass seine Liebe irgendwie zu ihr durchdringen würde. Sie schlang die Arme um ihn und hielt ihn ganz fest.

»Sei dir meiner sicher, Ellie. Ich bin keiner, der wegläuft. Ich verlasse dich nicht.«

»Aber du hast Angst, dass ich weglaufe.« Sie flüsterte fast.

Sie zitterte am ganzen Körper und er spürte seine Entschlossenheit weichen. Er trat wieder einen Schritt zurück. Das Laub an den Bäumen raschelte, als ein Windstoß den Hügel hinaufwehte.

»Das habe ich«, gestand er. »Schreckliche Angst.«

»Ich auch«, gab sie zu. »Ich will dich niemals verlassen, aber ich habe schreckliche Angst, weiterzugehen. Ich habe Angst, dass die Geister, die wir wecken, meine Beine in die andere Richtung laufen lassen, egal, wie sehr ich bleiben will, und dass ich es nicht schaffe, mich aufzuhalten.«

»Ich werde dich aufhalten.«

»Ach, Dexy.« Tränen brannten in ihren Augen. »Ich habe schreckliche Angst, dein Leben zu zerstören. Angst, dass du zu dem Schluss kommen wirst, dass ich nicht die Frau bin, für die du mich hältst.«

Er schloss die Augen, kämpfte gegen die aufwallende Traurigkeit an. Dann, mit einem tiefen Atemzug, verdrängte er den Kummer und führte ihre Hand an seine Lippen. Er küsste jeden einzelnen ihrer zierlichen Finger, nahm dann ihr Gesicht zwischen seine Hände und sagte: »Ich kenne die Frau, die du bist, und ich liebe diese Frau. Aber wenn wir je ein richtiges Paar sein wollen, ein Paar für die Ewigkeit, dann müssen wir uns mit diesem Mist offen auseinandersetzen. Ich gebe nicht auf, aber ich will auch nicht, dass mir wieder wehgetan wird. Allein kann ich das nicht schaffen, Ellie. Du bist entweder ganz dabei oder gar nicht.« *Meine Güte. Ich höre mich an wie mein Vater. Vielleicht hat er sich doch nicht einfach nur wie ein Arsch aufgeführt.* »Egal, wie sehr es uns beide schmerzt, wir müssen uns mit dem auseinandersetzen, was uns immer wieder zurückwirft, damit wir es hinter uns lassen können.«

Sie machte einen Schritt vor, und das reichte ihm, um zu erkennen, dass sie das Gleiche wollte wie er.

Auf der Auffahrt des Hauses ihrer Pflegefamilie wurde ihr leichtes Beben zu einem ausgeprägten Zittern. Er zog seine Jacke aus und legte sie ihr um die Schultern, während seine

Muskeln sich in der kalten Luft anspannten. Dann nahm er ihre Hand und ging mit ihr um das einstöckige Haus herum nach hinten zu dem Fenster, das zu ihrem früheren Schlafzimmer gehörte. Sie schaute nach unten, nach links, hinter sich, aber nicht auf das Fenster.

Dex führte sie zu dem Hügel neben dem Haus, wo sie sich mit Blick auf das Fenster ins Gras setzten. Er legte den Arm um sie und drückte sie schweigend an sich. »Was ist da drinnen geschehen, Ellie?«

»Das weißt du bereits.«

»Nein. Ich weiß, dass herumgeschrien wurde, aber was hat dich davonschleichen und zu mir kommen lassen?«

»Du.« Sie sah ihn voller Vertrauen, Liebe und Aufrichtigkeit an, aber nichts davon half ihm zu verstehen, was sie wirklich hinaus auf die dunkle Straße und zu seinem Fenster getrieben hatte.

»Ich verstehe es nicht. Wir haben damals kaum geredet.«

»Ich sah in dir die gleiche Traurigkeit, die ich empfunden habe. Du hattest verborgene Geheimnisse, die die Welt nicht sehen sollte, genau wie ich.« Sie kuschelte sich enger an ihn, und er vergrub die Nase in ihrem Haar, atmete den nun vertrauten Duft ihres Shampoos ein.

»Erzähl es mir, Ellie. Ich will das hinter mir lassen. Ich muss es verstehen. Ohne Vertrauen haben wir nichts, und wenn du Geheimnisse haben musst, dann führt uns das nirgendwohin.«

Das Schweigen zwischen ihnen dehnte sich aus, wurde zu Anspannung. Seine Muskeln wurden fest. Er wollte sie gerade noch einmal fragen, da stoppte sie ihn mit einer Hand auf seinem Oberschenkel. Sie drückte sein Bein, während sie redete.

»Er hat immer zu ihr gesagt, sie wäre der letzte Dreck. Er sagte, sie wäre wie ihre Mutter, dass alle Frauen wie ihre Mütter wären.«

»Wer, Ellie? Du?«

Sie schüttelte den Kopf. »Margie, meine Pflegemutter. Nachts hat sie immer geweint. Er schrie, dann weinte sie. Die ganze Nacht weinte sie, und morgens hatte sie dann immer diese riesigen roten Ringe unter den Augen und ihre Nase sah geschwollen aus, aber sie war munter, als wäre sie die glücklichste Frau der Welt. Dann kam er immer in die Küche und küsste sie auf die Wange. ›Wie geht's meinen Mädels?‹, fragte er uns dann. Das war so, als hätten sie einen Schalter, den sie nachts umlegten und dann am Morgen noch einmal.«

»Und hat er so etwas auch zu dir gesagt?«, fragte Dex.

»Musste er nicht. Man kann sich ja leicht vorstellen, was aus mir wurde, wo ich jede Nacht hören musste, wie jemand brüllt, dass alle Frauen wie ihre Mütter sind. Aber das Schlimmste war sie. Kannst du dir vorstellen, wie kaputt sie gewesen sein muss? Und sie versuchte so sehr, sich nichts anmerken zu lassen.«

»Das muss schrecklich gewesen sein. Aber warum sollte das dich dazu bringen, Geheimnisse zu haben? Warum hast du Angst, dich mir wirklich zu öffnen?«

Mit dem Finger zeichnete sie Kreise auf seinen Oberschenkel. Ohne Stift kritzeln. Er spürte, wie schwierig diese einfache Bewegung war. Gerade als das Schweigen fast unangenehm wurde, sagte sie: »Ich hatte gehofft, nicht so weit gehen zu müssen, deshalb wollte ich dir zuerst von den Streitereien erzählen.« Sie sah flüchtig zu ihm auf. »Sie haben sich wegen mir gestritten.«

Er zog sie näher an sich heran.

»Er kam nachts immer in mein Zimmer.«

Dex hielt den Atem an. Tief in seinem Innersten hatte er sich immer gefragt, ob mehr hinter ihrem Misstrauen steckte. Er würde diesen Mistkerl umbringen.

»Ich glaube, sie wusste es. Er hat mich nie angefasst, aber er kam ins Zimmer und ...« Ihre Hand erstarrte und Dex legte seine eigene darauf. »Er fasste sich selbst an, wenn er dachte, dass ich schlief.«

Tränen stiegen Dex in die Augen. Er drückte sie noch fester an sich, um sich davon abzuhalten, den Mistkerl aus seinem Bett zu reißen und seinen Kopf gegen die Mauer zu rammen. Er kniff die Augen zu, denn er wollte Ellie nicht noch mehr durcheinanderbringen, als sie es ohnehin schon war.

»Und dann bist du immer zu mir gekommen?« Seine Stimme war brüchig.

»Nach den ersten paar Malen habe ich die Tür ab-geschlossen, aber dann ließ er es an ihr aus. Das Geschreie ging immer weiter, also hab ich ...« Sie wandte den Blick ab, und er lehnte seinen Kopf gegen ihren, während sein Herz mit ihr litt. »Ich habe einfach so getan, als würde ich schlafen.« Sie atmete ruckartig ein. »Und dann ... wenn er dann mein Zimmer verlassen hatte ... bin ich aus dem Fenster geklettert.«

»Warum hast du es mir nicht erzählt?« Er hätte es seinem Vater sagen können, der mit Sicherheit etwas unternommen hätte. Wie hatte dieser Mistkerl damit durchkommen können? Dex biss die Zähne aufeinander und kämpfte gegen das Verlangen an, sich die Seele aus dem Leib zu fluchen und in das Haus dieses Scheißkerls zu stürmen. Er musste sich zusam-menreißen. Wenn sie eine verdammte Chance haben wollten, musste er für sie stark sein. Er würde sich um das Schwein schon noch kümmern, aber zuerst musste er sich um Ellie kümmern. Himmel! Wie konnte ihr jemand so etwas antun?

»Wie hätte ich das tun können? Ich konnte es mir selbst gegenüber nicht eingestehen. Nicht einmal der Sozialarbeiterin

konnte ich es sagen, als sie mich wieder in die Familie brachte.«
Tränen liefen ihr über die Wangen, und er spürte, dass sie sich
zurückzog.

Doch Dex zog sie auf seinen Schoß und hielt sie fest. »Es tut
mir so leid.« Tränen brachen aus ihm heraus und kullerten über
seine Wangen. Er vergrub sein Gesicht an ihrer Brust und hielt
sie fest, während ihrer beider Tränen für all den Schmerz
flossen, den sie so lang für sich behalten hatte. »Das hast du
nicht verdient.«

»Die Sache ist …«

Er sah auf und schämte sich seiner Gefühle nicht.

»Als Margie mir erzählte, dass man mich wegschicken
würde, wollte ich nicht gehen. Ich wollte bleiben, nur um bei
dir zu sein. Du warst der einzige Mensch, bei dem ich mich
sicher fühlte. Du hast … mich einfach geliebt.« Sie legte den
Kopf auf seine Schulter und er schaukelte sie in seinen Armen
hin und her.

Dex hatte das Gefühl, seine Knochen wären zertrümmert
worden und die Splitter lägen unter seiner Haut. Er hätte es
merken müssen. Er hätte fragen, sie drängen, sonst etwas tun
müssen. Die Schuld schnürte seine Nerven ab, und als er jetzt
Ellies Gesicht in die Hände nahm und ihr in die Augen schaute,
verstand er die Schatten, die er immer wie Geister
herumschweben gesehen hatte.

»Ich werde nicht zulassen, dass dir je wieder jemand wehtut.
Mich eingeschlossen.« Er drückte ihr einen liebevollen Kuss auf
den Mund.

»Mach das nicht. Ich weiß, dass du dir die Schuld gibst, weil
du mir nicht geholfen hast, Dex, aber du konntest es nicht
wissen. Niemand wusste es.«

Dex schob ihr die Haare von der Schulter. »Gab es andere

Male, in anderen Familien?«

Sie schüttelte den Kopf. »Nicht, dass ich mich erinnern könnte.«

»Gott sei Dank.«

Dex blickte auf das Haus, dachte an all die Dinge, die er mit diesem alten Mann anstellen würde, wenn er zurückkäme, sobald er Ellie an einem sicheren Ort wusste.

»Er ist weg«, sagte sie, als hätte sie seine Gedanken gelesen.

»Weg?«

»Ja. Die Polizei war hier und hat seine Leiche gefunden. Überdosis.«

Dex wäre es lieber gewesen, der Kerl hätte lange für das leiden müssen, was er getan hatte. Aber zumindest war er aus Ellies Leben verschwunden und konnte niemandem mehr etwas antun.

»Es tut mir leid, dass ich so kaputt bin. Ich will nicht so ein schwieriger Mensch sein, aber ich kann nur ich sein, und ich weiß, dass ich stark bin und eine Menge aushalten kann.«

»Ach, Schatz, du bist nicht kaputt. Du bist verletzt. Das ist ein großer Unterschied, und du bist die stärkste Frau, die ich kenne.«

Er beobachtete, wie sie ihren Mut sammelte, einem schützenden Umhang gleich, die Schultern straffte und das Kinn hob. »Ich bin stolz auf das, was ich erreicht habe, und freue mich auf das, was ich erreichen werde, aber solche Sachen wie die Nachricht von … Solche Sachen katapultieren mich direkt wieder hierher. Ich habe Angst davor, als jemand abgestempelt zu werden, die Ehen zerstört, als Opfer –«

»Ellie …«

»Nicht von dir, Dex, aber von allen anderen. Es ist einfach grauenhaft, dass ich etwas mit dem hatte. Irgendeine arme Frau leidet, weil ich so naiv war. Und dann sagt er mir, dass er mit mir noch nicht fertig ist, also bin ich vor ihm weggelaufen, nur um dann wieder in so einem Schlamassel mit dir zu landen. Und als ich überlegt habe, es dir zu sagen, dachte ich, es würde nur dein Leben auch noch ruinieren.« Sie atmete stockend ein. »Es würde dir bewusst machen, dass ich wirklich das Chaos in Person bin.« Sie vergrub ihr Gesicht an seinem Hals und schlang die Arme um ihn. »Ich habe Angst, Dex. So unglaubliche Angst. In gewisser Hinsicht hatte ich das immer, aber die Vorstellung, dich zu verlieren, das ist meine größte Angst. All das habe ich nie jemandem erzählt, aber ich erzähle es dir. Das muss doch etwas bedeuten.«

»Sieh mich an.« Er zog ihr Kinn zu sich, sodass sie ihm in die Augen schauen musste. »Du wirst mich nie verlieren.« Er wartete eine Sekunde, um die Worte ankommen zu lassen. »Wir werden das zusammen durchstehen. Aber, El, mein Schatz, du bist nicht das Chaos in Person. Und selbst wenn du es wärst, ich würde dich trotzdem lieben. Wenn wir an der Aufrichtigkeit arbeiten, dann können wir alles meistern. Komm, du zitterst.«

Er half ihr hoch und zusammen gingen sie die Carlisle und dann die Marlboro Street entlang, hin zum Haus von Dex' Eltern. Es brannten keine Lichter mehr und er wollte sie so spät nicht mehr aufwecken. Er führte sie ums Haus herum und wollte den Schlüssel holen, den seine Eltern auf der hinteren Veranda unter einem Blumentopf versteckten, doch als sie am Fenster seines Kinderzimmers vorbeikamen, hatte er eine andere Idee. Er hebelte das Fenster auf, dann half er Ellie hoch und in das Schlafzimmer hinein, bevor er sich selbst auf den Fenstersims hochhievte und hinter ihr hineinkletterte.

Er half ihr, die Stiefel auszuziehen, zog dann seine Schuhe aus und legte ihre Jacken auf den Schreibtisch. Dann legte er sich in sein altes Bett und Ellie kuschelte sich an ihn. Alle möglichen Erinnerungen kamen hoch. Sie legte die Hand auf seinen Bauch und stieß einen langen Seufzer aus.

»Dexy?«

»Ja?«

»Danke«, flüsterte Ellie.

»Wofür?« Er küsste sie auf den Kopf.

»Dass du mich nicht aufgegeben hast.«

»Du hast mich auch nie aufgegeben«, sagte er.

»Du hast mich nie um etwas gebeten.«

»Doch. Ich habe nur nie laut gefragt. Ich habe darum gebeten, dass du zurückkommst. Und heute Nacht habe ich viel von dir verlangt. Danke, dass du mir genügend vertraust, um mir die Wahrheit zu erzählen.« Er spürte, wie die Anspannung aus ihren Muskeln wich und sie ihm entgegenschmolz.

»Ich bin mir deiner sicher, Dex. Und ich hoffe, dass du dir eines Tages meiner sicher sein wirst.«

»Ich bin mir deiner sicher, Ellie. Mehr als das.« Er deckte sie zu und lehnte sich gegen das Kopfteil, aber schlafen konnte er nicht. Das Bild von Ellie verfolgte ihn, wie sie in diesem Haus lag und so tat, als schliefe sie, voller Angst und Ekel.

Siebenundzwanzig

Mit Ellie an seiner Seite wieder in seinem Kinderzimmer zu liegen, war genau das Richtige. Zumindest hoffte Dex das. Er konnte das Bild von Ellie, die nachts allein die Straße entlanglief, nachdem sie Schreckliches durchgemacht hatte, nicht abschütteln, und das Gefühl der Hilflosigkeit war so stark, dass es auf seiner Haut prickelte. Wenn er es doch nur gewusst hätte. Wenn irgendjemand es doch nur gewusst hätte. Er küsste Ellie auf den Kopf und dankte Gott im Stillen dafür, dass sie zu ihm zurückgekommen war. Sie brauchte ihn so sehr wie er sie. Er hatte sie immer gebraucht.

Dex schlummerte gerade fast ein, als seine Mutter in ihrem flauschigen blauen Morgenmantel und Hausschuhen in der Tür erschien. Sie kam ans Bett und setzte sich zu ihm. Verschlafen lächelte er zu ihr hinauf und sie schob ihm die Haare aus dem Gesicht.

»Wusste ich doch, dass ich das Fenster gehört habe«, sagte sie. Ihre Haare fielen offen über ihren Rücken. Ihr Blick wanderte von Dex zu Ellie, dann wieder zurück. »Immer das Fenster.« Ein belegtes, leises Lachen entwich ihrem Mund. »Geht es ihr gut?«

Dex nickte.

»Was macht ihr hier?«, fragte sie.

»Wir wollten ein paar Dämonen erledigen.«

Seine Mutter nickte, als würde sie vollkommen verstehen, und Dex war sicher, dass sie es tatsächlich verstand. Seine Mutter verfügte über die verblüffende Fähigkeit zu wissen, was im Leben ihrer Kinder vor sich ging, das hatte sie auch bei dem Mittagessen wieder bewiesen.

»Und habt ihr sie erledigt?«, fragte sie.

Dex schob Ellies Kopf vorsichtig von seiner Brust auf das Kissen und schlüpfte aus dem Bett. Sie seufzte zufrieden und war innerhalb von Sekunden wieder fest eingeschlafen. Dex zeigte auf den Flur und seine Mutter folgte ihm aus dem Zimmer.

»Ich weiß nicht, ob wir sie erledigt haben oder nicht«, flüsterte er. *Ich hoffe es.* Er schaute durch die offene Tür zu Ellie. »Es war ein Anfang. Mom, wusstest du von all dem, was vor sich ging, als sie ein Kind war?«

Sie berührte seine Wange und ihr Blick füllte sich mit Traurigkeit. »Nicht alles. Wir hatten unsere Vermutungen und erfuhren die Wahrheit zu spät. Das arme Mädchen. Sie hat so viel durchgemacht. Ich bin froh, dass sie jetzt hier ist. Sie hätte schon immer hier sein müssen.«

»Warum hast du es mir nie erzählt?«, flüsterte Dex, schaute Ellie sehnsüchtig an und wollte sie bereits wieder im Arm halten.

»Ach, Dex. Du warst so haltlos, als sie fort war. Das Letzte, was du gebrauchen konntest, war die Wahrheit. Dein Vater hat sich darum gekümmert.« Sie zog den Gürtel um ihren Morgenmantel enger und tätschelte seine Hand.

»Dad? Was hat Dad gemacht? Er war sauer auf mich, weil ich sie vermisst habe. Das weiß ich noch. Er hat sich deswegen benommen wie ein A… Er ist gemein gewesen.« Das strenge Gesicht und der durchdringende Blick seines Vaters kamen ihm wieder ins Gedächtnis. *Du bist ein Mann. Komm drüber hinweg und schau nach vorne.*

»Ja, so ist dein Vater.« Joanie Remington war realistisch. Sie erfand keine Ausreden für seinen Vater, so wie sie auch nie Ausreden für ihn oder seine Geschwister erfunden hatte. »Aber er hat es richtig gemacht, Dex. Du solltest sehr stolz auf ihn sein. Er hat sich gefragt, was da vor sich ging, und hat ein wenig herumgeschnüffelt. Als du in dieser einen Nacht dorthin gelaufen bist, ist er dir gefolgt.«

»Dad wusste, dass ich da war, und hat mich deswegen nicht zur Schnecke gemacht? Kann ich kaum glauben. Er hätte mir das Leben zur Hölle gemacht, wenn er das gewusst hätte.« Dex schaute zu Ellie. Seit sie über seinen Vater sprachen, zog sich sein Innerstes zusammen. Wie schon immer. Damals, wenn sein Vater besonders schlimme Sachen zu ihm gesagt hatte, war er abends immer mit den Händen durch Ellies seidiges Haar gefahren, und er erinnerte sich daran, wie das seine aufgewühlten Nerven beruhigt hatte. *Ich habe dich auch immer gebraucht.*

»Er ist kein schlechter Mensch, Dexter. Er liebt dich. Nur weiß er einfach nicht, wie er sich etwas zarter geben soll. Er war böse auf dich, weil du dich in dieser Nacht davongeschlichen hattest, aber er war rasend vor Wut, als viel später alles ans Licht kam. Wie es scheint, hat dieser Mann schließlich sein eigenes Urteil gesprochen, auch wenn wir nie erfahren werden, ob es eine versehentliche Überdosis war oder Absicht. Aber er muss psychisch krank gewesen sein, wenn er das getan hat, was man vermutete. Dein Vater hat herausgefunden, dass es vor Ellie noch andere gab. In gewisser Weise hat er wahrscheinlich viele

Kinder gerettet, indem er sich das Leben genommen hat.«

Dex' Blick lag noch auf Ellie. *Sie wollte bleiben. Nur um bei mir zu sein.*

»Warum war er so hart zu mir?«, fragte Dex. »Wenn er wusste, was Ellie durchmachte und was ich für sie empfand, warum drängte er mich dann, sie loszulassen?«

»Aus dem gleichen Grund, aus dem Ellie Geheimnisse hatte. Sie kennen nur das.«

Sie sagte es so nüchtern, dass es ihn kurz aus dem Gleichgewicht brachte. *Sie kennen nur das?*

»Aber ...« Er schüttelte den Kopf.

»Ach, Schatz. Manchmal, mit deinem schicken Apartment und deiner unglaublichen Karriere, vergesse ich, dass du erst sechsundzwanzig bist. Du hast noch nicht genug vom Leben gesehen, um es selbst zu erkennen, aber wir versuchen alle einfach nur, es hinzubekommen, so gut wir eben können. Dein Vater hat von seinem Vater gelernt. Er hat dich so gut aufgezogen, wie er es konnte. Und was Ellie betrifft ... Als Pflegekind aufzuwachsen ist schwierig. Die Sozialarbeiter geben ihr Bestes, um zu erkennen, wann Kinder die Wahrheit sagen und wann sie um eine neue Familie oder Aufmerksamkeit buhlen. Und ich kann mir vorstellen, dass Ellie jahrelang geschwiegen hat, weil sie Angst hatte, dass man ihr nicht glaubt.« Sie sah nachdenklich in Dex' Augen. »Und was mich angeht ... Na ja, auch ich gebe mein Bestes. Ich liebe jeden von euch aus ganzem Herzen, aber ohne die strenge Liebe eures Vaters wärt ihr unentschlossene Weicheier geworden.« Sie lächelte und das ließ ihre Augen strahlen.

Ihr Blick lag noch eine Zeit lang auf Dex, und ihm wurde klar, dass viel mehr hinter dem Verhalten seiner Eltern steckte, als ihm je bewusst gewesen war. Wie viel Zurückhaltung hatte es seinem Vater abverlangt, nicht mit ihm darüber zu reden, dass Ellie nachts in seinem Zimmer war? James Remington, der Kontrollfreak, der eins dreiundneunzig große Vier-Sterne-General im Ruhestand. Strenger Vater, eiserner Antreiber und der Mann, dem man als Heranwachsender zu gehorchen hatte. Zu wissen, dass sein Vater etwas unternommen hatte, um Ellie zu beschützen, milderte Dex' zwiespältige Gefühle ihm gegenüber.

Joanie wandte den Blick Ellie zu und ihr Lächeln schwand. Dex' Herz zog sich schmerzhaft zusammen. »Ich mache mir Sorgen um sie. Sie ist ein liebes Mädchen, und wenn sie noch im Entferntesten so ist wie als Teenager, dann hat sie einen starken Willen und ist sehr, sehr zurückhaltend. Man kann sehen, dass sie sich an deiner Seite sicher fühlt.« Sie seufzte. »Sie sieht so kostbar aus, wie du sie immer behandelt hast. Sei vorsichtig mit ihr, Dexter. So wie du denkst, dass du es nicht ertragen würdest, noch einmal verletzt zu werden, würde sie es wohl auch nicht ertragen können.«

»Ich liebe sie, Mom. Nie war ich mir in meinem ganzen Leben bei etwas sicherer. Aber wir müssen einander vertrauen. Wir arbeiten daran, und ich glaube, die heutige Nacht hat viel dazu beigetragen, aber es liegt in gewisser Weise in ihrer Hand.« Er zuckte mit den Schultern.

»Und da irrst du dich, mein Schatz. Es liegt in euer beider Hände. Vertrauen heißt auch, vertrauenswürdig zu sein. Sie muss dir Dinge sagen können, wenn sie dazu bereit ist, auch wenn es viel später ist als der Zeitpunkt, an dem du bereit bist, sie zu hören. Und wie quälend es auch sein mag, du musst ihr genügend vertrauen, um ihr das zu ermöglichen.«

»Das ergibt keinen Sinn. Wenn man jemanden liebt, teilt man alles. Du hast uns immer gelehrt, dass Ehrlichkeit alles ist. Ich weiß noch, dass du sagtest: ›Solange du ehrlich bist, wirst du nie bestraft werden. Egal, was du getan hast.‹ War das alles nur Mist?«

Sie lächelte. »Nein, mein Schatz. Ich rede keinen Mist. Ehrlichkeit und Vertrauen zusammen, das ist alles, aber jemanden zu zwingen, etwas zu sagen, bevor er dazu bereit ist, das ist Kontrollieren. Vertraue ihr, dann folgt die Ehrlichkeit.«

»Aber wie? Wie kann ich vertrauen, wenn ich weiß, sie verschweigt mir etwas?«

»Vertraust du mir?«, fragte seine Mutter.

»Natürlich.«

»Ich habe dir verschwiegen, was wir über Ellies Qualen vermuteten. Empfindest du mir gegenüber jetzt anders, nachdem du das erfahren hast?«

»Nein, aber …«

»Dex, bis sie nicht darauf vertrauen kann, dass du ihr nicht wehtust, wie jeder andere in ihrem Leben ihr wehgetan hat, wird sie dir nicht vertrauen.« Sie kniff die Augen auf eine Art zusammen, als wüsste sie genau, warum Dex und Ellie in der Nacht in der Marlboro Street gelandet waren. »Und dazu gehört auch, sie dazu zu zwingen, mit Dingen herauszurücken, die sie vor langer Zeit tief in sich drinnen vergraben hat. Genau so wie du ihr nicht vertrauen kannst, bis sie ihre geheimsten Gedanken mit dir geteilt hat. Es ist ein zweischneidiges Schwert, mit dem du sehr vorsichtig umgehen musst. Du wirst es schon herausfinden, Dexy.« Sie sah auf die Uhr auf seinem Nachttisch. »Du meine Güte, wir sollten lieber noch etwas schlafen. Als du erwähnt hast, sie sei zurück, wusste ich, dass ihr irgendwann hier landen würdet. Wir frühstücken morgen zusammen.«

Dex legte sich neben Ellie, schloss die Augen und hoffte, sein Herz würde nicht zu tief aufgeschlitzt werden. Als er sie näher an sich zog, wusste er: Selbst wenn er wieder verletzt würde, Ellie war das Risiko wert.

Achtundzwanzig

Ellie saß auf der Bettkante und versuchte, die Erinnerungen abzuwehren, die sie hier in diesem Zimmer wieder übermannten. Die Angst aus den Nächten, wenn sie im Bett bei ihrer Pflegefamilie gelegen hatte und das Stöhnen und die Geräusche dieses grauenhaften Mannes hörte, der sich selbst befriedigte, reizte ihre Haut wie Dutzende Spinnen, die an ihr herumkrabbelten. Sie kämpfte mit jedem einzelnen Muskel, damit er sich nicht bewegte, während es in ihrem Kopf schrie: *Hau ab!* All die Jahre hatte sie ihren Pflegevater in jedem Schatten gesehen, hatte seine Stimme im Wind gehört.

Das Einzige, das sie hatte durchhalten lassen und das ihre jungen Beine vor so langer Zeit durch die dunklen und unheimlichen Straßen getragen hatte, war Dex gewesen. Dex war immer für sie da gewesen, hatte sie schweigend unterstützt, sie geliebt, als niemand sonst es wollte – oder konnte. Sie glitt mit der Hand über sein Kissen. Sie war so wütend auf ihn gewesen, als ihr klargeworden war, wohin er sie brachte, und es war ein verdammt harter Kampf gewesen, diesen Hügel hinaufzugehen und sich dem Albtraum zu stellen, den sie so sehr versucht hatte zu vergessen. Aber Dex hatte sie nicht gezwungen. Sie hatte gespürt, dass seine eiserne Entschlossenheit und seine Wut wegbrachen. Er versuchte, sie beide als Paar möglich zu machen. Und Ellie wollte das mehr, als sie ihren nächsten Atemzug wollte. Sie hielt sich die Ohren zu und wiederholte das Mantra, das ihr durch so viele dunkle Momente geholfen hatte. *Alles ist gut. Ich muss da einfach nur durch. Er kann mir nicht mehr wehtun.* Er konnte ihr nicht mehr wehtun. Dieser Gedanke wirbelte eine Zeit lang in ihrem Kopf umher. Doch, konnte er. Jedes Mal, wenn sie Dex auswich, jedes Mal, wenn sie weglaufen wollte, ließ sie sich von dem, was er ihr angetan hatte, wehtun. *Zur Hölle mit ihm.*

Dex' Stimme drang die Treppe hinunter in den unteren Stock, in dem Ellie mit sich rang und überlegte, wie sie damit umgehen sollte, seine Eltern wiederzusehen. Als sie jünger waren, hatte sich Dex darüber beschwert, dass sein Vater Druck auf ihn ausgeübt hatte, gute Noten verlangt hatte, männliches Verhalten und Respekt. Dex konnte nicht wissen, wie sehr Ellie sich einen Elternteil gewünscht hatte, dem sie wichtig genug war, dass er solche Dinge von ihr verlangte. Natürlich kein männliches Verhalten, aber Respekt, gute Noten. Mensch, sie hätte verdammt noch mal alles daran gesetzt, diese Erwartungen zu erfüllen, wenn sie einen echten Vater gehabt hätte anstatt eines Heroinsüchtigen, den sie nie kennengelernt hatte. Sie lauschte ihrem Gespräch, als sie die Treppe hinaufging.

»Ich wünschte, du hättest es mir erzählt, das ist alles«, sagte Dex.

»Und was hätte das gebracht?«

Ellie blieb stehen, als sie die tiefe, einschüchternde Stimme seines Vaters hörte. Ihr stockte der Atem, als er weiterredete.

»Du warst schon so völlig durcheinander, als sie ging, Dexter. Ich habe die Sache geregelt. Ich wollte ganz sicher nicht noch einen Haufen Schmerzen auf einem Jungen abladen, der schon am Ende war.«

»Das verstehe ich, aber vielleicht hätte ich ihr in den Monaten danach helfen können. Vielleicht hätte es uns irgendwie vor vier Jahren geholfen.« Dex schwieg und Ellie hielt den Atem an. Sie ahnte, worüber sie redeten. Offensichtlich hatte sein Vater eine Vorstellung davon gehabt, was ihr Pflegevater getan hatte. Natürlich hatte er das. Erwachsene waren nicht so blind wie Teenager.

Sie hörte einen Stuhl, der auf dem Boden kratzte, dann Schritte in der Küche. »Ich habe das getan, was ich für richtig gehalten habe. Du kannst das in Frage stellen, aber es wird nichts mehr ändern. Was gewesen ist, ist gewesen, mein Junge. Jetzt musst du dich um das kümmern, was als Nächstes passiert. Und das liegt in deiner Verantwortung.«

»Ellie?«

Ellie schrak zusammen, als Joanie Remington neben ihr auftauchte. »Äh … Hallo.«

»Schätzchen, wie schön, dich wiederzusehen.« Sie schloss Ellie in die Arme.

Ein Loch im Boden wär schön. »Äh … Ich freu mich auch, Sie zu sehen. Ich hab gerade … äh …« *Gelauscht.* »Tut mir leid, dass wir gestern Nacht so spät hier aufgetaucht sind.«

»Ach, rede keinen Unsinn. Komm, lass uns frühstücken.«

Ellie folgte ihr in die Küche und fühlte sich wie ein Eindringling. Dex streckte ihr die Hand entgegen und das Atmen fiel ihr schon ein wenig leichter. Irgendwie. Ihr Blick huschte zwischen seiner Mutter und seinem Vater hin und her, denn die Situation, jetzt vor seinen Eltern als Paar dazustehen, war mehr als unangenehm.

»Hallo, du bist ja wach«, sagte Dex mit einer erschöpften, aber sexy Stimme, in der nichts mehr von der vorherigen Angst aus der Unterhaltung mit seinem Vater mitschwang.

»Tut mir leid, dass ich so lange geschlafen habe.« Sie richtete sich etwas auf, als ihr Blick zu seinem Vater wanderte. Er hatte noch immer diese breiten Schultern, wirkte groß und unbeugsam. Seine grauen Haare waren militärisch kurz geschoren. »Guten Morgen, Mr. Remington.«

»Guten Morgen, Ellie. Möchtest du Kaffee?« Der Blick seiner tiefblauen Augen wurde sanfter, als er ihr einen Stuhl neben Dex zurechtschob. »Setz dich doch, bitte.«

Sie atmete zittrig aus, als sie sich setzte, und hatte das Gefühl, als könnte sie jederzeit von dem unsichtbaren Elefanten im Raum plattgetrampelt werden. Sie griff nach Dex' Hand. Ihr Bein fing das *Lass-mich-hier-raus*-Wippen unter dem Tisch an und Dex legte ihre verschränkten Hände auf ihren Oberschenkel und rückte dann noch näher an sie heran.

Worte lagen ihr schwer auf der Brust. *Spuck's aus. Rede darüber.* Sie nahm den warmen Kaffee von seiner Mutter entgegen. »Danke.«

»Dex hat uns erzählt, dass du eine Stelle an der Maple Elementary bekommen hast. Ich habe da früher einmal in ein paar Klassen Kunst unterrichtet.« Joanie nahm gegenüber von Ellie Platz. »Schon damals waren ihre Methoden sehr auf die Bedürfnisse der Einzelnen ausgerichtet.«

Dankbar ergriff Ellie die Gelegenheit, sich auf etwas anderes zu konzentrieren, und legte die Hände um die warme Tasse, um sie ruhigzustellen. »Ich freue mich wirklich darüber. Hat Dex Ihnen von unserer Idee erzählt, eine Förderung zu beantragen und zu versuchen, eine Lernsoftware für Kinder zu entwickeln?«

»Deine Idee«, korrigierte Dex sie, während er ihr die Haare von der Schulter strich.

Sie spürte, wie diese intime Geste sie erröten ließ, und machte sich Sorgen, wie seine Eltern wohl auf ihre Beziehung reagieren mochten.

Joanie sah die beiden an und lächelte. »Das hat er. Klingt nach einer großartigen Idee, und wer könnte das besser auf den Weg bringen als ihr beide?«

Sein Vater nahm mit einer frischen Tasse Kaffee auf dem Stuhl am Tischende Platz und sah Dex an. Auch ohne hinzusehen, spürte sie die Anspannung, die von Dex ausging. James schaute dann zu Ellie, und Dex legte den Arm beschützend über die Rückenlehne ihres Stuhls und strich über den straffen Knoten in ihrem Nacken, den sie versucht hatte zu ignorieren.

»Du bleibst also hier?«, fragte er.

Ellie konnte den Blick nicht von ihm abwenden. »Ja. Vorausgesetzt, es läuft in meinem Job gut.«

Er nickte. »Wohnst du in der Stadt?«

»Also, im Moment —«

»Sie wohnt bei mir, Dad«, sagte Dex.

Sein Vater nickte. »Verstehe.«

»Ich sollte eigentlich bei einer Freundin wohnen, aber sie … Es hat nicht geklappt«, erklärte Ellie, die das Gefühl hatte, sie würde seinen kleinen Jungen ausnutzen. Was angesichts der Tatsache, dass sie beide erwachsen waren, lächerlich war.

James nahm einen bedächtigen Schluck von seinem Kaffee und sah über den Tassenrand hinweg zu Joanie. Als er die Tasse wieder abstellte, schaute er Dex in die Augen. »Ich halte es für eine gute Idee, dass Ellie bei dir wohnt. In der Stadt kann es rau zugehen, und so wissen wir, dass sie in Sicherheit ist.« Seine dünnen Lippen hoben sich zu einem Lächeln. Sein Blick wurde sanft, als er sich an Ellie wandte. »Das heißt natürlich nur, wenn Ellie auch dort wohnen will.«

Die Mauern um sie herum schienen immer näher zu kommen. Dex wollte unbedingt, dass sie ehrlich war, und in ihrem tiefsten Inneren wollte sie zu ihm stehen, so wie er in seinem Büro zu ihr gestanden hatte. Aber was war, wenn sie das tat und sein Vater dann alles zunichtemachte? Was, wenn er dachte, sie brächte seinem Sohn Unglück? *Was wäre wenn …? Was wäre wenn …? Zum Teufel damit.*

»Mr. Remington, ich weiß, dass ich ein ziemlich verkorkstes Leben hatte, aber ich bin jetzt auf einem guten Weg.« Verdammt. Warum waren ihre Augen feucht? Dex legte den Arm um ihre Schultern und drückte sie. *Danke. Danke, dass du immer weißt, was ich brauche.*

»Ellie, Schatz, du bist immer auf einem guten Weg gewesen«, sagte seine Mutter.

Der Blick seines Vaters wurde eisig. Sein Kiefer verkrampfte sich so, wie sie es am Abend zuvor bei Dex gesehen hatte.

Mist. Ich habe alles kaputtgemacht. Sie umklammerte die Ränder des Stuhls und wartete beklommen ab.

Als sein Vater den Blick auf sie richtete, schwang sie den Kopf zur Seite und sah Dex an – voller Angst vor dem, was sie losgetreten hatte.

»Was dieser Mann in diesem Haus getan hat, hatte nichts mit dir zu tun.« Die Augen seines Vaters verengten sich.

»Er war ein Schwein«, sagte er. »Ein Ungeheuer. Und nur weil du in diesem Haus gelebt hast und die Hauptleidtragende seiner Abartigkeit warst, heißt das nicht, dass du auf einem schlechten Weg warst.«

Er streckte den Arm aus und umfasste ihre zitternde Hand,

während eine Träne ihre Wange hinunterlief. Sie konnte sie nicht wegwischen. Sie konnte kaum atmen. Nie im Leben wäre sie auf die Idee gekommen, dass er auf so sanfte Art auf sie zuging, und einen Moment lang machte ihr das eine Heidenangst.

»Du bist so stark wie keine andere, Ellie«, fuhr Dex' Vater fort. »Egal, was in dem Haus geschehen ist. Egal, was er getan oder gesagt hat. Denk immer daran, dass du bist, wer du bist, dank deiner eigenen inneren Stärke. Lass dich von diesem Mistkerl nicht irreführen.«

Ellie schnappte stockend nach Luft. Ihre Schultern hoben und senkten sich, während sie versuchte, die Tränen unter Kontrolle zu bringen, die sie eigentlich zurückhalten wollte.

»Ellie?«

Dex? Sie hörte seine Stimme, konnte sich aber nicht konzentrieren. Der Schmerz – nein, die Erleichterung war zu groß. Sie konnten in sie hineinsehen. Er erkannte das Mädchen, das sie all diese Jahre geschützt hatte. *Scheiße. Und nun heule ich wie eine Idiotin.* Ihre Hand hing schlapp an der Seite herunter, während Tränen lautlos über ihre Wange glitten. Dex' Arme legten sich um sie. Joanies tröstende Stimme flüsterte in ihr Ohr.

»Es ist in Ordnung, Schatz. Lass es raus.«

Die riesigen Hände seines Vaters ergriffen ihre.

Sie schmolz gegen Dex' Brust, ihr Blick lag auf den Händen seines Vaters. Tränen liefen über ihre Wangen, während sie am ganzen Körper zitterte, so überwältigt war sie von ihrem Beistand. Sie atmete stockend ein. »Ich … Ich … Es tut mir leid. Ich habe nur …« Sie wischte sich über die Augen und kam sich albern vor. Röte stieg ihr in die Wangen. »Mein ganzes Leben habe ich damit verbracht, zu beweisen, wer ich bin.« Sie klopfte sich auf die Brust. »In mir drinnen. Hab versucht, mich von all dem Mist zu trennen, mit dem ich aufgewachsen bin.«

»Wir haben immer gewusst, wer du bist.« Sein Vater schüttelte den Kopf. Eine tiefe Furche erschien zwischen seinen dichten dunklen Augenbrauen.

Joanie berührte seine Schulter und sah ihn missbilligend an. »Natürlich hast du das, Ellie, und wahrscheinlich wirst du das auch immer tun. Und das ist in Ordnung. Aber jetzt weißt du es. Wir haben in dir nie weniger gesehen als die starke, schöne Persönlichkeit, die du immer gewesen bist.«

Wie konnte seine Mutter so genau wissen, was ihr gerade guttat?

»Es tut mir leid. Das ist mir so peinlich.« Sie zog die Schultern ein und rückte von Dex weg. Er zog sie zurück. Natürlich tat er das.

»Peinlich?«, meinte James kopfschüttelnd. »Es ist vielleicht peinlich, mit einem sechsundzwanzigjährigen Kerl zusammen zu sein, der seinen Lebensunterhalt mit dem Spielen von PC-Games verdient. Aber peinlich, dass du bist, wer du bist? Nein. Das ist schlicht und einfach inakzeptabel.«

Dieser selten unbeschwerte Moment brachte sie zum Lächeln. Dex verdrehte die Augen, aber sie sah Erleichterung in seinem süßen, mitfühlenden Lächeln.

»Es gefällt mir, dass er etwas macht, für das er brennt«, sagte sie, um die Stimmung aufzuhellen.

»Dann hat der Kerl verdammtes Glück.« Er zwinkerte Dex zu.

Dex sah ihr in die Augen und zweifellos lag Liebe in seinem Blick. Die immer schon für sie da gewesen war.

»Das habe ich wirklich«, sagte er.

Aber Ellie kannte die Wahrheit. Sie war diejenige, die das

Glück hatte, die ganze Zeit schon. Sie war einfach nur nicht in der Lage gewesen, es durch die Wolke der Abscheulichkeit, in der sie aufgewachsen war, zu sehen.

Neunundzwanzig

Dex und Ellie verbrachen den Tag mit seinen Eltern. Den ganzen Nachmittag hatte Dex seinen Vater immer mal wieder verstohlen beobachtet und versucht, seine weichere Seite zu verstehen, die sichtbar geworden war, nachdem er Ellies Pflegevater so vehement verurteilt hatte. Dex hatte Anflüge dieser weicheren Seite gesehen, als er heranwuchs, aber die strenge Haltung seines Vaters hatte einen stärkeren Eindruck auf ihn gemacht. Dex war bereit gewesen, sich mit seinem Vater anzulegen, als dieser gefragt hatte, wo Ellie wohnte, und als Ellie bei der Antwort ins Stocken geriet, hatte er nicht gezögert. Sein Herz fühlte und seine Worte folgten. Er wusste nicht, was er von seinem Vater erwartet hatte, aber die Güte, die er gezeigt hatte, war weit mehr, als Dex sich erhofft hatte.

Jetzt war es acht Uhr abends und seine Eltern hatten ihn und Ellie gerade in der Stadt abgesetzt. Er hatte Dutzende Nachrichten von Regina und Mitch über den für den nächsten Tag geplanten Versand von *World of Thieves II* an die Kritiker erhalten und sie hatten ihn über Rezensionen und verschiedene Veranstaltungen vor der Veröffentlichung auf dem Laufenden gehalten. Nach allem, was passiert war, wurde ihm klar, dass der Release zwar von wesentlicher Bedeutung für seine Karriere war – und für die seiner Mitarbeiter –, doch dass Ellie von wesentlicher Bedeutung für sein Glück war. Er sah sie an und sog ihren Anblick in sich auf, die Dunkelheit der Vergangenheit war jetzt ein dünnerer Schatten als noch vierundzwanzig Stunden zuvor. Er hatte gespürt, dass sich ihr Herz ihm in der letzten Nacht geöffnet hatte wie noch nie zuvor. Und er hatte den Rat seiner Mutter ernst genommen. Von nun an würde er etwas behutsamer vorgehen. Er musste daran glauben, dass sie mit der Zeit gemeinsam all ihre Dämonen besiegen würden. Ebenso wie sie gerade begonnen hatten, seine zu besiegen.

»Die letzten vierundzwanzig Stunden haben sich wie eine Ewigkeit angefühlt. Sollen wir etwas trinken gehen?«, fragte Ellie.

Dex zog sie an sich heran. »Ich dachte, du bist nicht ganz zurechnungsfähig, wenn du Alkohol trinkst.« Er glitt mit einer Hand unter ihr Top und spürte ihre seidene, warme Haut.

»Mhmm. Vielleicht möchte ich gar nicht mehr zurechnungsfähig sein. Ich kann nur ein gewisses Maß an Ernsthaftigkeit vertragen, bevor ich das Gefühl bekomme zu explodieren.« Sie drückte ihre Hüfte gegen seine. »Außerdem fange ich morgen an zu arbeiten. Dann werde ich immer früh morgens aufstehen, während du die ganze Nacht arbeitest, und dann sind wir vollkommen aus dem Rhythmus.«

»Ich denke, das kriegen wir schon hin.« Seit diesem Morgen war sie unbeschwerter, leichter. Er hatte diese Veränderung auch bei sich selbst festgestellt. Reinen Tisch zu machen und alles auszusprechen, hatte ihnen neues Leben eingehaucht. Und jetzt, mit ihrem Busen an seinem Brustkorb und ihren leicht geöffneten Lippen, wollte er sie so schnell wie möglich nach oben bringen und ihr die Kleider vom Leib reißen. Er wollte herausfinden, was diese Leichtigkeit mit ihrem Liebesspiel machen würde. Allein bei dem Gedanken daran wurde er hart.

Sie hakte ihre Finger in seiner Jeans ein. »Scheint, als hättest du etwas anderes im Sinn.« Sie fuhr sich mit der Zunge über die Lippen und schaute ihm in die Augen.

»Kannst du mir das übelnehmen? Letzte Nacht musste ich angezogen neben dir schlafen. Was glaubst du, woran ich die ganze Nacht gedacht habe? Außerdem hast du etwas von Trinken gesagt, und dabei musste ich an das NightCaps denken und daran, dass du da getanzt hast, als wolltest du Sex auf der Tanzfläche haben.«

Sie wurde rot und das machte sie für ihn nur noch begehrenswerter.

»Vergiss das Trinken. Komm.« In der leeren Lobby des Dakota Building legte Dex von hinten die Arme um Ellie und küsste sie in den Nacken, während sie auf den Aufzug warteten. Sie legte den Kopf zurück und ließ ihn gewähren. Die Geräusche von der Straße waren kaum hörbar. Er glitt mit den Händen unter ihren Pullover und umfasste ihre Brüste. Sie stöhnte, während sie gleichzeitig ihren Hintern an ihm rieb. Er war ohnehin schon steinhart. Eine Hand schob er vorne in ihre Hose und über ihre weichen Löckchen. Ihr stockte der Atem, als sein Finger in sie glitt.

»Dex«, flüsterte sie.

»Sch …« Er saugte an ihrem Nacken und streichelte sie, bis sie nass und bereit war. Der Aufzug erreichte das Erdgeschoss und er zog die Hand zurück. Sie winselte und drehte sich mit einem lustvollen Blick zu ihm um.

Die Aufzugtüren öffneten sich.

»Hey, Dex.« Josh Braden und seine Verlobte Riley traten aus dem Aufzug. Josh lächelte strahlend und seine dunklen Augen wanderten von Dex zu Ellie. »Und Ellie, schön euch beide zu sehen.« Josh trug eine dunkle Anzughose und ein weißes Button-down-Hemd, während Riley ein kurzes schwarzes Kleid und mörderische High Heels trug. Sie wirkten, als wären sie bereit für einen romantischen Abend.

Ellie drehte sich mit hochroten Wangen zu ihnen um. Dex hielt sie vor die Beule in seiner Hose. Joshs Blick erfasste beide.

»Josh, Riley.« Dex' Stimme klang abgehetzt. Er wusste, er sollte sich die Zeit nehmen, um mit ihnen zu reden. Immerhin war Josh Savannahs Bruder, aber er hatte Dringlicheres im Kopf. Oder in seiner Hose.

»Hallo«, sagte Riley. Ihr Lächeln schwand, während ihr Blick zwischen beiden hin- und herging. Dann riss sie die Augen auf und ihr Lächeln kehrte zurück, als sie nach Joshs Hand griff und ihn weiterzog. »Ähm, wir sollten …«

Josh sah fragend von ihr zu ihnen, blinzelte dann kurz, als erschreckte ihn die Erkenntnis, warum Dex und Ellie so nervös aussahen. »Oh, ja, stimmt.« Josh und Riley gingen zum Ausgang, während Dex Ellie eilig mit einem leisen Lachen in den Aufzug schob.

»Das ist nicht witzig«, flüsterte Ellie.

Im Aufzug drückte Dex die Taste für das oberste Stockwerk und presste Ellie gegen die Wand. »Irgendwie schon.« Seine Stimme verriet das hochkochende Begehren und die Begegnung mit Josh und Riley war vergessen.

»Beeil dich«, sagte sie und zerrte an den Knöpfen seiner Jeans.

Er hielt ihre Hände fest. »Zeit reicht nicht.« Er hob ihr T-Shirt an, den BH gleich mit und legte seinen Mund auf ihre köstlichen Brüste. Ihr stockte der Atem, und er schob seine Hand in ihre Hose, um sofort den Punkt zu finden, der sie rasend machte. Schnaufend krallte sie ihre Hände in seine

Haare. Als sie den obersten Stock erreichten, drückte er mehrmals auf die Taste zum Schließen der Tür, wodurch der Aufzug ganze zwei Minuten anhielt – eine Macke, die er an einem Nachmittag zufällig entdeckt hatte, als er in Eile gewesen war. Er ließ seine Hose fallen, zog ihre herunter, hob sie dann hoch und presste sie gegen die Wand, während er heftig und schnell in sie stieß, voll und ganz in sie eindrang.

»Oh, Dex.«

Während seine Hände ihren Hintern umfassten, stieß er immer wieder in sie. Sie klammerte sich an seine Arme, ihre Oberschenkel legten sich fest um ihn, und ihr Kopf war zurückgeworfen, als sie ihre Liebe auf den Gipfel trieben und beide um Luft rangen. Zwei Minuten später rumpelte der Aufzug wieder und setzte sich in Gang auf den Weg nach unten.

»Mist«, flüsterte Ellie. »Krieg … keine Luft.«

»Du bist so verdammt heiß.« Dex keuchte, als er ihre zittrigen Beine auf den Boden stellte und ihr half, die Jeans hochzuziehen, um dann seine Klamotten gerade noch zurechtzurücken, bevor sich die Türen in seinem Stockwerk öffneten. Er nahm ihre Hand und suchte gleichzeitig den richtigen Schlüssel heraus. Ellies Wangen hatten diesen rosigen *Nach-dem-Sex*-Schimmer. Sie knabberte auf ihrer Unterlippe herum und sah höllisch sexy aus. Dex umklammerte den Schlüssel und konnte es nicht abwarten. Er nahm sie in den Arm und küsste sie erneut, wobei er ihr den Atem aus der Lunge raubte und ihr Herz an seinem hörte. Sie drückte sich wieder an ihn, und als er sich zurückzog und ihr in die Augen schaute, reagierte sein Körper sofort auf ihren hungrigen Blick. Er schloss die Tür auf und zog sie hinein.

»Mist, Ellie. Ich kann keine Sekunde mehr warten. Ich muss

dir wieder nahe sein. Jetzt.« Die Schlüssel ließ er fallen, als er seine Jacke wegwarf, an ihrer Kleidung zerrte und auch ihre Jacke, den Pullover und den BH auf den Boden warf. Er entledigte sich seiner Jeans und zog sich das T-Shirt über den Kopf. Haut traf auf Haut und noch einmal stockte ihm der Atem. Nach einem wilden Kuss hob er sie hoch und blickte ihr tief in die Augen, als er sie erneut auf seiner Härte hinabgleiten ließ und sich tief in ihr vergrub. Sie passten perfekt zueinander. In Ellies Blick spiegelte sich pures, ungehemmtes Begehren, befreit von den Fesseln der Vergangenheit, die sie zuvor gefangen gehalten hatten. Als sie sich aneinanderklammerten und zeitgleich ihre Erleichterung erlebten, fühlte es sich an wie ein neuer Anfang.

Dreißig

Später an dem Abend lagen sie im Bett und lauschten den Geräuschen, die von der Straße durch das leicht geöffnete Fenster zu ihnen drangen.

»Erzähl mir von dem Typen«, sagte Dex.

Ellie schloss die Augen. Sie wollte nicht über ihn reden. Sie wollte hier liegen und Dex' Wärme in sich aufsaugen, ihm beim Atmen zuhören und an ihren ersten Arbeitstag denken. Aber sie hatte ein Versprechen gegeben und sie hatte vor, es einzuhalten.

»Er heißt Bruce.«

»Bruce … *Arschloch* gefällt mir irgendwie besser.« Dex zog sie näher an sich.

Ellie legte den Kopf auf seine Brust, während sie redete. »Ich habe dir schon erzählt, wie ich von seiner Ehefrau erfahren habe, aber Dex, da ist noch etwas.« Sie spürte, dass er sich anspannte. »An jenem Abend war er ziemlich wütend.« Sie schloss die Augen und spürte seine Hand auf ihrem Rücken. Unter der Decke ballte sie die Hände zu Fäusten und hoffte, dass Dex nicht vor Zorn aus dem Bett springen würde.

»Er … packte mich am Arm.«

Seine Hand drückte fester in ihren Rücken.

»Und … schleuderte mich gegen eine Wand.« Sie kniff die

Augen zu, hörte Dex' Herz nun schneller an ihrer Wange schlagen. Er sagte kein Wort. Bewegte sich nicht. Und das Schweigen jagte ihr eine Heidenangst ein. Sie hob den Kopf, um ihn anzusehen: Seine Augen waren geschlossen, sein Kiefer angespannt. »Es tut mir leid, dass ich es nicht erzählt habe, als du das erste Mal gefragt hast, aber ich konnte es nicht. Ich hasse es, ein Opfer zu sein oder so zu wirken, und außerdem dachte ich, er wäre fort und ich bräuchte nie wieder über ihn nachzudenken. Aber ich habe dir gestern Abend ein Versprechen gegeben und ich werde dieses Versprechen halten.«

Er öffnete die Augen und zog sie zu sich hoch, sodass sie auf gleicher Höhe waren. »Kann ich ihn jetzt umbringen?« Todernst klang er. Er strich ihr übers Haar und legte die Hand auf ihren Hinterkopf, um ihre Wange an seine zu ziehen. »Es tut mir so leid, mein Kleines.« Er küsste sie auf die Wange.

»Bist du wütend auf mich, weil ich es dir nicht erzählt habe?« Sie wollte die Antwort nicht hören, aber sie musste fragen.

»Ich bin wütend auf ihn, weil er das getan hat. Ich wünschte, du hättest es mir früher erzählt, aber ich bin nicht wütend, weil du es mir nicht erzählt hast. Das haben wir hinter uns.« Er küsste sie noch einmal auf die Wange. »Ich vertraue darauf, dass du mir Dinge erzählst, wenn du dazu bereit bist. Mehr kann ich nicht tun.«

»Danke.«

»Ich denke, wir sollten zur Polizei gehen. Er weiß, dass du hier bist. Er hat dich in Greenwich Village gesehen. Ellie, so verhalten sich Stalker.«

»Können wir erstmal sehen, ob es wieder aufhört? Bitte! Als er mich da gesehen hat, ist er mir nicht gefolgt. Er ist ständig auf Reisen, zumindest hat er mir das gesagt, also verfolgt er mich vielleicht gar nicht.«

»Ellie.«

Sie erkannte diesen *Du-machst-das-Falsche-aber-ich-streite-mich-nicht-mit-dir*-Tonfall. »Ich fange morgen meine neue Arbeit an. Du bringst nächste Woche dein neues Spiel heraus. Können wir nicht einfach nur ein bisschen Zeit ohne irgendwelche Verrücktheiten genießen? Bitte? Wenn er irgendwo auftaucht, gehen wir zur Polizei.«

»Ich fühle mich dabei wirklich nicht wohl, Ellie. Woher willst du wissen, dass er nicht wieder versucht, dir wehzutun? Das ist ein verschmähter Mann, der wahrscheinlich eine angefressene Frau hat.«

»Fast drei Wochen war ich noch in Maryland, bevor ich hierhergekommen bin. Wenn er sich hätte rächen wollen, glaubst du nicht, er hätte es dann dort schon getan?« Er hatte damals angerufen und ständig Nachrichten geschickt, aber er hatte nie versucht, sie zu sehen. Sie musste glauben, dass sein Aufenthalt in New York ein Zufall war. *Hätte er mich sonst nicht angesprochen, als er mich in dem Secondhandladen gesehen hat?*

»Verdammt, Ellie. Ich werde mich nicht mit dir streiten, aber das gefällt mir überhaupt nicht. Versprich mir, dass wir Anzeige erstatten, wenn er dich wieder kontaktiert, ob persönlich oder mit einer Nachricht.«

»In Ordnung.«

Er beugte sich vor. »Das meinst du auch ernst?«

»Ja, es ist in Ordnung.« Sie hob den Kopf von der Matratze und küsste ihn. »Versprochen. Und du musst zugeben, dass ich mit diesem ganzen Ehrlichsein besser werde. Zum Beispiel, wenn ich dir sage, dass du unglaublich gut aussiehst und ich wieder mit dir schlafen will.«

Er legte seine Stirn an ihre. »Du bist die frustrierendste Frau, die ich je kennengelernt habe.« Er senkte seine Lippen auf ihre.

Einunddreißig

Ellie beugte sich über ihr Lehrerpult, während die Schüler an einer Schreibaufgabe saßen. Es war Freitagnachmittag, und obwohl es erst ihre erste Woche an der Maple Elementary war, hatte sie das Gefühl, als wäre sie dazu bestimmt, an dieser Schule zu arbeiten. Das Kollegium stand mit den Schülern und ihren Bedürfnissen vollkommen in Einklang, alle waren begeistert von dem möglichen Förderantrag für die Software, und vom ersten Morgen an, als sie im Lehrerzimmer zu einem Kaffee zusammengekommen waren, hatte sie das Gefühl, perfekt hineinzupassen. Ihre Kollegen waren quasi ihre Gleichgesinnten. Sie war nicht die einzige Lehrkraft, deren Kindheit anders als die typische Mittelklassenkindheit ausgesehen hatte.

An ihren ersten Unterrichtstagen beobachtete Ellie und hörte zu. Sie sprach mit jedem einzelnen ihrer Schüler und lernte sie kennen. So wusste sie zum Beispiel, dass Selma gerne etwas über Pferde und alles, was mit Tieren zu tun hatte, las, und dass sie einmal eine Katze gehabt hatte, die von ihrem Nachbarn überfahren worden war. Michael mochte nur Comics und fand jede andere Art von Literatur langweilig. Seine Mutter allerdings konnte überhaupt nicht lesen. Kenny hatte Probleme mit Mathematik, las aber schon wie ein Drittklässler und schrieb oft die Einkaufsliste für seine Familie. Tabby schaffte dagegen nur mit Mühe einen einzigen Satz. In diesen ersten Gesprächen hatte sie auch erfahren, dass Joseph bei seiner Tante und ihren fünf Kindern lebte und dass sie seit der ersten Klasse fünf Mal umgezogen waren. Im Klassenzimmer strotzte es vor Bedürfnissen, und Ellie konnte es kaum erwarten, alle endlich unter ihre Fittiche zu nehmen.

Sie beobachtete die Kinder, von denen einige sich engagiert der aktuellen Aufgabe widmeten, während andere aus dem Fenster blickten und sich kaum mehr als ein paar Minuten konzentrieren konnten. Und dann war da noch Joseph. Joseph war ein Streuner. Blitzgescheit, sozial unbeholfen und mit keiner anderen Diagnose als der, ein Problemkind zu sein, arbeitete Joseph am besten, wenn seine Beine in Bewegung waren. Sie verstand das Bedürfnis, sich nicht eingesperrt zu fühlen, und auch deshalb lockerte sie ein wenig die üblichen Regeln und gab Joseph die Freiheit, sich zu bewegen.

»Okay, Jungs und Mädchen, es ist Zeit, dass ihr zusammenpackt.« Sie ging durch die Reihen des Klassenzimmers mit den hohen Decken, während die Schüler ihre Sachen zusammenräumten. Sonnenlicht strömte durch die Fenster. Sperrholzbretter hingen vor den Löchern, wo die Scheiben eingeschlagen und noch nicht ausgetauscht worden waren, und Ellie fragte sich, wie sie wohl zu Bruch gekommen waren. War das während des Unterrichts passiert oder waren die Scheiben von halbstarken Teenagern am Wochenende eingeschlagen worden? Die Schreibtische der Schüler waren die üblichen: klein, aus Metall, zerkratzt und manche mit Graffiti vollgeschmiert. Im Großen und Ganzen war das Klassenzimmer zweckmäßig eingerichtet und mit ein paar bunten Dekorationen würde man es schnell zum Leben erwecken können.

»Joseph, toll, dass du deine Hausaufgaben gestern Abend geschafft hast«, sagte sie, als der kleine dunkelhaarige Junge seine Sachen in den Rucksack packte.

»Danke, Miss Parker.«

Blythe erschien in der Tür und winkte sie heran.

»Noch drei Minuten bis zum Klingeln. Denkt alle daran, eure Jacken mitzunehmen. Und seht noch mal in eure Fächer, ob da etwas ist, was ihr zu Hause vielleicht braucht.« Sie hob einen Finger in Richtung Blythe und sprach weiter zu den Schülern. »Mir hat unsere erste gemeinsame Woche sehr gefallen, und ich glaube, wir werden ein tolles Jahr haben.«

»Ich auch.« Mit ihren zwei fehlenden Schneidezähnen zeigte Selma ein zahnloses Grinsen.

»Danke, Miss Parker«, rief Joseph.

»Das war eine witzige Woche, bis auf das Lesen«, sagte Michael.

Sie ging zu Blythe an die Tür.

»Großartige Neuigkeiten. Die Frist für das Förderprogramm endet erst am zwölften Dezember, wir können uns also noch bewerben.« Blythe lächelte mit großen Augen. »Ich freue mich so darüber. Wenn das kein Schicksal war! Falls Dex und seine Freunde bei der technischen Umsetzung helfen, haben wir zusammen mit unseren Kollegen eine richtig gute Chance, glaube ich.«

»Das sind fantastische Neuigkeiten! Ich kann's kaum abwarten, Dex davon zu erzählen. Wir haben schon mit der Gliederung des Antrags begonnen. Ich kann ja nächste Woche mitbringen, was wir schon haben, dann können wir es weiter ausarbeiten, und ich hole mir ein paar Meinungen ein, was noch so fehlt, oder?«

Nachdem die Kinder in ihren freien Nachmittag entlassen waren, räumte Ellie ihre Unterlagen zusammen und schrieb Dex eine Nachricht.

Wir haben das Okay, den Antrag für die Förderung zu schreiben! Feiern wir das?

Eine Minute später vibrierte das Handy mit Dex' Antwort.

NightCaps? 45 Minuten? Ich warte draußen.

Gut. Bis gleich. Xox.

Im Laufe der letzten Woche hat Ellie eine neue Seite an sich entdeckt. Sie wägte ihre Antworten an Dex nicht mehr ab. Sie gab sich dem Vertrauen hin, und wenn er nach Bruce fragte, antwortete sie ausführlich und ehrlich. Zum Glück hatte sie die ganze Woche nichts von Bruce gehört. Als Dex ihr sagte, dass er sie liebte, konnte sie ihm nicht schnell genug sagen, dass sie ihn auch liebte. So sehr sie die Hoffnung ihres Mantras *Alles wird gut* gelebt hatte, so ganz hatte sie doch nie daran geglaubt. Allmählich begann sie zu denken, dass vielleicht wirklich alles gut werden würde.

»Wir sind bereit für das große Finale«, sagte Mitch, als er Dex' Büro betrat. Mit einem breiten Grinsen im Gesicht ließ er sein zerknittertes Ich in einen Sessel plumpsen. »Die Kritiken sind spitze, die Leute betteln um das Spiel. Hast du 'ne Ahnung, wie viele Kids am Montag die Schule schwänzen werden, weil sie das Spiel am Samstag um Mitternacht runtergeladen haben und so weit gekommen sind, dass es sie umbringen würde, wenn sie aufhören müssten?«

Regina stand genau hinter ihm. »So ruinierst du Dex' gute Laune, Mitch. Er hasst es, wenn die Kids die Schule schwänzen, um zu spielen. Meine Güte, kapierst du das denn nie?«

Dex schüttelte den Kopf. »Wichtig ist, dass wir planmäßig veröffentlichen und ein großartiges Produkt haben. Ich will nicht über schwänzende Schüler reden. Ich möchte so tun, als hätten sie alle so einen Vater wie ich.« Er senkte die Stimme und zog die Augenbrauen zusammen. »*Nur über meine Leiche bleibst du zu Hause, um zu spielen. Du bist ein Mann. Männer spielen nicht, sie arbeiten. Sie sorgen für den Unterhalt.*«

»Klingt eigentlich ziemlich sexy«, neckte Regina ihn. Sie hatte eine Handvoll Lakritzstangen bei sich und bot Mitch und Dex eine an. Beide lehnten ab. »Wie ihr wollt.« Sie setzte sich in den Sessel gegenüber von Mitch und legte ihre mit einer Jeans bekleideten Beine über die Armlehne. Unter ihrer offenen schwarzen Sweatjacke trug sie ein schwarzes, geripptes Tanktop.

»Mein Vater ist alles andere als sexy.« Dex stand auf und ging auf die andere Seite des Schreibtisches. Er lehnte sich dagegen und überkreuzte die Beine. »Ich will es nicht beschreien, aber ich glaube, wir haben diesen Release im Sack.«

»Ja, du hast es erfasst«, sagte Mitch und kratzte sich dann am Bauch.

Dex' Handy vibrierte mit einer Nachricht von Sage. *Hab heute Abend nichts vor. Trinken wir ein Bier?* Er wusste, dass Ellie nichts dagegen hätte, wenn Sage sich zu ihnen gesellte, und er freute sich, ihn an ihrer Beziehung teilhaben zu lassen. Er schrieb zurück: *NightCaps halbe Std. Treffen uns da?*

»Ach, wie ist eigentlich Ellies neue Arbeit? Ich habe mich irgendwie daran gewöhnt, sie hier zu sehen.« Regina steckte sich eine Lakritzstange in den Mund.

»Sie liebt den Job. Die Arbeit, die Kinder.« Er zuckte mit den Schultern. »Da passt einfach alles gut zusammen. Ich treffe sie gleich. Kommt ihr mit?« Sein Handy vibrierte und er las die

Nachricht von Sage. *Klar. Sehen uns da. Freu mich darauf, Ellie besser kennenzulernen.* Dann schrieb er Ellie, damit sie nicht überrascht wurde. *Was dagegen, wenn Sage mitkommt?*

»Ich weiß nicht. Als wir das letzte Mal euer Date gesprengt haben, habt ihr euch gestritten«, erinnerte Regina ihn.

Dex' Handy vibrierte und er las die Nachricht von Ellie. *Klingt gut!*

»Sage kommt auch, also drängt ihr euch nicht auf oder so. Außerdem haben wir uns nicht gestritten.« Dex konnte es kaum glauben, dass es erst eine Woche her war, dass sie bei seinen Eltern gewesen waren. Er und Ellie waren in jeder Hinsicht zusammengekommen, und er hatte das Gefühl, sie würden schon ewig zusammenwohnen. Vielleicht hatten sie das in seinem Innersten auch. Die Gedanken an sie hatten ihn immer beschäftigt. Ging es ihr gut? War sie glücklich? Dachte sie so viel an ihn wie er an sie? Sie liebte es noch immer, neben ihm zu liegen, während er las, oder auf dem Sofa zu liegen, während er sich durch ein Spiel hindurcharbeitete. Ihm war seine Privatsphäre immer sehr wichtig gewesen, aber nun wurde ihm klar, dass er einfach noch nicht versucht hatte, sie mit dem richtigen Menschen zu teilen.

»Klar. Und wie nennt man das heutzutage? Einen Disput unter Liebenden?«, wollte Mitch wissen.

»Ach, als wenn du eine Ahnung von so was hättest.« Regina schlug mit einer Lakritzstange nach ihm.

»Hey, ich könnte Dates haben, wenn ich wollte.«

»Warst du nicht der Typ, der felsenfest behauptet hat, dass Frauen keine Gamer wollen?«, fragte Regina mit gehobener Augenbraue.

»Kommt, konzentriert euch, sonst bin ich zu spät dran. Seid ihr dabei oder nicht?« Dex ging zur Tür. Regina und Mitch folgten ihm.

Sie kamen fünfzehn Minuten zu spät am NightCaps an und Ellie war nirgends zu sehen. Sie suchten sie in der Bar, die gerammelt voll war, aber Ellie fanden sie nicht.

»Ich schau mal auf der Damentoilette nach«, bot Regina sich an.

Mitch stieß Dex mit dem Ellbogen an. »Glaubst du, Reg würde mit mir ausgehen?«

Das gab es doch nicht. Wie konnte Siena das gesehen haben und er nicht? »Kumpel, fang nichts mit Kollegen an. Das endet nie gut.« Dex holte sein Handy heraus und schrieb Ellie.

»Im Ernst. Wir haben die gleichen Interessen, den gleichen Rhythmus.« Mitch zuckte mit den Schultern.

Dex hörte nur mit halbem Ohr zu, während er versuchte, Ellie zu erreichen.

»Da ist sie nicht«, sagte Regina.

»Mist.« Dex versuchte, sie anzurufen. Es klingelte dreimal, dann ging der Anrufbeantworter dran. »Ich geh bis zur U-Bahn-Station und schau, ob ich sie da finde. Ihr könnt ja schon mal einen Tisch suchen.«

»Ich komme mit.« Regina war bereits neben ihm.

»Ist schon okay. Wartet hier, ich geh allein.« Er drehte sich um, sodass Regina nicht sehen konnte, wie Dex Mitch zuzwinkerte. Mitch straffte die Schultern, wodurch sein Bauch nur noch mehr herausstach.

Regina zuckte mit den Schultern. »Okay, schreib uns, wenn wir einen Suchtrupp losschicken sollen.«

Freitagabends schoben sich die Massen durch die Stadt. Sie kamen früh und blieben bis spät. Heute Abend schaute sich Dex in einem schnellen und permanenten Strom von Körpern um. Er versuchte noch einmal, Ellie anzurufen, bevor er in

Richtung U-Bahn ging. Mit dem Handy am Ohr lauschte er dem Klingeln. Er hörte den Klingelton, den Ellie für seine Anrufe eingerichtet hatte, aus einer Gasse neben der Bar kommen. Er ließ die Hand mit dem Telefon sinken, lauschte angestrengt und folgte dann dem Klingeln in die Dunkelheit.

»Ellie?«, rief er. Er sah keine zwei Meter weit, als er in die dunkle Gasse trat. Dem Klingelton folgend, preschte er los und fand ihr Telefon auf dem Boden, mit zerbrochenem Display. *Mist.*

»Dex!« Ihre Stimme klang kreischend und angsterfüllt. »Lass mich in Ruhe, Bruce!«

»Könnte dir so passen«, dröhnte eine tiefe Stimme.

Dex rannte in die Dunkelheit, sein Herz hämmerte gegen seine Rippen. In seinen Ohren hörte er das Blut rauschen, als er zu Ellie gelangte, die mit dem Rücken an der Mauer stand, vor ihr ein Mann, der ihr breitbeinig den Weg versperrte. Sie machte einen Schritt auf Dex zu und Bruce stieß sie zurück gegen die Wand. Ellie blieb sichtbar die Luft weg.

Adrenalin und Instinkt trieben Dex an, als er Bruce packte und ihn von Ellie wegriss. Tränen strömten aus ihren angsterfüllten Augen.

»Dex!«

»Lauf, Ellie«, brüllte Dex noch, bevor er Bruce gegen die Mauer schleuderte. Der Kopf traf mit einem dumpfen Knall auf den Backstein. Ellie rannte zur Straße, als Bruce' Faust den Kiefer von Dex erwischte.

Ellie schrie: »Dex!«

Der metallische Geschmack von Blut lag Dex im Mund, als er sich auf den Kerl stürzte, einen weiteren Schlag abwehrte und Bruce aus dem Gleichgewicht brachte. Blinde Wut setzte Dex' Arm in Bewegung, platzierte einen Schlag nach dem anderen auf Bruce' Kiefer. Als sein Kopf nach hinten flog, landete Dex' Faust in seinem Magen. Bruce krümmte sich und Dex verpasste ihm einen Aufwärtshaken auf seinen bereits blutigen Kiefer, warf ihn dann zu Boden und sprang mit einem weiteren dumpfen Knall auf ihn drauf. Die Wut und der Frust der letzten Wochen bündelten sich zu einer ungeheuren Freisetzung unbekannter Kräfte. Das Geräusch von krachenden Knochen und von mit Fäusten bearbeitetem Fleisch erfüllte die Dunkelheit. Irgendwo in der Ferne hörte er Ellie seinen Namen rufen, aber Dex war nicht in der Lage aufzuhören. Er war Adrenalin pur, die personifizierte Wut. Alle Männer, die Ellie jemals wehgetan hatten, verschwommen zu dem Mann unter ihm. Seine Fäuste flogen mit aller Wucht und immer wieder, während der Mann sich immer weniger regte. Eine starke Hand ergriff seinen Arm, er riss sich davon los und rammte noch einmal die Faust in das schon blutige Gesicht unter ihm. Dann wurden seine Arme endgültig festgehalten, nach hinten gedrückt, und jemand riss ihn von dem reglosen Körper weg. Er schlug um sich und wehrte sich dagegen, wollte unbedingt Ellies Schmerz rächen.

»Dex, hör auf. Hör auf. Du bringst ihn noch um.«

Sage.

Mit jedem wütenden Atemzug bebte Dex' Brust. Seine Fäuste schmerzten und brannten. Blut tropfte von seinen Fingerknöcheln. Einiges davon war seines, einiges gehörte zu dem anderen Kerl. Zorn sickerte Dex aus jeder Pore. Er wollte sich losreißen, hatte jedoch gegen Mitch und Sage, die ihn beide festhielten, keine Chance.

»Ellie!«, knurrte er. Er hörte sie weinen. Mit den Ellbogen boxte er um sich und drehte sich, bis er zur Straße sehen konnte, wo Ellie in Reginas fürsorglichen Armen zitterte. »Lasst mich los!« Er schaffte es, sich aus ihrem Griff zu befreien, und rannte zu Ellie, während er kaum die Menge wahrnahm, die sich jetzt um den zusammengeschlagenen Mann bildete. Ellies Augen und die Nase waren rot und geschwollen, ihr verängstigter Blick heftete sich an seinen.

»Ellie.« Er zog sie an sich und sein zitternder Körper drückte sich an ihren. »Liebes, ich bin hier. Alles ist gut. Ich bin hier bei dir.« Sie klammerte sich an ihn, grub ihre Fingernägel in ihn. Er spürte kaum die sichelförmigen Schnitte, die er später bestimmt entdecken würde. Sie legte eine zittrige Hand auf seinen Kiefer.

»Du … blutest«, schluchzte sie.

Das Blut war ihm egal. Adrenalin und Angst betäubten den physischen Schmerz. Ellie war in Sicherheit. Sie lag in seinen Armen und er würde sie nie mehr loslassen. Niemals.

Im Krankenhaus saß Dex mit einer bandagierten Hand auf dem Bett. Elf Stiche waren notwendig gewesen, um die klaffende Wunde auf seinen Fingerknöcheln zu nähen. Ellie stand zwischen seinen Beinen, die Hände auf seinen Hüften. Regina lehnte sich gegen Mitch und sah fast so verängstigt aus wie Ellie.

»Mir geht's gut, Leute. Ihr müsst nicht hierbleiben.« Er war froh, dass sie da waren, aber die Schmerztabletten wirkten allmählich und er war etwas benebelt. Er wollte nach Hause, sich neben Ellie hinlegen und sich am liebsten nie mehr bewegen.

»Sicher?«, fragte Regina.

»Reg, ich hab Ellie und Sage hier. Ich komm zurecht.« Er sah den Blick, den sie und Mitch austauschten, und fragte sich, ob er sich die Nähe zwischen ihnen wegen des von den

Medikamenten verursachten Nebels einbildete oder ob mehr dahinter steckte.

»Okay. Was ist mit dem Release?«, fragte Regina.

»Wisst ihr, ich denke, ich halte mich an Ellie. Mit den ganzen Medikamenten und der Naht glaub ich nicht, dass ich fit dafür bin.« Er streichelte über Ellies Arm.

»Ja, okay.« Regina legte einen Arm um Ellie. »Ich bin froh, dass dir nichts passiert ist. Das wäre echt mies gewesen, wenn dieser Typ meiner neuen Freundin wehgetan hätte.«

Ellie legte ihren Kopf auf Reginas Schulter. »Das sehe ich genauso«, sagte sie, aber sie sah Dex an, und er wusste, dass sie sie beide meinte.

»Alles klar, Kumpel. Hör zu, wenn du mich brauchst, bin ich da. Ich halt dich auf dem Laufenden.« Mitch klopfte Dex auf den Rücken. »Mann, du machst so ziemlich alles, um das Mädel zu kriegen, oder?«

»So ziemlich.« *Alles. Wirklich alles.* »Danke, Leute. Ich will euch nicht rausschmeißen, aber ich bin einfach total durch den Wind.«

»Mach dir keinen Kopf. Du bist in guten Händen.« Regina packte Mitch vorne an seinem T-Shirt. »Gehen wir. Ich brauche einen Veggieburger.«

Mitch hob eine Augenbraue. »Das ist das Codewort für … du weißt schon.«

Regina gab ihm einen Klaps, und als sie aus dem mit einem Vorhang abgetrennten Bereich der Notaufnahme gingen, sah sie über die Schulter zurück und sagte: »Das hätte er wohl gern.«

Mit einem liebevollen Blick schaute Ellie wieder zu Dex, und ihre Pupillen weiteten sich, als sie sein Gesicht betrachtete. »Dexy, sieh dich an. Es tut mir so leid.«

»Muss es nicht. Es war nicht deine Schuld.«

»Glaubst du mir jetzt? Ich bin das Chaos in Person, Dexy. Ich bringe nur Unglück.« Ihre Stimme war sanft, von Sorge geplagt.

Sage kam durch den Vorhang. »Wie geht's dir, Dex?«

Dex hob eine Augenbraue. »Wie es unter den Umständen zu erwarten ist.«

»Gut. Die Polizei ist gerade gegangen. Dieser Typ, Bruce, hat eine Akte voll mit Anzeigen von anderen Frauen.« Sage legte einen Arm um Ellie. »Bist du in Ordnung?«

»Ja, danke, aber all das ist meine Schuld. Es tut mir leid, dass ich dich da hineingezogen habe.« Sie berührte Dex' Wange. »So unglaublich leid.«

»Das konntest du ja nicht wissen. Dieser Typ arbeitet mit der Masche, dass er die GPS-Funktion in den Handys der Frauen aktiviert und so immer ihren Standort hat.« Sage atmete aus. »Er war nicht verheiratet, Ellie. Die Frau, die angerufen hat, war irgendeine andere Frau, mit der er sich getroffen hatte und die auch dachte, sie wäre die einzige Freundin.«

Ellie schüttelte den Kopf. »Siehst du? Pures Chaos.«

Dex legte seine Stirn an ihre. »Ich mag Chaos, also denk erst gar nicht daran abzuhauen, Ellie Parker. Du gehst nirgendwo hin. Du musst mich pflegen, bis ich wieder gesund bin.«

»Ich hätte auf dich hören und zur Polizei gehen sollen«, sagte sie.

»Kann sein, aber wir können die Vergangenheit nicht verändern, weißt du noch? Wir können nur daraus lernen und nach vorne schauen. Ich bitte dich nur darum, dass du keine Verrückten mehr datest.« Er spürte, dass sein rechter Mundwinkel zu einem neckenden Lächeln nach oben wanderte.

»Ich bin mir ziemlich sicher, dass ich einen Typen gefunden habe, der nur etwas verrückt ist, und der lebt diese Seite seines

Ichs normaler in der virtuellen Welt aus.«

Er senkte seine Lippen auf ihre und küsste sie sanft. »Ich dachte, ich hätte dich verloren«, flüsterte er.

Sie legte die Hände auf seine Wangen. »Du wirst mich nie wieder verlieren.«

Zweiunddreißig

Am Sonntagnachmittag gingen Dex und Ellie ins NightCaps, um dort Mitch und Regina zu treffen und den Release von *World of Thieves II* zu feiern. In den vergangenen vierundzwanzig Stunden hatte das Game den Rekord bei den Verkaufszahlen von Neuerscheinungen gebrochen. Bei einem solchen Erfolg machte sich Dex um KI oder andere Mitbewerber keine Sorgen.

»Bist du sicher, dass dir eine einfache Schmerztablette reicht? Es ist erst zwei Tage her«, fragte Ellie, als sie zum Eingang kamen.

Sie wich ihm nicht von der Seite, seit sie das Krankenhaus verlassen hatten, und ihre unerschütterliche Fürsorge stand der seiner Mutter in nichts nach, die ihn viermal angerufen hatte, um sicher zu sein, dass es ihm *wirklich* gut ging.

»Ellie, es waren nur ein paar Stiche. Ich wette, du hast gar nicht gewusst, wie hart im Nehmen dein Freund ist«, scherzte er.

»Ich wusste schon immer, wie hart im Nehmen du bist.« Sie stellte sich auf die Zehenspitzen, er nahm ihre Hand und führte sie auf die erste Stufe, sodass sie fast auf Augenhöhe waren. Dann zog er sie an sich und küsste sie.

Ein Taxi hielt am Gehsteig an und zögerlich ließ Dex vom Kuss ab, während er immer noch Ellies Hand in seiner gesunden hielt. Er drehte sich gerade rechtzeitig herum, um Siena zu entdecken, die herumwirbelte und ein Foto mit ihrem Handy schoss.

»Ha!«, rief sie.

»Was machst du denn hier?«, fragte Dex.

»Du glaubst doch wohl nicht, dass Regina eine Party ohne deine Familie steigen lässt?« Siena machte noch ein Foto.

Die Tür des NightCaps ging auf und Regina und Mitch traten heraus. »Überraschung!«, riefen sie gleichzeitig.

»Hey!« Dex umarmte Regina und Mitch. »Ihr hättet mir erzählen können, dass ihr alle angerufen habt.«

Siena knipste weiter. »Dann hätte ich nicht diesen überraschten Blick festhalten können!«

»Warte«, sagte Ellie und überraschte Dex. Sie stellte sich vor ihn, nahm seine Arme und legte sie um ihre Taille. »Okay, Siena. Kannst du bitte noch ein Foto machen?«

Dex wusste, wie viel Mut Ellie aufbringen musste – nicht nur, um auf dem Bild zu sein, sondern auch, um darum zu bitten, dass Siena es machte. Bei so vielen Leuten um ihn herum wollte er nicht, dass sich noch mehr Aufmerksamkeit auf sie richtete und sie sich unwohl fühlte, auch wenn ihm sein Herz vor Dankbarkeit und Liebe aufging. Er beugte sich vor und flüsterte: »Danke.«

Sie drückte seine Hände und hob das Kinn, damit sie ihn sehen konnte. »Ich danke *dir*, Dexy.«

»Oh, das ist das süßeste Bild aller Zeiten!« Siena eilte zu ihnen, um das Foto zu zeigen.

»Schick mir das, bitte«, sagte er.

Savannah und Jack kamen Hand in Hand auf dem Gehweg

zu ihnen. Jack sah glücklicher aus, als Dex ihn in den letzten Jahren je gesehen hatte. Seine vollen dunklen Haare stießen auf dem Kragen auf, und wie immer trug er lederne Wanderstiefel, durch die er eher eins fünfundneunzig statt eins dreiundneunzig war. »Hallo, kleiner Bruder«, rief Jack. Er breitete die Arme aus und schlang sie um Dex. »Hab gehört, du hast diesem Typen ordentlich die Fresse poliert.«

»Um sein Mädchen zu retten«, sagte Savannah seufzend. Sie schob ihr kastanienbraunes Haar zur Seite und umarmte Dex und Siena, dann schlang sie die Arme um Ellie. »Ich habe viel von dir gehört. Es ist so schön, dass wir uns endlich kennenlernen.«

Ellie sah sie skeptisch an. »Hast du?«

Savannah legte die Hand auf Jacks Arm. »Jack kennt ein paar tolle Geschichten darüber, wie er spätabends nach Hause kam und euch beide in Dex' Zimmer pennen sah.«

»Ach was? Warum weiß ich nichts davon?«, fragte Dex.

Jack zuckte mit den Schultern. »Du hast mit den Armen um sie geschlafen. Ich bin mir ziemlich sicher, dass du es wusstest.«

»Nein, du Blödmann. Warum wusste ich nicht, dass du es wusstest?«, fragte Dex lachend.

»Wartet mal, warum wusste *ich* nichts?«, beschwerte sich Siena, als sie das NightCaps betraten.

»Schwestern erfahren immer alles als Letzte«, flüsterte Savannah ihr zu.

Sobald sie durch die Tür waren, warf Mitch die Arme in die Höhe und rief: »Thrive!« Nur eine Handvoll Leute waren in der Bar, die entweder lachten oder Mitch ansahen, als wäre er verrückt.

Dex klatschte ihn ab und wartete dann, während die anderen seine Eltern und Brüder begrüßten. Er zog Ellie an sich heran. »Ich hab gesehen, wie du zusammengezuckt bist, als Jack erwähnte, dass er uns als Jugendliche zusammen im Bett gesehen hat.«

»Jack wusste es«, flüsterte sie. »Er muss mich für eine Schlampe gehalten haben.«

»Auf keinen Fall. Dann hätte er etwas zu mir gesagt. Außerdem … Vielleicht kannst du so tun, als wärst du es gewesen, dann steh ich nicht so als Loser da, weil ich damals keinen Sex mit dir hatte.«

Sie knuffte ihn in den Arm.

»Hey, Verwundete schlägt man nicht.«

»Wage es ja nicht, sie glauben zu lassen, wir hätten es getan.« Sie sah ihn mit finsterem Blick an und er hob die Hände.

»Würde ich niemals.«

»Da seid ihr ja«, sagte seine Mutter, als sie zu ihnen kam. Sie trug eine weite Damenhose und einen weißen Rollkragenpullover, verziert mit verschiedenen klobigen Ketten in einer Vielzahl von Farben.

»Sie sehen wirklich hübsch aus, Mrs. Remington.« Ellie ließ Dex' Hand los, um sie zu umarmen.

»Nenn mich Joanie, bitte. Ich hab vielleicht graue Haare, aber wenn ich Mrs. genannt werde, fühle ich mich noch älter.« Sie umarmte Ellie und dann Dex. »Du bist ein Held, wenn auch ein zotteliger. Vielleicht solltet ihr, du und Jack, zusammen zum Friseur gehen.«

Dex verdrehte die Augen. »Meine Haare sind kürzer als die von Sage.«

»Vielleicht, aber das heißt nichts«, sagte Rush, als er und Kurt kamen, um sie zu begrüßen. Rush hatte seine Haare immer eher kürzer getragen. Er sagte, es wäre einfacher, wenn er auf der Piste war, und als Profi-Skiläufer verbrachte er nun mal sein halbes Leben auf Pisten.

»Rush, Kurt, Mensch, euch habe ich seit Ewigkeiten nicht gesehen.« Dex umarmte beide.

Kurt war der Ruhigste des Remington-Clans. Als Schriftsteller neigte er eher dazu, die Unterhaltungen zu beobachten, als neue Gespräche anzufachen. Dex betrachtete ihn nun mit seinem vollen dunklen Haar und den ernsten Augen, und ihm wurde bewusst, dass er Ellie sehr ähnlich war.

»Ihr erinnert euch doch an Ellie.« Er beließ eine Hand auf Ellies Rücken, während beide sie mit einer Umarmung begrüßten. Als er nun sah, wie herzlich seine Familie Ellie aufnahm, wurde ihm vor Augen geführt, wie offen sich immer alle umarmten. Bemerkenswerterweise schreckte Ellie vor den Vertraulichkeiten nicht zurück. Und als sie kurz in seine Richtung sah, erkannte er Erleichterung in ihrem Blick. Wieder ein Moment, in dem Ellies Wirkung auf sein Herz die Wucht eines Güterzugs hatte. Ihre Erleichterung sprach Bände über ihre Liebe zu ihm und wie weit sie gekommen war.

»Ich glaube, Ellie bringt dir Glück, mein Junge.« Sein Vater trug ein gestärktes blaues Button-down-Hemd und eine Anzughose – wie immer eine Anzughose. Mit einem stolzen Lächeln klopfte er Dex auf den Rücken. »Sie war vor all den Jahren da, als du direkt nach der Highschool dieses erste Indie-Game herausgebracht hast, und jetzt ist sie wieder da, am Tag nach einem weiteren bahnbrechenden Release.«

Bevor er Dex umarmte, begrüßte sein Vater Ellie, und diese Geste rührte Dex zutiefst.

»Komm, kleiner Bruder.« Sage legte den Arm um Dex und ging mit ihm zur Bar, weg von den anderen. »Geht es dir gut?«

»Ja.« Dex schaute sich um und war froh, Ellie neben Siena

und Savannah zu sehen, die sich gerade Bilder auf Savannahs Handy anschauten.

»Ich bin stolz auf dich, wegen des Spiels und allem anderen.«

»Danke.«

»Hör zu, Mom hat gesagt, du weißt, dass ich ihr vor vier Jahren von der Geschichte mit Ellie erzählt habe. Es tut mir leid. Ich habe mir damals Sorgen gemacht und dachte, sie hätte vielleicht ein paar weise Worte.« Sage sah Dex mit einem entschuldigenden Blick an.

Dex konnte nicht lange wütend auf Sage sein. »Egal, mach dir keinen Kopf. Was hat sie zu dir gesagt? Damals, meine ich, denn zu mir hat sie nie etwas gesagt.«

Sage fuhr sich durch die dicken, welligen Haare. »Sie sagte: ›Manchmal tut Liebe weh‹, und dass ich dir deine Gefühle für Ellie nicht ausreden soll.«

Dex nickte. »Weißt du, manchmal ist Mom wirklich die schlaueste Frau auf Erden.«

»Lass das Ellie nicht hören.«

Sie gingen zu den anderen und setzten sich an die Tische, die im hinteren Teil der Bar zusammengeschoben worden waren, wo auch ein Buffet aufgebaut war. Dex lehnte sich hinter Ellie zu Regina hinüber und tippte ihr auf die Schulter. »Reg, ich fass es nicht, dass du das alles hier organisiert hast. Danke.«

Sie hielt einen Finger über Mitchs Kopf und zeigte auf ihn. »Er hat geholfen.«

»Tja, irgendjemand musste ja alles schleppen«, sagte Mitch.

Regina verdrehte die Augen. »Er redet vom Zusammenschieben der Tische.« Sie lachte und knuffte Mitch. »Ich hätte es auch allein geschafft.«

»Danke, ehrlich. Toll, dass ihr alle zusammengetrommelt

habt.« Dex drückte Reginas Hand. »Es gibt viel zu feiern.«

Als sie ihre Teller füllten, stand Jack auf. »Ich möchte mit euch anstoßen.«

Ihre Mutter schreckte auf. »Ihr heiratet!«

Jack lachte. »Vielleicht lässt du mich erst ausreden?«

Seiner Mutter stockte der Atem. »Oh, Jack! Wirklich?«

Savannah streckte die Hand aus. »Nein. Er nimmt dich auf den Arm.« Sie knuffte Jack.

»Du erfährst es als Erste, Mom. Versprochen.« Jack hob sein Glas mit dem Orangensaft. »Auf unseren kleinen Bruder und seinen schlagartigen Erfolg.«

Das Spiel war um Mitternacht herausgekommen, und Dex und Ellie waren aufgeblieben, um die Verkaufszahlen höher klettern zu sehen, als Dex es sich je hätte vorstellen können. Dann hatten sie es mit einem Liebesspiel gefeiert und waren schließlich in den Armen des anderen eingeschlafen.

Alle stießen an und Jack fuhr fort. »Und auf Ellie! Weil sie das Okay bekommen hat, den Förderantrag zu verfassen. Wir sind stolz auf dich, Ellie.«

Ellie wurde rot. »Woher weißt du das?«

Sage beugte sich vom anderen Ende des Tisches herüber. »Du wirst merken, dass der Remington-Flurfunk ziemlich gut funktioniert, Ellie. Wenn du irgendein Geheimnis bewahren willst, dann darfst du es niemandem von uns erzählen. Wir sind ziemlich mies, wenn es um Geheimnisse geht.«

Sie sah Dex an. »Das ist schon in Ordnung. Ich denke, ich hab sowieso mit Geheimnissen abgeschlossen.«

»Himmel, ich liebe dich«, flüsterte er.

Kurt überraschte alle, als er aufstand und sein Glas erhob. »Und auf unseren kleinen Bruder, weil er endlich … endlich mit der Frau zusammengekommen ist, von der wir alle wussten, dass sie für ihn bestimmt ist.«

Dex ließ den Blick über seine Geschwister am Tisch gleiten, die alle nickten, lächelten und das Glas erhoben. Außer Siena, die schmollend die Lippen schürzte.

»Wirklich? Aller außer mir wussten es?« Siena schüttelte den Kopf. »Ich bin dein Zwilling, Dex. Wieso wusste ich es nicht?«

»Vielleicht haben Dex' Zwillingskräfte dir die Sicht versperrt«, überlegte Kurt.

»Spar dir das für deine Romane auf«, fuhr Siena ihn an.

»Siena, ich wusste nicht, dass überhaupt irgendwer von meinen Gefühlen für Ellie wusste. Mann, ich wusste ja selbst nicht mal, wie echt die waren. Wie konntet ihr alle das wissen?« Ellie errötete und Dex zog sie an sich.

»Ach, ich bitte dich.« Rush lachte. »Ihr beide habt euch immer angesehen und nicht geredet. Es war, als hättet ihr diese lautlose Geheimsprache gehabt. Wenn wir die doch nur für uns nutzen könnten und ich dann die Gedanken meiner Konkurrenten lesen könnte.«

Ellie biss sich auf die Lippe und sah hinunter auf ihre verschränkten Finger.

Dex beugte sich noch weiter zu ihr. »Alles in Ordnung? Ist das alles hier zu viel?«

Sie schüttelte den Kopf. »Es ist wahr. Du bist alles, was ich je wollte.«

Danksagung

Ich möchte allen Lesern danken, die mir E-Mails geschrieben und Nachrichten über die sozialen Medien geschickt haben, in denen sie meinen nächsten Roman der Reihe »Love in Bloom – Herzen im Aufbruch« einforderten. Sie inspirieren mich, meine Figuren sorgfältig zu entwickeln und Geschichten zu erfinden, die neu und andersartig sind. Danke, dass Sie sich die Zeit nehmen, meine Romane zu lesen. Es ist mir immer eine große Freude, von Ihnen zu hören, und ich hoffe, Sie bleiben weiterhin mit mir in Kontakt.

Ein Dankeschön an die Mitglieder des Teams *Pay-It-Forward*, die Blogger-Community, meine Freundinnen und die wundervollen Freiwilligen – meine liebsten Schwestern – des World Literary Café. Manche Tage hätte ich ohne euch nicht überstanden. Danke.

Mein Lektoratsteam erstaunt mich weiterhin täglich mit Geduld, Beharrlichkeit und einem akribischen Blick für das Detail. Ein riesiger Dank geht an Kristen Weber, Penina Lopez, Jenna Bagnini, Juliette Hill, Marlene Engel und Lynn Mullan sowie an mein deutsches Team Janet König, Rabea Güttler und Judith Zimmer.

Kathie Shoop, du hast mich unzählige Male aus den Wogen gerettet. Danke, dass du immer da bist. Ich weiß deine Zeit, deinen Scharfsinn und deine Freundschaft zu schätzen.

Mein Sohn Jake versorgte mich mit fundiertem Wissen über die Welt der Games. Ich habe mir viele kreative Freiheiten

herausgenommen und jegliche eventuelle Fehler sind allein die
meinen. Danke, Jake, dass du deine Zeit und dein Wissen mit
mir geteilt hast. Du bist zu grandios, um es in Worte zu fassen.
Mein eigener stattlicher Held Les und all meine Kinder – ihr
seid mein Reichtum und ich schätze euch sehr.

Eins

Dicke Äste schabten über die Seiten des Kleinbusses, der über die schmale, ungeteerte Straße durch den dichten, gnadenlosen Dschungel holperte. Sage Remington schrak zusammen, als riesige Blätter gegen das dreckige Fenster schlugen. Hinter ihnen wurde die Straße von gewaltigen Staubwolken verschluckt, und er fragte sich, ob sie wirklich in Richtung Zivilisation fuhren oder sich nicht vielmehr davon entfernten. Der Bus neigte sich nach links, und Sage rutschte ebenso wie alle anderen Fahrgäste zur Seite, bis der Wagen im nächsten Augenblick wieder zurückkippte und auf allen vier Rädern weiterfuhr. So etwas wie die Fahrt zum abgelegenen Dorf Punta Palacia hatte Sage noch nie zuvor erlebt, doch er ignorierte das Schimpfen und Stöhnen und konzentrierte sich mit seinem Künstlerauge auf den grünen Dschungel mit einigen der strahlendsten und interessantesten Farbtöne, die er je gesehen hatte. Er hatte die letzten fünf Jahre im Betondschungel New York gelebt und selten die Gelegenheit gehabt, etwas anderes als Straßen, Büros und U-Bahn-Stationen zu sehen. Als er dann von Artists for International Aid (AIA) hörte, einer Organisation, die Programme in Entwicklungsländern förderte, um die Bildung, medizinische Versorgung und den

Umweltschutz zu verbessern, hatte er sich sofort für ein zweiwöchiges Freiwilligenprogramm gemeldet.

»Das ist vielleicht ein Schwachsinn. Belize, hat meine Agentin zu mir gesagt.« Schauspielerin Penelope Price umfasste ihr langes blondes Haar mit einer Hand, warf es sich über die Schulter und fächelte sich mit erschöpftem Seufzer Luft zu. »Stell dir wunderschöne Strände und Sonnenschein vor, hat sie gesagt.« Nach einigen geschickten Drehungen und der Zuhilfenahme einer langen goldenen Nadel sah sie aus, als könnte sie nun über den roten Teppich schreiten – oder zumindest ihr Haar. Der Rest ihres Körpers, darunter auch ihre langen Beine, die den Anschein erweckten, als könnte sie sie zweimal um die Taille eines Mannes schlingen, glitzern vor Schweiß. »Meine Chanel-Bluse ist ruiniert!«

Sage schüttelte bei ihrer Oscar-reifen Darbietung den Kopf. AIA arbeitete mit Künstlern und Prominenten zusammen, und während er ihrer Schimpftirade lauschte, fragte er sich, warum sie sich überhaupt freiwillig gemeldet hatte. Er holte ein Bandana aus einer Tasche seiner Cargohose und wischte sich damit die Stirn ab, die schon lange nicht mehr nur mit Schweißperlen bedeckt, sondern aufgrund der Hitze und Feuchtigkeit im Süden von Belize mit einer ständigen feinen Schweißschicht überzogen war. Trotz des durchgeschwitzten Tanktops, das wie eine zweite Haut an seinem Oberkörper klebte, und der Primadonnas, die zu seiner Reisegruppe gehörten, bedauerte er seine Entscheidung kein bisschen.

»Hör auf zu jammern«, fauchte Clayton Ray, der ein Countrymusikstar und – nach allem, was Sage am Flughafen und während des langen Fluges mitbekommen hatte – ein ausgemachtes Arschloch war. »Vor Ort wird es schon eine Klimaanlage geben.«

Sage musste sein Lachen durch ein Hüsteln verbergen. *Eine*

Klimaanlage, dass ich nicht lache. Wenigstens wusste er, worauf er sich eingelassen hatte. Die anderen schienen allerdings keine Ahnung zu haben, was sie in Punta Palacia erwartete. Sage freute sich schon auf den einfachen Lebensstil, darauf, dass er der Hitze und Feuchtigkeit des Dschungels trotzen musste und vielleicht, nur vielleicht, herausfand, warum in aller Welt ein Mann, der genug Geld hatte, um sich halb New York zu kaufen, und dazu sehr erfolgreich in dem war, was er liebte, sich im Inneren so verdammt leer fühlte.

»Also, wenn es keine Klimaanlage gibt, dann reise ich zurück nach Belize City, und zwar auf der Stelle.« Cassidy Bay, eine zweitklassige Schauspielerin, tupfte an ihrem verschmierten Eyeliner herum. »Ich kann bei diesem Wetter nicht schlafen, und wenn ich zu wenig schlafe, bekomme ich ganz verquollene Augen.«

Penelope bedachte sie mit einem mitfühlenden Blick. »Das geht? Wieso sind wir nicht gleich da geblieben?«

Sage war abgelenkt gewesen, als sie auf der Landebahn gehetzt in den Kleinbus gestiegen waren, daher hatte er nur einen kurzen Blick auf Kate Paletto, die Programmleiterin von AIA, werfen können. Er war eins dreiundneunzig groß und schätzte sie auf gerade mal eins achtundfünfzig und höchstens fünfzig Kilo. Ihr Gesicht hatte er noch gar nicht genauer gesehen, aber ihre schmalen Hüften und schlanken Arme waren ihm nicht entgangen. Von seinem Sitz in der zweiten Reihe konnte er ihr langes, seidiges dunkles Haar sehen sowie die Hand, mit der sie die Armlehne so fest umklammerte, dass ihre Fingerknöchel weiß anliefen. Er fragte sich, ob die Unterhaltung oder die holprige Fahrt der Grund dafür war.

»Nein, Penelope. Wir haben doch darüber gesprochen. Erinnerst du dich nicht mehr?« Luce Palmer, Penelopes PR-Managerin, saß ganz hinten im Kleinbus. Sie war in

Entertainmentkreisen bekannt dafür, knallhart zu verhandeln und jeden noch so schlechten Ruf eines Promis deutlich verbessern zu können. »Du bist hier, um den Schaden wiedergutzumachen, den du deinem Image zugefügt hast. Das werden zwei ... harte Wochen, in denen du zeigen kannst, dass dir auch andere Menschen am Herzen liegen.«

Hart? Sage freute sich richtiggehend darauf, dem Stress und der Reizüberflutung von New York zu entrinnen. Meist arbeitete er bis spät abends an seinen Kunstwerken und hörte das Telefon kaum, wenn es klingelte. Vielleicht würde ihm die Auszeit helfen, damit er sich auch auf andere, wichtigere Dinge konzentrieren konnte und nicht immer nur auf die Arbeit. Die beiden Wochen in Punta Palacia würden für ihn ganz und gar nicht hart werden, vermutete er.

Kate drehte sich auf ihrem Sitz um, und er sah ihre strahlend blauen Augen. Sie hatte dunkle Wimpern, und ihre Haut sah unfassbar weich aus. *Das Gesicht eines Engels. Grundgütiger, wo kommt dieses Klischee denn her?*

»Mir ist noch immer nicht klar, wieso ich nicht woanders Urlaub machen und dieselbe Publicity bekommen kann«, meinte Penelope zu Luce.

»Weil du hier bist, um anderen Menschen zu helfen, und nicht, um Urlaub zu machen.« Kate hatte die Selbstsicherheit eines erfahrenen Drill Sergeants an sich. Ihr schroffer Tonfall bildete einen starken Kontrast zu ihren sanften Zügen und ließ sie weich und hart gleichzeitig erscheinen – was sie offensichtlich nicht einmal bemerkte, während Sage es nicht ignorieren konnte.

Er war mit einem Plan nach Belize gekommen. Seine Kunstwerke verkauften sich für sechsstellige Beträge, was ihm ein komfortables Leben ermöglichte, zugleich jedoch auch ein gewisses Unbehagen bei ihm hervorrief. Er hatte schon seit Langem den Wunsch, etwas zurückzugeben, aber wie viel Geld er auch für wohltätige Zwecke spendete oder wie viele ehrenamtliche Stunden Sozialarbeit er in New York leistete – diese Leere in seinem Inneren wollte nicht verschwinden. Das Gefühl, dass nichts, was er tat, etwas bewirkte. Daher hatte er gehofft, dass eine andere Art von Wohltätigkeit in einem weniger übersättigten Land ihm diese Erfüllung bringen würde. Und nun, wo er die feuchte Dschungelluft einatmete und die Schönheit des an ihm vorbeifliegenden Regenwalds in sich aufnahm, kam ihm eine Idee – und eine Frau war nicht Teil des Plans, nicht einmal eine derart schöne und faszinierende wie Kate.

Ein Gedanke brach an die Oberfläche seines Bewusstseins durch, während sich die anderen im Bus weiterhin über ihr Dilemma beklagten. Anstatt nur Geld zu spenden, konnte er die Landschaft und die Menschen vor Ort malen und diese Bilder zurück nach New York schicken, wo sie verkauft werden sollten. Der Profit würde dann zurück nach Punta Palacia fließen. Dort konnte man das Geld doch gewiss gebrauchen, und er konnte sich nichts Erfüllenderes vorstellen, als das, was so gern tat, für einen guten Zweck einzusetzen. Ein paar Gemälde pro Jahr konnten genug Geld für Gegenden einbringen, die es dringender brauchten als er. Sein Herzschlag beschleunigte sich, je mehr er sich mit dieser Idee anfreundete.

»Das ist definitiv nicht das, wofür ich mich angemeldet habe, daher werden wir noch sehen, wie es weitergeht«, fauchte Penelope.

Cassidy machte nur »Ts, ts, ts« und wandte sich ab.

Das Allrad-Fahrzeug war höher und breiter als ein normaler Kleinbus, daher führte eine schmale Gasse zwischen den beiden Sitzreihen hindurch. Kate stand auf und drückte ein Klemmbrett gegen ihre kleinen, aber perfekten Brüste. »Das ist genau das, wofür Sie sich angemeldet haben«, sagte sie zu Penelope.

Clayton streckte die Beine in den Mittelgang, als wäre das sein gutes Recht, und er versuchte gar nicht erst, den gierigen Blick zu verbergen, mit dem er Kate genüsslich von Kopf bis Fuß musterte. Sage spannte die Muskeln an. Dieser Kerl war der Inbegriff eines eingebildeten Promis, wie Sage sie nicht ausstehen konnte. Wegen seines Reichtums und Ruhms glaubte er, sich jedes Recht herausnehmen, andere Menschen benutzen und auf jedem, der ihm in die Quere kam, ohne Rücksicht auf dessen Gefühle herumtrampeln zu können.

Kate starrte ihn mit zusammengekniffenen Augen an. »Haben Sie ein Problem, Mr. Ray?«

Sage war beeindruckt von ihrer Selbstsicherheit, denn sie schreckte nicht davor zurück, Clayton herauszufordern. Er konnte den Blick nicht abwenden, und ihre heiße Jeansshorts machte die Sache auch nicht einfacher. Sein geschulter Blick wanderte über ihr Gesicht, wobei er versuchte, es weniger auffällig zu machen, indem er sich gleichzeitig den Schweiß von der Stirn wischte. Ihre tief liegenden rauchblauen Augen bewirkten, dass ihm der Atem stockte.

»Sie jetzt auch noch, Mr. Remington?« Kate beäugte ihn missbilligend.

Verdammt. Jetzt stand er auch nicht besser da als Clayton. *Bin ich das denn?* Er klappte den Mund auf, um sich zu erklären ... *Ich habe dich nur vom künstlerischen Standpunkt aus betrachtet. Es war nur ein kurzer Blick. Himmel, du hast die schönsten Augen, die ich je gesehen habe. Gottverdammt. Ach, vergiss es.* Glücklicherweise sprach sie weiter, bevor er sich den Mund verbrennen konnte.

»Eine Sache sollte Ihnen allen klar sein. Das hier ist garantiert völlig anders als die exotischen, an einen Harem erinnernden Resorts, die Sie gewohnt sind, aber hier in Punta Palacia verfolgen wir ein Ziel: Wir wollen der Gemeinde helfen. Und dazu gehören definitiv keine sexuellen Aktivitäten von mir oder einem anderen AIA-Freiwilligen.« Sie beäugte Penelope, die Sage nicht aus den Augen ließ, und Cassidy, die Clayton interessiert musterte. »Was Sie unter sich machen, ist Ihre Sache, aber wir erwarten, dass Sie bei Ihrem humanitären Einsatz unseren Mitarbeitern und der Gemeinde gegenüber respektvoll sind. Haben Sie das verstanden?«

Ohrenbetäubendes Schweigen senkte sich über den Bus. Kates Miene gab ihnen zu verstehen, dass man sich besser nicht mit ihr anlegte.

»Verstanden.« Sage hatte die Worte ausgesprochen, ohne es bewusst zu registrieren.

Sie nickte knapp.

»In Ordnung. Wir werden ja sehen, wo das hinführt«, meinte Clayton mit starkem Südstaatenakzent.

Kate und Luce grinsten sich schief an, als wüssten sie etwas, das den anderen unbekannt war. »Wenn wir auf dem Gelände angekommen sind, weist man Ihnen eine Hütte zu. Sobald Sie sich eingerichtet haben, treffen wir uns im gemeinschaftlichen Erholungsbereich. Bitte versuchen Sie, innerhalb von dreißig Minuten dort zu sein, damit wir Sie alle so schnell wie möglich einweisen können.« Kate drehte sich um und setzte sich wieder, während der Bus nach rechts schwenkte und abrupt anhielt.

Unverhofft fragte sich Sage, wie Kate wohl war, wenn sie nicht mit egozentrischen Promis zu tun hatte. Während er einen kurzen Blick auf ihr Profil warf, wurde ihm bewusst, dass sie ihn mit Clayton in einen Topf geworfen hatte, was ihn mächtig wurmte. Sie waren noch nicht einmal angekommen und schon stand er auf ihrer mentalen schwarzen Liste – wenn nicht sogar auf der auf ihrem Klemmbrett.

Kate wartete ungeduldig, während die Primadonnas die

staubigen Stufen des Kleinbusses hinunterstiegen. Sie arbeitete jetzt seit beinahe fünf Jahren für AIA und dies war ihr zweiter Auslandseinsatz. Eine solche Mission dauerte im Allgemeinen zwei Jahre und man wurde vorher drei Monate darauf vorbereitet. In wenigen Wochen war ihre Zeit hier um, dann würde sie nach Hause fliegen und ihre Eltern besuchen. Sie sah dem Ende ihrer Zeit hier jedoch mit gemischten Gefühlen entgegen. Punta Palacia war über zwei Jahre lang ihre Heimat gewesen. Die Kinder in der Schule waren ihr ans Herz gewachsen, und sie versuchte, den Bau eines Brunnes im Dorf durchzusetzen. Allein die Vorstellung, alle zu verlassen, erst recht, bevor die Entscheidung über den Brunnenbau gefallen war, bewirkte, dass sich ihr Brustkorb zusammenzog. Kate war in vielen Dingen gut, aber nicht im Abschiednehmen.

Sie erwiderte Claytons Blick, als er aus dem Bus stieg. Schon sehr früh hatte sie gelernt, dass sie die eingebildeten Promis nur in Schach halten konnte, indem sie sich behauptete. Diese Leute waren doch alle gleich: großspurig, unwirsch, wenn sie ihre sexuellen Avancen zurückwies, und unfassbar hilfebedürftig. Es dauerte meist keine fünf Minuten, nachdem sie ihre kleinen Hütten inspiziert hatten, bis sie wieder angerauscht kamen und abreisen wollten. Kate hatte nie groß darüber nachgedacht, wie es wohl sein musste, aus einer Welt, in der einem alles sofort zur Verfügung stand, in ein Entwicklungsland wie Belize zu reisen. Sie war bei Eltern aufgewachsen, die mit dem Friedenskorps umherreisten, umgeben von Familien, die schon ihr ganzes Leben lang für das Friedenskorps arbeiteten. Nach ihrem Collegeabschluss hatte sie es daher kaum erwarten können, die Vereinigten Staaten zu verlassen und Menschen in Not zu helfen. In letzter Zeit sehnte sie sich allerdings noch nach etwas mehr, auch wenn sie bisher noch nicht genau wusste, wie dieses

»Mehr« aussehen sollte.

»Wo muss ich hin, Süße?« Claytons perfekte weiße Zähne blitzten bei seinem Grinsen auf.

»Sie sind in Hütte eins. Das ist gleich die erste Hütte dort drüben.« Sie deutete in die Richtung, und als sein Grinsen noch breiter wurde, wusste sie, dass es Ärger geben würde.

Schweiß quoll unter Claytons Stetson-Hut hervor und er wischte ihn mit dem Unterarm weg. »Sie müssen sich unseretwegen keine Sorgen machen. Wir sind harmlos.« Er trat einen Schritt näher.

Kate war sich überdeutlich bewusst, dass Sage hinter ihm stand, die dunklen Augen zusammenkniff und die Kiefermuskeln anspannte.

»Es sei denn, Sie haben Lust darauf, einen Hengst zu reiten.« Clayton zog den linken Mundwinkel hoch und starrte sie lüstern an.

Kate hatte schon früher eindeutige Angebote von Prominenten bekommen, was jedoch nichts daran änderte, dass sie den Stift in ihrer Hand fester umklammerte und sich das Klemmbrett an die Brust drückte. Sie wollte gerade den Mund aufmachen und ihm sagen, was er mit seinem Vorschlag machen konnte, als Sage in seinem verschwitzten Tanktop und der Cargohose hervortrat und sich laut räusperte.

»Hütte eins, Ray.« Es war eindeutig ein Befehl.

Seine tätowierten Arme waren sehr muskulös und so wohlgeformt, dass sie am liebsten mit den Fingern darüber gestrichen hätte. Dieser Mann war ein starker Beschützer, ein … *Nein.* So etwas durfte sie gar nicht erst denken. Sie hatte während ihrer Mission zu viele Romanzen gesehen, um sich in eine Affäre hineinziehen zu lassen und gleich wieder vergessen zu werden, sobald der Kerl nach Hause gefahren war.

Clayton ging mit lässigem Schritt davon, drehte sich noch

einmal um und lüpfte den Hut vor Kate.

Sie stöhnte auf.

»Es tut mir wirklich leid, dass ich Sie im Bus so angestarrt habe.«

Der Befehlston in Sages Stimme war verschwunden und durch einen himmlischen, weichen Bariton ersetzt worden. Kate spürte, dass sie errötete. *Verdammt noch mal! Was ist denn los mit mir?* Sie senkte den Blick und kämpfte gegen die Wärme an, die sich in ihrem Bauch breitmachte und langsam tiefer wanderte. Dann wagte sie doch einen Blick in sein attraktives Gesicht. Er hatte ein kräftiges Kinn und seine Augenfarbe lag irgendwo zwischen Blaugrau und Indigo. *Echt jetzt?* Wenigstens hatte er nicht wie die anderen perfekt manikürte Fingernägel. Seine Augenbrauen sahen ein bisschen buschig aus, auf seinen Wangen zeichneten sich Bartstoppeln ab, und seine Kleidung sah aus, als hätte er sie irgendwo gekauft, aber garantiert nicht in einer piekfeinen Boutique. Dummerweise machte ihn das nur noch interessanter.

Konzentrier dich.

Kate holte tief Luft und fuhr mit einem Finger die Liste auf ihrem Klemmbrett entlang. Jetzt musste sie irgendwie herausfinden, ob er nur mit ihr spielte – indem er sich Clayton in den Weg stellte und sich entschuldigte, als wäre er ihr Retter – oder ob er tatsächlich ein netter Kerl war. Sie beschloss, dieses Rätsel einfach zu ignorieren und sich stattdessen auf ihren Job zu konzentrieren. Dabei musste sie wenigstens nicht über die Motive von Prominenten nachdenken, sondern befand sich auf sicherem Boden.

»Remington. Mal sehen … Sie sind in Hütte drei.« Sie deutete auf eine kleine Hütte am Ende des Geländes.

Er nickte nur und ging mit deprimierter Miene weg.

Luce stand mit verschränkten Armen auf den Stufen des

Busses. »Na, sieh mal einer an. Du starrst ihm ja hinterher, als könntest du nicht genug bekommen. Vielleicht sollte ich dich ab jetzt Clayton nennen.« Dies war Luces dritte Reise nach Belize, und Kate hatte den Überblick über all die Promis verloren, um die sie sich kümmerte, aber sie freute sich immer, ihre Freundin zu sehen.

Kate ging erst jetzt auf, dass sie Sage nicht nur hinterherschaute, sondern dass sie seinen Knackarsch anstarrte. Rasch wirbelte sie zu Luce herum, die näher gekommen war. »Was? Ich achte nur darauf, dass er zur richtigen Hütte geht. Die sehen schließlich alle gleich aus.« *Nein, das tun sie definitiv nicht.* Und dabei dachte sie nicht an die Hütten.

»Ah ja. Bleibst du bei der Version?« Luce hatte ihr blondes Haar im Nacken zu einem Pferdeschwanz gebunden und roch nach Insektenspray. Die Frau war stets auf alles vorbereitet, was zu den Eigenschaften gehörte, die Kate so sehr an ihr bewunderte.

Sie gab Luce mit dem Klemmbrett einen Klaps auf den Arm. »Warum hast du mich nicht vor den Frauen gewarnt? Du hast gesagt, sie wären ein bisschen anspruchsvoll, dabei sind sie …«

»Nein! Nein, nein, nein.« Penelope kam über den Hof gelaufen, schwenkte die Arme und bewegte sich im Storchengang, um dem dichten Gras und den Staubwolken auszuweichen. »Ich werde auf gar keinen Fall in dieser insektenverpesteten Sauna bleiben, Luce.« Sie verschränkte die dünnen Arme vor der Brust, verdrehte die Augen und schnaufte laut.

Luce warf Kate einen Blick zu und hob kapitulierend die Hände. »Tut mir leid, Pen, aber das ist alles, was wir haben. Es ist doch nur für zwei Wochen, und …«

»Ist Ihnen aufgefallen, dass der Schlafbereich durch

Fliegengitter geschützt ist?« Kate bemühte sich, freundlich zu klingen, auch wenn sie am liebsten erwidert hätte: *Die Hütten sind vollkommen in Ordnung. Hier leben Menschen, die ganz andere Sorgen haben, und Sie sind hier, um ihnen zu helfen. Also halten Sie die Klappe und lassen Sie uns mit der Arbeit anfangen.* »Durch das Fliegengitter dringt Luft, sodass Sie es nachts etwas kühler haben«, erklärte Kate. »Und Sie haben ein schönes Badezimmer mit Dusche ganz für sich allein. Mir ist bewusst, dass Sie etwas anderes gewöhnt sind, aber vergessen Sie bitte nicht, dass dies einst ein Lager von Mahagoni-Holzfällern war. Sie können es also gewissermaßen als Reise in die Geschichte betrachten.«

»Soll ich mich jetzt etwa besser fühlen? Das Badezimmer ist widerlich.« Penelope stieß laut die Luft aus.

Luce legte einen Arm um die junge Frau, führte sie zu ihrer Hütte zurück und sagte etwas, das Kate nicht verstehen konnte. Sie sah auf die Uhr. In zwanzig Minuten würde sie diesen Leuten alles zeigen und ihnen dann ihre Aufgaben zuteilen. Sie hatte sich schon die ganze Zeit auf die Zusammenarbeit mit Sage gefreut, da sie seine Kunstwerke bewunderte und wusste, wie sehr die Kinder Malerei mochten. Doch das, was in ihrem Inneren losging, sobald er in ihrer Nähe war, machte sie ganz unruhig. Sie würde sich noch mehr im Griff haben müssen als sonst.

Ach, wem wollte sie denn etwas vormachen? Sie würde sich in Fesseln legen müssen.

Ende des Auszugs

Wenn Ihnen die Vorschau gefallen hat, können Sie *Im Dschungel der Liebe* bei Ihrem Online-Buchhändler kaufen und gleich weiterlesen!

The Remingtons

Spiel der Herzen
Im Dschungel der Liebe
Herzen in Flammen
Herzen im Schnee
Liebe zwischen den Zeilen

Die Bradens (Peaceful Harbor)

Geheilte Herzen
Voller Einsatz für die Liebe
Liebe gegen den Strom
Vereinte Herzen
Melodie der Liebe
Sieg für die Liebe
Endlich Liebe – ein Braden-Flirt

The Bradens & Montgomerys (Pleasant Hill and Oak Falls)

Von der Liebe umarmt
Alles für die Liebe
Pfade der Liebe
Wilde Herzen
Schenk mir dein Herz
Der Liebe auf der Spur
Unzähmbare Herzen

…

Entdecken Sie Melissa Fosters Bücher auch auf:
www.melissafoster.com/herzen-im-aufbruch